Rainer Maria
Rilke
Die Aufzeichnungen des
Malte Laurids Brigge

布里格手记
（修订版）

［奥］里尔克 著　陈 早 译

华东师范大学出版社

华东师范大学出版社六点分社　策划

目　录

修订版译序 …………………… 1
初版译序 …………………… 3
说明 …………………… 11

布里格手记 …………………… 13

未发表手稿 …………………… 247
开头初稿 …………………… 249
开头二稿 …………………… 251
小说结尾初稿 …………………… 263
小说结尾二稿 …………………… 268

参考书目 …………………… 274

修订版译序

5年前,我在德国小城波鸿撰写解读《手记》的博士论文。由于当时手上没有合适的汉译本,我决定自己翻译。

艰难超乎想象。过程的疲惫让我几乎体会到里尔克完成《手记》后陷入的枯竭。文本质地的晦涩更让我明白,百年前《手记》的第一批读者们何以错愕、失望甚至愤怒。我不敢妄自褒贬;它之于我,更像命运的恩赏。

机缘之善,在我遇到六点时再次开显。仅凭三千字的试译,倪为国老师就决定帮助当时那个尚未走出校门的无名小辈出版她的第一部译著。更未曾想,5年后这个译本还有修订再版的机会。

汉语读者对里尔克的接受,当然不是我的功劳。一百年来的文学流变和无数前辈的辛苦译介,让读者学会更从容、更敏锐地阅读——即使我译笔粗疏,他们足够细腻的味觉仍能够体味出里尔克的精致和玄妙。我则要向那些无力传达的流光和色晕致歉。

此次修订,主要在删改虚词、精简注释。注释多未标记出处，只在书末列出相关文献。后续还将有详疏版《手记》面市，意欲深入细节的读者可另作参考。

未抱奢望，却享厚爱。感谢每一点鼓励、每一句批评。

陈早

2019 年 2 月　于深圳

初版译序

1902年8月,计划撰写罗丹专题论文的里尔克离开妻女,只身前往巴黎。陌生而新鲜的大城市让不满27岁的年轻诗人颇受撼动;与罗丹的朝夕相处,及后来接触到的波德莱尔和塞尚,更促使里尔克重新反思生活和艺术。这一次的巴黎之行,开启了里尔克中期创作生涯的高峰(1902—1910年),他一改早期浪漫抒情的诗歌风格,开始有意识地排除主观情愫,学习尽可能客观地观看和言说。随着观念的改变,里尔克的个人风格日渐成熟,特色鲜明的咏物诗便是这些思考的实践产物。在同时期诞生的《布里格手记》中,更处处可见里尔克对生命和艺术的思考痕迹。

作为里尔克平生唯一一部长篇小说,《布里格手记》的创作始于1904年2月8日,完稿于1910年1月。漫长的时间跨度一则说明里尔克下笔之谨慎,二则暗藏着读者可能遭遇到的阅读危机。小说的主人公马尔特·劳瑞茨·布里格是是28岁的丹麦破落贵族。这个家道衰败、茕茕孑立的年轻诗人把他的巴黎生活、童年往事和阅读体验零散地记录在手稿之中；没有情节贯穿始终的《布里格手记》，正是由这71节看似各自独立的片段式随想拼缀而成。在给波兰译者胡莱维奇（Hulewicz）的回信中，里尔克曾亲自解释过小说的结构：手记片段如同马赛克，彼此错落互补，以此成就整体。

在语言使用方面，里尔克选词严谨，专而不僵，很多反复出现的关键词本身就蕴含着多重解读的可能，它们的意义在行文过程中不断延宕拓展，更有许多意象与里尔克的其他作品遥相呼应，形成不断循环的互文结构。节奏上，里尔克语言顿挫，句子相对精悍，很少拖泥带水，错愕惶恐抑或缱绻柔情，均呈现出克制的清醒。叙事诡谲，描写凝练，衔接突兀，出人意料的副词和定语，使文字质感生涩，读者则不得不因为能指符号的阻力放弃日常语言的惯性，进入另一种因无助而缓慢的阅读模式。从这种意义上讲，里尔克写作的重要目的，就是去帮助能指符号凸显自身，由此得以表现的语言质感正是诗性之所在，而诗恰恰是在翻译中丢失的部分。单就这一点而言，翻译本身就是陷阱，妄图对等地转化语言本身的质感，而不仅仅是它传达的信息，无论如何都是西西弗斯的宿命。

线性叙事的阙如和打破常规的诗性语言，使这部200余页的小书获誉为"第一部真正现代的德语小说"（der erste

genuine moderne Roman in deutscher Sprache)①。然而,行文结构的陌生,因果理性的瓦解,打破空间透视和逻辑时间的个体感受,非工具性的凝视,灵光突现的直觉,却使小说中的世界时空参差、支离难解。在布里格笔下,鬼魂颠倒了生死,君王上演着命运,圣者在生活中融化,女人言说出天地不仁的大爱。这样的书写,是体味虚空的游戏,是解剖恐惧的武器,是咀嚼生死的安全之地。可是,被冠以书写者之名的布里格本人,却始终幻影般面目模糊。他没有明确的个性,没有现世的人际交往,没有物质生活的目标或动机,他永远是疏离的局外人,以观察和回忆求活,以阅读和写作为生。这个形象稀薄的人物甚至在小说结尾不着痕迹地隐匿而去,无人知晓他最后的脚步是留在在普罗旺斯的牧场还是阿利斯康的坟冢,布里格的命运似乎如福柯所言:"人将被抹去,如同海边沙地上的一张脸。"不论是对自身界限的追问,还是唤醒时间的历史叙事,隐约穿行在字里行间的布里格,一恍惚,就成了摆脱掉人间羁绊的里尔克。不可见、不可解、不可证的存在转化为语言,指向过去,同样指向未来,无法概括,也永远不会凝固。

---

① Manfred Engel (Hrsg.): *Rilke-Handbuch*, *Leben-Werk-Wirkung*, Stuttgart&Weimar, 2013, S. 318.

面对这样一部颠覆现实主义叙事的作品,本体论理想中终极而正确的解读并不存在。读者的积极介入,必然糅杂着不同的个体感知和审美经验,在此意义上,种种理解,皆为误解。每一次专注而偏差的阅读都是对文本可能性的补充,都是在宣告文本此时此刻的重生。小说付梓百余年来,存在主义、精神分析、现象学等各类解读层出不穷,阐释的多重性,并不意味解读无能,反而证实了文本的丰富。倘若一定要为《布里格手记》寻找一条放之四海而皆准的解读原则,那么诡辩式的结论也许是,里尔克在用小说本身的不确定性告诉我们:没有一劳永逸的答案,也没有千人一面的客观。这悖谬的真理根植于人之所以为人的局限性:全知全能的上帝和极乐永生的彼世是自欺欺人的幻象,受制于空间的刚性和时间的不可逆,个体的人永远无法逃离偶然,其所见所思无非是随机的碎片。里尔克自省的起点恰恰是人的局限性本身。换言之,对世界碎片化的反映和反思,贯串起71节没有开场也没有结局的手记。

理性化的"祛魅"(die Entzauberung,马克斯·韦伯语)使神圣或神秘的古老世界体系坍塌,在崩溃的秩序中个体丧失了方向感和既定的生存意义。面对终极目的的沦丧,一方面是被引爆的现代性恐慌,处于世纪转折点的众生悲观、恐惧,甚至浸透着萨特式的恶心。在小说中,初到巴黎的布里格经历了同样的恐慌:人的异化在物质文明极度发达的大都市中被对比得更加触目惊心，戴着面具的人们疲于奔命，他们为了生存而挣扎，越挣扎越疲惫，甚至彻底麻木。不知生，更不知死。病人和死者被剥夺了人性关怀，仿佛是工厂里批量生产的产品，受制于医院的安排，机械诊断、统一处理。萧索的另一端，却有振臂高呼价值重估、预言超人时代的尼采。身处现代艺术巅峰时期的里尔克也深受尼采影响。小说中，经过初期混乱后的布里格，愈来愈明确地表达出肯定当下的乐生态度。在后半部手记中，对不可预知、无法控制之事的恐惧已渐渐退出视野，文字渐趋平和。布里格不再纠缠于二元对立的胜负之争，善恶美丑无非是观念的标签，隆隆运行的宇宙从不关心春生秋杀，夏日繁花和冬日残雪同样惊人也同样平凡。

有死才有生，有静寂才有声音，生活不做分别，因此沉重而简单。从这种意义上讲，布里格体察世界的方式是一种消除对立的泛化的审美。在他眼中，物的价值不再依附于人的分类和判断，存在即是其意义。虚构或粉饰不会让世界完满，乌托邦的大同幻梦只是一味逃避。凭借尽可能抛却偏见的冷静，拒绝抒情的布里格不仅看到窘迫和辛酸，更毫不留情地陈列出污秽和愚钝。他不相信童年的无辜，却测量着疯狂的国王藏在心底的温度。他看到的威尼斯不是恍惚欲睡的温柔之地，却是暖风笙歌背后的赤贫和挣扎。他不相信上帝廉价的救赎，却把同情给了铸成大错的教皇。他讽刺宣泄悲喜的诗和情节曲折的叙事,却让面具、镜子和废墟残酷而辉煌。滋味入骨的生命,不曲解,不隐瞒,不排斥,不执着;它认同自身局限,清楚生老病死的不可避免,让秘密以秘密存在,让注定消逝者优雅离开;它心怀敬畏,因此更能关注当下、投入此在。布里格笔端理想化的圣人和女人,其共性正在于包容婆娑世界的大爱。这种爱与情欲无关,它通达天地,不垢不净,正因为不牵绊于任何有形的对象而无际无界。所谓澄明之境,其心态上的前提正在于:"对物的从容"(die Gelassenheit zu den Dingen)[①]和"对秘密的敞开"(die Offenheit für das Geheimnis)[②]。

值得注意的是,里尔克的原始手稿中还存在其他两种版本的开头和结尾。其中一版开头中,作者以第一人称的叙述者出现,模糊地框定了此书的缘起:手记也许是布里格对自己生命的回忆,也许是他对不同生命的观察和体悟,更可能是作者对布里格回忆的回忆,而回忆者本人也分辨不清,哪些属于布里格,哪些属于他自己。被放弃的另一版手稿中,布里格在秋天的晚上拜访了一位匿名的朋友,他在明灭不定的炉火旁,自言自语般讲述着乌尔内克罗斯特的往事,仿佛

---

① Martin Heidegger: *Gelassenheit*, Neske, 1959, S. 25.
② 同上,S. 26。

身在远方,这段怪诞的叙事在最后定稿出版的小说里成为了第 15 节手记。相比之下,里尔克最后选定的开头更为直接,甚至让人费解:"那么,就是说,人们来这儿是为了活,我倒是认为,会在这儿死。"沉重的对比触目惊心,毫无准备的读者立刻被卷入陈述者内部的张力空间,追随他向外的目光观察着城市的荒芜;然而陈述者的社会身份却被省略或刻意回避,直到第 14 节手记,我们对这个所谓的主人公几乎一无所知。可是,不论有无背景铺垫,三种迥然不同的开头却都虚实难辨,允许客观还原的现实感大概从不是里尔克的目的所在。

里尔克草稿中,紧接在第 71 节手记之后的,是两则关于托尔斯泰的评述。晚年的托尔斯泰为了得到命运的安全感而信奉上帝,并因此放弃了他的天才,不再发自本真地创作。在里尔克看来,歪曲现世以换取彼世的救赎,是更可怕的亵渎。对死亡及无常的恐惧不会因为盲信而缓解;极力否定自我、克制生命的流动却是不可逆转的灾难。原稿的第二种结尾中,与托尔斯泰的退缩形成鲜明对比的,是一位无名的农奴画家,里尔克在他的画作中看到了豁达而勇敢的存在,画家的创作摆脱了教条束缚,以天真而自尊的态度,认认真真地尝试一切幸运和一切艰辛。真正的奇迹开放之时,从不矫饰,也从不委屈。定稿后的小说删除了对托尔斯泰的批判,另以虚笔收场,全书最后一段手记是对圣经中浪子回头这则寓言的改写。返乡之人不再执着于一己之身的个性,他无心求取宽恕,更不妄图获得理解,反而甘愿回归最庸常的世俗,以无名的孤独,接受生命的本来面目。有限的人,在天地中与万物齐生。也许,比起推卸责任的盲从或一味苛责的理性,不怨怒的超然是更清亮的彻悟。

从正午巴黎街头的熙熙攘攘到黄昏丹麦乡下悠长的晚钟,从乞丐到国王,从易卜生到波德莱尔,从塞尚到贝多芬,当亡灵淡漠地穿过厅堂,萨福炽灼的爱却随着古希腊的暖风扑面而来。成规、旧俗、僵化的历史、固执的偏见,那么多挣扎,那么多死气。可是,五层高的楼阁上,有人在看,在想,在写,在抵抗,用他敞开的、活泼的知觉,用他沉淀得愈发清晰的回忆,用当下的肉身,用沉潜的存在。布里格?还是里尔克?谁分得清?也许,真相逃遁永恒,解蔽只在当下。

说　明

一、本书底本：Rainer Maria Rilke：*Die Aufzeichnungen des Malte Laurids Brigge*，herausgegeben und kommentiert von Manfred Engel，Stuttgart：Reclam，1997。

二、里尔克手稿只在两节手记之间留出一行空白，并无任何实质性的分节标记。为查阅及研究方便，本书按国际惯例以阿拉伯数字为手记编号。

三、除定稿出版的手记全文外，此译本也收录了里尔克原始手稿中的另外两种开头和结尾，均附于书末。

布里格手记

1

9月11日,图里埃大街[①]

[7] 那么,就是说,人们来这儿是为了活,我倒是认为,会在这儿死。我出去过。我看见了:一些医院。我看见一个人,摇晃着,倒下。人们围到他身旁,省了我看到其他。我看见一个怀孕的女人。她艰难地挪步,沿着温吞吞的高墙,时不时摸一下,好像为了让自己确信,它还在。是的,它还在。后面呢?我在地图上找:产科医院[②]。好。有人将为她接生——有人会的。再往前,圣雅克大街[③],有圆顶的高大建筑。地图上说是慈悲谷,军医院[④]。其实我不需要知道,但也无妨。小巷开始从四面八方散发气味。能闻出来的有,碘仿,炸薯条的油[⑤],恐惧。所有城市在夏天都有味。接着我看到一幢奇怪的白内障似的房子,地图上找不到它,门上却还能依稀读出:夜容所[⑥]。入口旁是价格。我读了下。不贵。

---

① 原文法语:rue Toullier。
② 原文法语:Maison d'Accouchement。
③ 原文法语:rue Saint-Jacques。
④ 原文法语:Val-de-grâce, Hôpital militaire,巴黎的医院,原址为慈悲谷修道院,1790年起改用为军医院。
⑤ 食素的里尔克讨厌油腻的食物。
⑥ 原文法语:Asyle de nuit。

还有呢？一个孩子在一辆停下的童车里：肥胖，发青，额上有明显的疹子。显然已经退掉，不痛了。孩子睡着，张开嘴巴，呼吸着碘仿、炸薯条、恐惧。现在就是这样。关键是活着。这是关键的。

2

我不能不开窗睡觉。电轨咆哮着穿过我的小屋。汽车从我身上开过。一扇门关上了。[8] 某处有块玻璃当啷摔下，我听见大碎片大笑，小碎屑嗤笑。突然，另一边，沉闷内敛的噪声，在房子里。有人上了楼。走着，不停地走。在那里，久久地在那里，走过去。又是街上。一个女孩尖叫：闭嘴，我不愿意了①。电车亢奋地驶来，开过去，开过一切。有人在叫喊。人们跑着，追着。一只狗叫起来。多放松啊：一只狗。快到早上，甚至有公鸡打鸣，这是无边的宽慰。我一下子睡着了。

3

那是响声。但这里有更可怕的东西：静寂。我相信，大

---

① 原文法语：Ah tais-toi, je ne veux plus。

火中有时会出现这样极度紧张的时刻,水柱落下,消防员不再攀爬,没有人动。黑墙角悄然从上方移出,高墙斜下,后面火光冲天,无声无息。一切都立住,耸起肩,锁上眉头,等着那可怕的一击。这就是此处的静寂。

4

我学着看。不知为何,一切都更深地进入我,并不在素来终止处停留。我有一个内在,我对它一无所知。现在一切都去了那。我不知道会在那发生什么。

我今天写了封信,此时才注意到,我在这刚过了三个星期。别处的三个星期,比如说在乡下,可能就像一天,这里却是几年。我也不会再写信。我为什么要告诉某个人,[9] 我变了?如果我变了,就不再是曾经的我,如果我不同于迄今的那个,就显然没有熟人。给陌生人,给不认识我的人,我不可能写信。

5

我说过吗?我学着看。是的,我开始了。还很糟。但我会抓紧时间。

例如,我从未意识到有多少张脸。有许多人,但脸更多,因为每个人都有好几张脸。有些人,常年戴着一张脸,它当然会被用坏、变脏,在皱纹处断裂,松下来,像旅途上戴的手套。这是节省、简单的人;他们不换脸,甚至不清洗。这就够了,他们说,谁又能举出反例?现在自然要问,如果他们有好几张脸,其他那些怎么办?放起来。他们的孩子会戴。也有可能,他们的狗戴上出门。为什么不?脸就是脸。

另一些人,一张接一张地戴上脸,快得毛骨悚然,又把它们弄坏。最初他们以为用之不竭,但还不到40岁,就已是最后一张。这当然是悲剧。他们还不习惯爱惜脸,最后一张在一周内就磨破,有了洞,许多地方薄得像纸,渐渐露出衬底来,非脸(das Nichtgesicht),他们就这样走来走去。

可这个女人,这个女人:她完全蜷缩着,前倾在手上。这是田园圣母院大街①的街角。[10]一看见她,我就开始放轻脚步。穷人们沉思时,不应打扰。也许他们真会想到什么。

街上太空了,空旷百无聊赖,抽走我脚下的步伐,四处敲打,这一下,那一下,像是只木鞋。女人吃了一惊,弹起身,太快,太猛,以至于那张脸留在掌中。我能看到它躺在手里,它的空壳。我极力挣扎,停在手上,不去看撕下来的东西。从内里看一张脸,我不寒而栗,但一个赤裸、受伤、无脸的脑袋更让我恐惧。

---

① 原文法语:rue Notre-Dame-des-Champs。

6

我怕。一旦有了恐惧,就得做点什么对抗它。在这里生病会非常糟糕,如果有人想到把我弄进主宫医院①去,我就一定会在那死掉。这是家舒适的旅馆②,门庭若市。许多车子必需尽快穿过空地驶入医院,不冒着被车撞到的危险,就无法观察巴黎大教堂的门面。那是些不停鸣叫的小型公车,如果一个将死的小人物头脑一热,偏要直冲入上帝的旅馆,那么连萨冈公爵③也得让人停下马车。将死之人是固执的。当殉难者大街④的旧货商勒格朗夫人⑤向城中的某个广场驶来,整个巴黎都水泄不通。要说的是,那些该死的小车都有无比挑逗的毛玻璃,[11] 能想象出后面最精彩的垂死挣扎;一个门房⑥的幻想足矣。如果有更多的想象力,能想到别的方向上,猜测就简直无边无际。我也见过出租车大敞而来,

---

① 原文法语:Hôtel-Dieu。主宫医院是巴黎、甚至全欧洲最古老的贫民医院,位于圣母院附近,660 年初建时为女修道院,1868—1878 年被翻修。法语原文 Hôtel-Dieu 字面意思为"上帝旅馆"。
② 原文法语:Hôtel,参见注 1,此处是里尔克的文字游戏。
③ 萨冈公爵:三十年战争(1618—1648)时期神圣罗马帝国的军事统帅华伦斯坦(Albrecht Wallenstein, 1583—1634)。
④ 原文法语:rue des Martyrs。
⑤ 原文法语:brocanteuse Madame Legrand。Legrand 是十分常见的法国姓氏。le grand 的法语原意为"伟大、崇高、重要"。
⑥ 原文法语:concierge。

车篷掀起的计时车,按常价载客:一个小时的死两法郎。

7

这家优秀的医院很老了。克洛维国王时期[1]就有人死在这里的几张床上。现在可在559张床上死去。自然像工厂一般。在这大批量的生产中个人不会善终,然而这无关紧要。人人如此。今天谁还会精心准备一场死亡?没有人。就连那些本可以仔仔细细死去的有钱人,也开始漫不经心、得过且过;有场自己的死,这愿望日益罕见。无需多久,它就会像自己的生活那样渺茫。上帝啊,仅此而已。来了,找到一种生活,现成的,穿上就是。要走掉或不得不走:就在此时,无需挣扎:那就是您的死,先生。[2] 它一来,就死掉;人生病,死于疾病的死。(自从认识了所有疾病,人们就知道,形形色色的终结属于疾病,而不属于人;如此说来,病人什么也做不了)。

在疗养院,死得其所,对医生和护士心怀感激,死于被医院安排好的死。若死于家中,[12]自然要选择体面人家周全的死,似乎一流的殡葬已经开始,还有一整套异彩纷呈的

---

[1] 克洛维一世(481—511),486年打败罗马帝国在高卢的最后一任总督,创建法兰克王国。克洛维占领北高卢后皈依了罗马天主教。
[2] 原文法语:Voilà votre mort, monsieur.

习俗。那时穷人们站在房前,一饱眼福。穷人的死自然寡淡,不费周章。但凡找到一种似是而非的死,就心满意足。也可以宽松得很:死人总会胀大一点。只有胸前扣不上或勒得太紧,才是麻烦。

8

想到如今已空无一人的家,我就知道过去不一样。过去人们知道(或者感到),死亡在自己内里,就像果子里有核。孩子有一个小小的死,成人有一个长大的死。女人的死在腹内,男人的死在胸中。人拥有死亡,它给人以特殊的尊严和静默的骄傲。

看得出,我的祖父,老宫廷总管布里格,还怀揣着他的死。那是怎样的一场死亡啊:两个月之久,响亮得能在田庄外听到。

对于这场死,狭长的老宅太小了,似乎有必要扩建厢房,因为老总管的身体越来越庞大,他不停地要求人们把他从一间屋子抬到另一间,倘若白昼未尽,却再也没有他未躺过的房间,他就勃然大怒。接下来,仆人、侍女和总围在他身边的狗就会成群结队地上楼,由管家带头,走进他亡母辞世时的屋子。房间与23年前她离开时一模一样,[13]平日里谁也不准进去。现在这群暴徒破门而入。窗帘被拉开,夏日午后粗鲁的光搜查着所有胆怯、受惊的对象(Gegenstände)，在掀开的镜子里笨拙地折返回旋。人亦如此。女仆好奇得不知把手放在哪，年轻的侍者呆呆地盯住一切，老仆人四处走动，搜肠刮肚地回忆关于这间此时他们有幸入内的屋子可说的一切。

特别是狗，屋子里所有东西都散发着气味，呆在这里似乎让它们无比躁动。又高又瘦的俄国灵缇犬忙着在靠椅后跑来跑去，迈着长长的舞步，摇摇晃晃地从屋子这头走到那头，它像纹章上的狗①一样站起身来，细长的爪子撑在白金色的窗台板上，把急切的尖脸和皱起的额头探向院子，东张西望。手套黄色的小猎獾带着一切都似乎理所应当的脸，坐在窗边宽大的丝质弹簧沙发里。一只刺毛的大猎犬看上去闷闷不乐，在一张金足的桌边蹭着脊背，彩绘桌面上的塞夫勒瓷器②于是瑟瑟发抖。

是的，对于这些失神落魄、睡意惺忪的物(Dinge)而言，这是段可怕的时光。发生过这种事情，某人冒失的手笨拙地翻开几本书，书中飘落出的玫瑰花瓣被踩烂踏碎；孱弱的小对象(Gegenstände)被抓起来，打坏之后又立刻被放回去，[14] 有些拧坏的东西被藏在窗帘下，或是干脆扔到壁炉栅

---

① 里尔克纹章上的动物即为灵缇犬。
② 塞夫勒瓷器(Sèvrestasse)：法国塞夫勒产的贵重瓷器。

栏的金网后。不时有东西掉下来,闷闷地落在地毯上,或清脆地砸在硬木地板上,或这儿或那儿,它们摔坏了,刺耳地溅起,或几乎无声无息地裂开,因为这些物(Dinge)娇生惯养,经不起任何摔打。

若是有人想起来问问,这一切原因何在,是什么让这间被小心保护的屋子蒙受灭顶之灾,——那么只有一个答案:死亡。

大总管克里斯多夫·迪特莱夫·布里格在乌尔斯戈尔德①的死。死亡溢出他黯蓝色的制服,躺在地面正中,纹丝不动。在他那张陌生的、再无人认识的大脸上,双目紧闭:他看不到发生了什么。最初人们试着把他抬到床上,但他拒绝,自打疾病长出来的第一个晚上,他就憎恶床铺。楼上的床也的确太小了,无可奈何只好把他放在地毯上;他也不想下楼去。

他躺在那,有人会以为他死了。暮色缓缓降临,狗一只只从门缝溜走,唯有那只面色阴郁的硬毛犬坐在主人身旁,把一只毛茸茸的扁平前爪搭在克里斯多夫·迪特莱夫灰色的大手上。现在连仆人们也大多站在比屋内更明亮的白色走廊里,还留在屋里的人不时偷看一眼当中那堆昏暗的庞然

---

① 乌尔斯戈尔德(Ulsgaard):马尔特父亲的祖宅所在地,虚构地名。"Ul"相当于 ulv 或 ulf,直译为"狼",是北欧常见的姓氏;"gaard"有庭院、院落、庄的意思,以后缀-gaard 结尾的地名十分普遍。

大物,[15]但愿那只不过是一件罩在腐败物上的大衣。

但还是有点什么。是一种声音,七个星期之前还没有人听过:它不是宫廷总管的声音,这声音不属于克里斯多夫·迪特莱夫,它属于他的死。

如今克里斯多夫·迪特莱夫的死已在乌尔斯戈尔德生活了很多很多天,它对所有人讲话、要求他们。它要人们忍受它,要那间蓝屋子,要小客厅,要大礼堂。它要狗,要人们笑、说话、游戏、安静,它同时要求这一切。它要见朋友、女人和死者,它要它自己也死掉。它要。它要求,它尖叫。

入夜,不守夜的仆人们精疲力竭,他们想入睡的时候,克里斯多夫·迪特莱夫的死尖叫起来。尖叫着,叹息着,它咆哮得那么绵长、持久,连最初和它一起叫嚷的狗都沉寂下来,再不敢躺下,它们用细长、颤抖的腿站起,惊恐不安。当听到死亡咆哮着穿过丹麦辽阔的银色夏夜,他们就起床穿上衣服,像在暴风雨天那样,一言不发地围坐在灯旁,直到它过去。即将临盆的女人们被送到最遥远的房间,躺在最厚实的床铺里;但她们听到了,好像在自己腹中听到,她们恳求起床,苍白着走过长长的路,带着汗湿的脸去与其他人坐在一起。在这个时节产崽的母牛无助而沉默,[16]有人从一头牛的肚子里扯出已长出所有内脏的死胎,因为它根本不愿降生。所有人都搞砸了白日的工作,他们忘了添干草,因为他们在白日里恐惧着夜晚,他们因太久的不眠和猛然的惊醒虚弱不堪、什么都记不起。礼拜日走进安宁的白色教堂时，他们祈祷乌尔斯戈尔德别再有什么老爷：这位老爷太吓人。牧师从布道台上大声讲出他们想到、祈祷过的一切，因为牧师也再无宁夜、再不理解上帝。钟说，有了一个可怕的竞争者，它整夜隆隆作响，即便用尽金属的气力去发声，仍不是它的对手。是的，一切都在言说它。一个年轻人梦见他走进宫殿，用粪叉杀死了仁慈的老爷。人们兴奋起来，最后他们过度冲动，甚至全都去听他讲他的梦，却未曾意识到他们是在判断他能否胜任此事。这个地方所有的人就这样感受着、谈论着，而几个星期之前他们还在爱着、同情着宫廷总管。然而，即便这样说，也不能改变什么。居住在乌尔斯戈尔德的克里斯多夫·迪特莱夫的死赶不走。它要来这里十个星期，也留了这么久。这段时间里，它比往日的克里斯多夫·迪特莱夫·布里格更像主人，它仿佛是一位国王，后来，永远，人们称它为恐怖。

这不是某个水肿病人的死，这是邪恶的、王侯的死，宫廷总管[17]怀揣着它一辈子，用自己养大了它。一切在他平静的日子里无处施展的多余的骄傲、意愿和权力，都汇入他的死，这场死亡定居在乌尔斯戈尔德，横行恣肆。

如果有人要求宫廷总管布里格以另一种方式死去，他会怎样看待此人？他死于他沉重的死。

9

想到我见过或听过的其他人:总是如此。他们都有自己的死。男人把死装在甲胄中,内里,如同囚犯;那些很老、变小的女人,躺在舞台般巨大的床上,在所有家人、仆人和狗面前,谨慎而雍容地离开。孩子们,就连极小的孩子,也不是随意的儿戏之死,他们全神贯注,死于他们所是的,死于他们将会成为的。

当女人怀孕了,伫立着,纤细的手不经意地放在隆起的腹部上,里面有两个胎儿:一个孩子和一个死,这赋予她怎样一种悲哀的美。她空旷的脸上现出那浓稠的、几乎富有营养的微笑,难道不是因为,她有时候感到,婴儿和死都在长大?

10

我做了点事情对抗恐惧。我整夜地坐着、写着,现在我很累,就像在乌尔斯戈尔德的旷野上走过长长的路。难以想象,一切都已不再,陌生人住入狭长的老宅。也许,楼上山墙中的白屋子里,[18] 女仆们正睡着,睡着她们沉重、潮湿的睡眠,从晚到早。

我则一无所有，独在这世上游荡，一只箱子，一个书匣，根本没有好奇。这究竟是怎样的生活：没有房子，没有祖传物，没有狗。至少应有回忆吧。可谁有回忆？哪怕童年还在，也仿佛已被埋掉。或许，得到老，才会靠近这一切。我想，老了，是好的。

11

今天是一个美好的秋日清晨。我穿过杜伊勒里宫①。向东而立的一切，都在太阳前眩目闪烁。被照亮者挂了雾，如浅灰的帘幕。雕塑在尚未揭秘的花园里晒着太阳，灰在灰色里。一朵朵花，在长畦中立起，用受惊的声音说出：红。一个极其瘦高的男人转过街角，从香榭丽②走来；他拿着拐杖，但没有拄在腋下——而是举在身前，轻轻地，他时不时把它坚定而响亮地竖起，仿佛是传谕者的权杖。他忍俊不禁，微笑着走过一切，走向太阳和树。他的脚步羞涩得像个孩子，却异乎寻常地轻盈，满是对过去行走的回忆。

---

① 杜伊勒里宫（Tuilerien）：1559年法国国王亨利二世去世后，其遗孀卡特琳·德·美第奇决定搬出亡夫居住的卢浮宫，另建新宫。1564年，卡特琳·德·美第奇下旨在卢浮宫西部约250米远的地方营建杜伊勒里宫。"杜伊勒里"的名字来于该处的一座石灰窑（tuileries）。
② 香榭丽（Champs-Elysées）：巴黎八区最著名的街道。

12

那么小的月亮,却是怎样的无所不能。① 那些时日,它周遭万物疏浅,在澄明的空气里几乎不着痕迹,但又清清楚楚。近在咫尺的,竟有了遥远的况味,它们被拿走,只是呈现着,[19] 却触不能及。与遥远相关的:河,桥,长街,挥霍的广场,把遥远收入身后,被画在其中,就像在绸上。说不出那会是什么,新桥②上浅绿的车,某种留不住的红,或只是珍珠灰的楼群外墙上一张广告。一切都简化到几个恰切、明亮的平面③上,恍若马奈④画里的脸。无一卑微、多余。塞纳河沿岸的旧书商⑤打开他们的箱子,书籍或新或旧的黄,卷宗的紫褐,纸夹更大块的绿,一切都恰到好处,在成就,在参与,构成一种毫无缺失的完满。

13

下面是这样的构图:一辆小车,被女人推着;前面顺车身

---

① 小月亮指新月,随着它的出现天气发生了变化,数日的阴霾散去,世界重归明静。
② 新桥(Pont-Neuf):塞纳河上年代最久且最为有名的桥梁,建于1606年,位于巴黎市中心。
③ 原文法语:plan。
④ 马奈(Edouard Manet,1832—83):印象画派的导师和先驱。
⑤ 原文法语:Bouquinist。

有手摇风琴。后面横架着摇篮,一个极小的孩子稳稳地站在里面,戴着帽子,心满意足,不想坐下。女人时不时拉开琴箱。小小的孩子就立刻跺着脚又从他的摇篮里立起,穿着绿色礼拜服的小姑娘跳着舞,朝楼上的窗敲起手鼓。

14

我想,我得开始做点工作了,现在,我学着看。我28岁,几乎一事无成。再说一次:我写过一篇关于卡巴乔[①]的糟糕论文,一部叫《婚姻》的戏,想用双关法表现某种虚伪的东西,还有诗。可动笔太早,写不出什么诗来。[20]要等,一辈子都要去搜集意义和甜蜜,也许那会是漫长的一生,然后,在尽头,或许能写出十行好诗。诗不是如人所想的感觉(感觉早就有了),——而是经验。为一行诗,要看许多城市,许多人和物,要认识动物,要感受鸟儿如何飞翔,要知道小小的花朵以怎样的姿势在清晨开放。要回想未知之地的路,想起不期而来的邂逅和眼见其缓缓而至的离别——想起尚未启蒙的童年,想起受伤害的父母,他们想给你快乐,你却不理解(那是别人的快乐),想起孩子的病,它莫名地出现,有过那么多

---

① 卡巴乔(Vittore Carpaccio, 1455—1525):文艺复兴时期意大利威尼斯画派的叙事体画家,里尔克曾打算为他撰写专题论文。

次深重的转变，想起那些静寂、压抑的小屋里的日子和海边的清晨，尤其是那片海。要想起海，想起在高空呼啸而过、随繁星飞走的旅夜——想起这一切，却还不够。还得有回忆，回忆那许多个无与伦比的爱夜，回忆分娩的呼喊和睡着的产妇，她蜷缩着，轻柔而苍白。还要陪伴过将死者，要在那间开着窗的小屋里、在断断续续的喧嚷中，坐在死者身旁。有了回忆，却还不够。回忆多了，就必须学会忘记，一定要有很大的耐心，等它们再回来。因为回忆本身还不是。只有当回忆成为我们的血，成为眼神和姿势，只有当它们无以名状、再无法与我们分开，[21]唯有如此，一行诗的第一个字才会在某个很罕见的时刻，在回忆的中心出现，从中走出来。

我所有的诗都不是这样写成的，也就不是诗。——写戏时，我又犯了多大的错。为讲述两个纠葛者的命运，我却需要第三个人，我是模仿者和小丑吗？我多容易就陷入了这个圈套。我本该知道，这贯穿了一切生活和文学的第三者，这第三者的幽灵，从未存在，没有意义，必须拒绝他。他属于大自然的种种借口（die Vorwände），大自然总是竭力把人的注意力从它最深邃的秘密上引开。他是屏风，挡住了后面上演的戏。真正的冲突是无声的静寂，他则是这静寂入口处的喧嚣。也许有人认为，如果只讲述真正攸关的那两个人，迄今的一切都会太难；那第三者，正因他如此不真，才是任务里容易的部分，谁都能把握。戏刚一开始，他们就按捺不住，走向第三者，他们等不及。只要他在，就万事无忧。若他来迟了，会多无聊，没有他，什么都不会发生，一切都站着、僵着、等着。倘若真就停在这凝滞上、这犹豫上，又会如何？剧作家先生，还有你，了解生活的观众，如果这个受欢迎的享乐者，这个万能钥匙般打得开所有婚姻的不自量力的年轻人，倘若他消失，会怎样？比如，若魔鬼抓走他，会怎样？设想一下吧。我们会突然意识到剧场造作的虚空，它像被墙堵住的危险洞穴，[22] 只有从包厢边隙扑出来的飞蛾在那没有支撑的空腔里起起落落。剧作家们再不能安享他们的别墅。所有公众密探都在世上的偏僻处为他们搜寻那不可替代者，他就是情节本身。

然而，生活在人们之中的，不是这"第三者"，而是那两个，关于他们，可说的多到无法想象，关于他们，却从未说过什么，虽然他们受难着，行动着，束手无措着。

可笑。我坐在这，我的小屋里，我，布里格，28岁了，默默无闻。我坐在这，什么也不是。然而，这个什么也不是的人开始了思考，在五层①高的楼上，一个灰色的巴黎午后，他这样想着：

他想，有无可能，人们尚未看见、认出、说过真实和重要的？有无可能，人们有过几千年的时间，去看、去想、去记录，却

---

① 相当于中国的六层。

让这几千年像课间休息那样流逝,只吃了点黄油面包和苹果?

是的,可能。

有无可能,虽然有发明和进步,虽然有文化、宗教和世间的聪明,人们却仍停留在生活的表面?有无可能,就连这本该是什么的表面,也被盖上一层难以置信的无聊,让它看上去就像暑假的客厅沙发?

是的,可能。

有无可能,整个世界史都被误解?有无可能,过去是假的,因为总是在谈论众人,[23]就像讲述许多人的集聚,却不说他们围立其中的那一位,因为他陌生,因为他死了?

是的,可能。

有无可能,人们相信,出生前发生的事情一定要补上?有无可能,人们一定要提醒每个个体,他脱胎于过去的一切,他应悉知此事,且不为另有所知者说动?

是的,可能。

有无可能,所有人烂熟于心的过去,从未存在过?有无可能,对于他们,一切真实都是虚无;他们的生命流逝着,不与任何东西相关,就像空屋子里的钟?

是的,可能。

有无可能,对于那些还活着的少女,人们一无所知?有无可能,人们说着"女人们","孩子们","少年们",却未料到(即使受过所有的教育),这些词语早就没有复数,而是无数的单数?

是的,可能。

有无可能,有人说起"上帝",还以为他是公用品?——只需看看两个学童:一个买了一把刀,他的同桌在同一天买了一把完全相同的。一个星期后他们拿出两把刀,结果它们只是远看相似,——在不同的手中它们已变得那么不同。(是的,对此一个孩子的母亲说:如果你们总得把所有东西马上用坏。——)[24]倘若如此:是否还能相信,人们有一个上帝,却从不使用?

是的,可能。

如果这一切都有可能,即便只是可能性的微光,——那么,为这世上的一切,就必须发生些什么。任何人,有了这些不安的想法,就一定要从被错过的开始行动:即使他只属等闲,即使他并非最适者:可再无他人。这个年轻人,无足轻重的外国人,布里格,得在五层高的楼上坐下,写作,日日夜夜:是的,他必需写,这就是结局。

15

那年我12岁,或至多13岁。父亲带我去了乌尔内克罗斯特。我不知道是什么让他去拜访岳父。自从母亲去世这两个人已多年未见。布拉赫伯爵晚年搬回去住的那座古堡,父亲也从未自己去过。外祖父过世后,那幢奇怪的房子落入他手,我之后再未见过。我在童年加工过的记忆里找到的不是一幢房子,它已在我身体里七零八碎;屋子这一间,那一间,走廊不能把它们连接起来,走廊被保存下来,只是一段自在自为的残章。就这样在我心里散落着一切——房间,楼梯,凌乱不堪,各居一隅,另外还有一些狭仄的旋梯,在其中暗处行走,就像血液在静脉里流动。一间间塔屋,高悬的观阁,从小门挤入则不期而至的阳台:[25]——一切都还在我内里,也永远不会消失。仿佛这房子的图像从无限高处坠入我,在我心底碎裂开来。

我心中完整保留下来的,似乎只是我们每天傍晚七点聚餐①时的大厅。我从未在白天见过这间屋子,甚至记不得是否有窗、开向何处;每一次,只要家人进去,沉重的枝形烛台上就燃起蜡烛,几分钟后就忘了白昼和外面见过的一切。这间高高的、我猜是有拱顶的屋子比一切都强大;它模糊的高度,它从未被照亮的角落,从人的身体里吸走所有图像,却不给他任何清楚的替补。人坐在那,仿佛溶解了;完全没有意志,没有知觉,没有兴致,也没有抵抗。就像一个虚位。我记得,这种毁灭性的状态最初几乎让我有种晕船似的恶心,我

---

① 原文为"吃午餐"。在斯堪的纳维亚半岛,午餐常常指的是实际意义上的晚餐。

撑不住，只能伸出腿，用脚碰了碰坐在对面的父亲的膝盖。后来我才注意到，他似乎理解、或至少容忍了这古怪的行为，虽然在我们之间那种近乎冷漠的关系里这种举动无从解释。正是这轻轻的触碰，给了我力量熬过漫长晚餐。拼命挨了几个星期后，我以孩子那种几乎无限的适应力习惯了聚餐时的阴森，无需挣扎[26]就能在桌旁坐上两个小时；现在时间甚至过得比较快了，因为我忙着观察在座的人。

外祖父称之为家庭，我也听过其他人使用这个专横的名称。虽然四个人之间有远亲关系，但他们绝非同类。坐在我身旁的舅舅是个老人，他坚硬焦黑的脸上有几块黑斑，据我所知是一次火药爆炸的结果；他阴沉而幽怨①，以少校身份退伍，现在在古堡中一间我不知道的屋子里尝试炼金，听仆人说，他还和一家监狱有往来，每年有人从那给他送一两次尸体，他就把自己和尸体关在一起，没日没夜地切割，用秘方处理它们，以防止腐烂。他对面是马蒂尔德·布拉赫小姐的位子。她是那种没有明确年龄的人，是我母亲的远房堂妹。她与一个自称诺尔德伯爵②的奥地利招魂师频频通信，完全听命于他，不论多小的事情都要先征求他的许可，抑或是他的恩赐，除此之外，我对她一无所知。那时候

---

① 原文法语：malkontent。
② 此人无历史记载。

她出奇地胖,那绵软而慵懒的肥胖同样漫不经心地浇注进松松垮垮的浅色裙子里;她的动作疲惫而模糊,总是泪眼朦胧。然而,她身上有某种东西,让我想起我柔弱纤瘦的母亲。[27]观察她久了,我就能在她脸上找到所有那些母亲去世后我再也记不清的精致微妙的线条;直到那时,每日见到马蒂尔德,我才知道死者有怎样的相貌;是的,也许那是我第一次知道。直到那时,成千上百个细节才在我体内聚集成处处与我同在的死者的图像。后来我明白了,布拉赫小姐的脸上的确存在所有那些决定了母亲容貌的细节——只不过这些细节被冲散开来,就像横插入一张陌生的脸,它们扭曲了,彼此再无瓜葛。

这位女士身旁坐着一个表亲的小儿子,男孩大概与我同岁,但比我矮,比我瘦弱。他细细的苍白的脖子从打着细褶的领口伸出,又在长长的颌下消失。他薄薄的嘴唇紧闭着,鼻翼微微翕动,他那双漂亮的深棕色眼睛只有一只能动。有时它安静而忧伤地看我一眼,另一只眼睛则永远盯着同一个角落,好像它已经被卖出去,不在考虑之内。

长桌上首立着外祖父那把巨大的沙发椅,一个再无他事可做的仆人把它推到他身下,而白发苍苍的老人也只占用一点点空间。有人称这位重听、霸道的老先生为阁下或者御前大臣,还有人给他将军的头衔。他自然拥有过这些荣誉,但他在职是很久以前的事了,久到这些称谓几乎不可理解。

[28] 我甚而觉得,没有哪个确定的名字能安在他那某些时刻格外鲜明、却又总是再次化掉的性格上。我永远下不了决心叫他外祖父,虽然他有时对我很和蔼,还会用一种逗笑的声调叫我的名字、把我喊到他身边去。面对伯爵,全家人都表现得敬畏交杂,只有小埃里克才和这位白发苍苍的一家之长有某种亲昵。他那只会动的眼睛时不时默契地飞快看他一眼,外祖父也同样快速地回应;漫长的午后,有时候能看到他们出现在幽深的画廊尽头,他们手牵手沿昏暗的古画走着,不说话,显然是另一种默契。

我几乎整天都在花园,在外面的山毛榉树林里,或在原野上。幸好乌尔内克罗斯特有狗,可以陪着我;随处都有佃农或者管家的院落,我能拿到牛奶、面包和果子,我相信我曾无忧无虑地享受过我的自由,至少后来的几个星期没有因为晚上的聚餐担惊受怕。我几乎不和任何人说话,因为独处是我的快乐;偶尔和狗简短地说几句;我们相处得十分融洽。再说沉默也是家族特性;我是从父亲那了解这点的,晚餐时鸦雀无声我也不会惊讶。

[29] 我们刚到的那几天,马蒂尔德·布拉赫格外健谈。她向父亲询问国外城中早年的熟人,她回忆着遥远的印象,想到死去的女友和某个年轻人,她动容而泣,她暗示说他爱着她,对他那份恳切而无望的爱慕,她却无以回报。父亲礼貌地听着,间或点头同意,只做最必要的回答。桌子上首的

伯爵一直垂着嘴角微笑,他的脸显得比平时大,好像戴了个面具。有时他自己也会插句话,他的声音不涉及任何人,虽然很轻,却能在整个大厅听到;有点像钟表那种稳定而超然的运行;周遭的静寂似乎有种独特的、空荡荡的共鸣,对每个音节都一视同仁。

布拉赫伯爵认为和父亲谈论他的亡妻、我的母亲,是对他以礼相待。他称她为希比拉女伯爵,他每说完一句话都好像在询问她。不知何故,我甚而觉得,随时会有一个穿白衣的年轻女孩加入我们。我还听过他用同样的声调说起"我们的小安娜·索菲"。外祖父似乎格外喜欢这位小姐,有一天我问起才得知,他指的是大首相康拉德·雷温特洛的女儿,她曾是弗里德里希四世续娶的妻子①,已在罗斯基勒大教堂②长眠了差不多一个半世纪。时间顺序对他毫无意义,死亡只是他完全无视的小插曲,[30] 但凡进入他的记忆,人就存在着,死亡也改变不了什么。老先生去世几年后,人们都在相传,他怎样以同样的固执把未来之事当做眼下。有一次

---

① 安娜·索菲(Anna Sophie,1693—1743):丹麦王后,大首相康拉德·雷温特洛(Großkanzler Conrad Reventlow)之女。丹麦国王弗里德里希四世(1671-1730)1695年娶了梅克伦堡的伊丽莎白为妻,于1712年重婚再娶安娜·索菲,王后伊丽莎白1721年死去后,安娜·索菲1725年被封为王后。

② 罗斯基勒大教堂(Roskilde):丹麦的罗斯基勒大教堂始建于12世纪70年代,自中世纪开始被用作皇家陵寝,共埋葬了39位国王和王后。

他和一位年轻的女人说起她的儿子们,还特别说到其中一个儿子的旅行,而这年轻的女士首次怀孕才刚三个月,她坐在滔滔不绝的老人身旁,又惊又怕,几乎晕掉。

事情开始的时候,我在笑。我大声笑着,静不下来。那个晚上,马蒂尔德·布拉赫缺席了。几乎失明的老仆人走到她的位子上,恭敬地递过去菜。他就那样站住不动,过了一会儿才心满意足、又郑重其事地走开,就好像一切都照常继续着。我观察着这个场面,看的时候一点也不觉得好笑,但过了一会儿,正当我把一小口食物放进嘴巴里,笑声突如其来地在我脑中腾起,它来得那么快,我呛住了,发出巨大的噪声,虽然我十分尴尬,虽然我极力让自己严肃下来,笑意却反复袭来,完全控制了我。

似乎是为了掩饰我的行为,父亲用他缓慢低沉的声音问道:"马蒂尔德病了吗?"外祖父以他的方式微笑着答了一句话,但我自己正手忙脚乱没有留意,那句话大概是:不,她只是不想见克里斯蒂娜。[31]我身旁黝黑的少校站起身来,含混地嘟哝一句抱歉,向伯爵鞠了一躬,离开了大厅,我也没看出这是外祖父那句话产生的效果。我仅仅留意到,在房主背后的门口,少校再次转过身,对小埃里克,突然让我大吃一惊的是,也对我,眨了眨眼、点了点头,似乎让我们跟他出去。我惊讶得止住了折磨我的大笑。我再未理会少校,我不喜欢他;我发现小埃里克也不怎么重视他。

晚餐像平时那样没完没了,吃到甜点时,半明半暗的大厅深处发生了一个动作,我的目光被攫住、朝那看了过去。那扇我以为永远紧锁、据说通向夹楼的门,一点点地开了,当时我又惊又怕,以全然的新鲜感盯着那里,一位穿着浅色衣裙的瘦高女士踏入门口的昏暗,并慢慢地向我们走来。我不知道我是否动了一下或是叫了一声,椅子翻倒的声响把我的目光从那个诡异的身影上扯开,我看到父亲跳了起来,正脸色死白、垂着紧握的拳头,迎向那位女士。而她,毫不为这情境所动,一步步向我们走来,快到伯爵的位子时,后者一下子站起,抓住我父亲的手臂,把他拉回到桌边,[32] 紧紧不放,而那位陌生的女士,悠然而冷漠,穿过没有障碍的空间,一步步地,穿过只有杯子在某处微微颤抖的、无法描述的静寂,消失在门对面大厅的墙壁里。那一刻,我注意到,小埃里克深深弯着腰,在陌生女人身后关上了门。

还坐在桌旁的,只有我,我在椅子里沉重不堪,似乎再也无法自己站起来。好大一会儿,我看着,却看不见。接下来我注意到父亲,发现老人还一直抓着他的手臂。父亲怒气冲冲,满脸通红,外祖父笑着他面具般的微笑,手指像苍白的利爪死死地握着他。我还听到他说了什么,听到一个个音节,却听不懂他的话。可是,它们都深深地落入我的听觉,因为两年前的某一天,我在记忆底层找到了它们,那时起,我就懂了。他说:"你太冲动了,总管,这不礼貌。你怎么能不让人做他们自己的事?""那是谁?"父亲喊道。"她有权在这里。不是陌生人。克里斯蒂娜·布拉赫。"——彼时又出现了那种古怪、稀薄的静寂,杯子又开始颤抖。然后父亲猛地挣脱,冲出了大厅。

我听见他整夜在房间踱步;因为我也睡不着。快到早上的时候,我突然从某种类似睡眠的状态中惊醒,看到床边坐着一个白色的东西,恐惧让我瘫痪到心里。[33]最终,绝望给了我力量,我把头埋进被子,因害怕和无助哭了起来。我哭泣着的眼睛上突然变得又凉又亮;为了什么都不看,我在泪水下紧闭着它们。可是,一个很近的声音在对我说话,它在我脸旁温和而甜蜜,我听出:是马蒂尔德小姐。我立刻平静下来,虽然已经彻底安了心,却继续让自己被她安抚;我觉得这种亲昵过于女性化,可还是享受着它,且认为这理所应当。"阿姨",我终于说出话,并试图在她涸开的脸上集中起母亲的容貌:"阿姨,那位女士是谁?"

"唉",布拉赫小姐叹了口气,那叹息让我奇怪,她回答说:"一个不幸的女人,我的孩子,那是个不幸的女人。"

那天早上,我在一间屋子里看见几个忙着打包的仆人。我想我们要走了;现在离开,也合情合理。或许这也是父亲的打算。我却永远无从得知,在那样一个夜晚之后,是什么让他继续留在乌尔内克罗罗斯特。我们在那幢房子里又待了八九个星期,忍受着它诡异的压力,又见过克里斯蒂娜·布拉赫三次。

当时,她的故事我一无所知。我并不知道,很久很久以前,她在第二次分娩时死去,生下了一个命运多舛、经历残酷的男孩——我不知道,她是死人。[34]但是父亲知道。那个情感强烈,看重必然性和明确性的他,故作镇定,不去过问,是想强迫自己忍受这奇遇吗?我看到,却不了解他如何挣扎。我经历过,却不明白他最后怎样战胜了自己。

那是我们最后一次看见克里斯蒂娜·布拉赫。这次马蒂尔德小姐出现在桌旁。但不同于往常。她像我们刚到的最初几天那样滔滔不绝,讲话没头没尾、乱七八糟,她身上有种不安,使她不停地摆弄头发和衣服——直到她突然出人意料地大声抱怨了一句,起身离开了。

就在那一刻,我的目光不由自主地向那扇门看去,真的:克里斯蒂娜·布拉赫走了进来。我身旁的少校急遽地动了一下,这个动作也传染了我身体,但他明显已经无力起身了。他棕色的、苍老的、长斑的脸转向一个又一个人,他张着嘴巴,舌头缩在坏掉的牙齿后;然后,这张脸突然不见了,他灰白的脑袋垂在桌上,手臂断掉了一样一上一下,一只枯萎的、长斑的手不知从哪里伸出来、颤抖着。

克里斯蒂娜·布拉赫走了过去,一步步地,像病人一样缓慢,穿过无法描述的静寂,其中作响的似乎只有一条老狗的呜咽。这时,从那只插满水仙花的银质大天鹅花瓶左侧,突然挤进来老人那带着灰色微笑的大面具。[35]他把酒杯举向父亲。我看到,当克里斯蒂娜·布拉赫刚好从他的椅子后面走过时,父亲抓起杯子,仿佛那是极重的东西,把它举起来,离桌面一掌之高。

当夜我们就离开了。

16

国家图书馆①

我坐着,读一位诗人②。大厅里人很多,却感觉不到。他们都在书里。有时他们在书页间移动,就像睡着的人在两个梦之间辗转。在阅读的人之中多好啊。他们为什么不永远这样?你可以走向其中一个人,轻轻碰碰他:他什么也感觉不到。如果你起身时撞到邻桌,向他道歉,他就对着听到声音的那边点点头,他的脸转向你,却不看你,他的头发就像睡梦者的头发。这多么舒服。我坐着,有一位诗人。这是怎样的命运。现在大厅里可能有300个人在读书;但不可能每个

---

① 原文法语:Bibliothèque nationale,里尔克曾经常在这里工作。
② 根据后文推测,这位诗人指的是指法国田园诗人冯西·雅姆(Francis Jammes,1868—1938)。

  1904年1月23日,里尔克曾向岛屿出版社(Insel-Verlag)建议翻译雅姆。同年5月给莎乐美的信中,里尔克透露,他有计划亲自翻译雅姆。

人都拥有一位诗人。(上帝知道他们拥有什么。)没有300位诗人。只消看一看,这是怎样的命运,我,或许是这些阅读者中最穷的,一个外国人:我拥有一个诗人。虽然我穷。虽然我每天都穿的外套已经开始在几处破损,虽然我的鞋子有这点或那点可以诟病。但我的领子干净,内衣也是,像我这样,就能随便走进一家糕点铺,甚至是大街上的一家,放心地把手伸进蛋糕盘拿点什么。[36]这不会引人注意,不会有人斥责我、把我赶出去,毕竟那是体面人的手,每天洗上四五次的手。是的,指甲下面干干净净,写字的手指上没有墨水,特别是指节,无可指摘。穷人不会洗得那么干净,这人尽皆知。因此可以从整洁上推知某些事情。人们也确实是这样做的。在商店里。但也有几个人,例如圣米歇尔大道①或是拉辛街②上的那几个,他们不上当,他们不在乎指节。他们看看我就心知肚明。他们知道,我其实是他们中的一员,我只是在耍小花招。正是狂欢节。他们不想坏了我的兴致,只是微微冷笑,眨了眨眼睛。没有人看到。此外,他们像对绅士那样待我。如果近旁有人,他们甚至点头哈腰,就好像我穿着皮草、身后跟着马车。我间或给他们两个苏,却担心他们不要;可他们收下了。如果他们没有再那样微微冷笑着眨眼,

---

① 原文法语:Boulevard Saint-Michel。
② 原文法语:Rue Racine。

一切就完美了。这些人是谁？他们想从我这得到什么？他们在等我吗？他们从哪里认出了我？的确，我的胡须看起来没怎么精心护理，能让人略微想到他们那种总让我印象深刻的病态、苍老、褪了色的胡须。但是，难道我没有权利疏忽吗？许多忙忙碌碌的人也不在乎，却从没有人会因此把他们当做渣滓。我知道，他们是渣滓，而不仅仅是乞丐；[37] 不，根本就不是乞丐，一定要区别开。是废物，是命运呕吐出的人的皮囊。他们沾着命运的唾液，湿漉漉地粘在墙上、灯笼上、广告柱上，或者，他们慢慢地在小巷中流淌，身后留下浑浊的污迹。这个不知从哪个洞里钻出来的老妇，她拿着床头柜的抽屉，几枚扣子和几根针在里面滚来滚去，她究竟想从我这要什么？她为什么一直走在我旁边观察我？好像企图要用她流脓的眼睛认出我，她充血的眼睑看起来就像被病人吐入了绿色的黏痰。还有那个灰白头发的矮小女人，她为什么在橱窗前在我身边站了 15 分钟？她从她败坏的、握紧的手中无限缓慢地抽出一支旧的长铅笔给我看，我装作在看陈列的商品，装作什么也没有察觉。但她知道，我看见了，她知道，我正站在那里想，她到底要做什么。我很明白，这一定和铅笔无关：我感到这是个暗号，是知情者的暗号，是渣滓们熟悉的暗号；我猜她在示意我去某个地方或做点什么。最奇怪的是，我再也摆脱不掉这种感觉，这个暗号确实属于某个既存的约定，而归根结底，这场景也是我本该料到的。

那是两个星期前。现在几乎每天都不乏这样的遭遇。不只在黄昏,正午最熙攘的街道上,[38] 会突然出现一个小个子的男人或一个老妇人,点点头,给我看点东西,又消失了,似乎那就算做完了必要的一切。有可能,某一天他们会想到去我的小屋,他们一定知道我住在哪,也会做好安排不让看门人拦住。但是这里,亲爱的,在这里我是安全的。得有一张特殊的卡片才能走进这个大厅。我比你们多的正是这张卡。我如你们所想的那样,战战兢兢地穿过大街,最终站在玻璃门前,打开它,就像回了家。我在下一个门口出示了卡片(一如你们给我看你们的东西,不同的只是,他们理解我,明白我的意思——),然后就到了书中间,摆脱掉你们,如同我已死去,坐下来,读一个诗人。

你们不知道那是什么,一个诗人?——魏尔伦①……没什么?想不起?不。在你们认识的人当中分辨不出他?你们不区别,我知道。但我读的是另一位诗人,他不住在巴黎,完全是另一位。他,在山中有一幢安静的房子。他听起来像纯粹空气里的钟声。② 他是幸福的诗人,讲述着他的窗子和书橱的玻璃门,它沉思般映照着可爱而孤独的远方。我想成为的,正是这样的诗人;关于少女,他了解得那么多;我也想

---

① 保尔·魏尔伦(Paul Verlaine,1844—1896):法国象征派诗人。
② 指雅姆的诗集《早祷和晚祷》(*De l'Angélus de l'aube à l'Angélus du Soir*)。

了解得同样多。他了解生活在百年之前的少女,就算她们死去也无妨,因为他知道一切。这是关键的。他说出她们的名字,那些在细长的字母中、用旧式曲笔轻轻写就的纤瘦的名字,[39]还有她们年长的女伴们长大了的名字,命运已在其中隐约可闻,还有一点点失望,还有一点点死亡。也许,在他硬红木书桌的一个隔层里,躺着她们褪了色的信和日记的散页,上面有生日,夏天的聚会,生日。或者,也可能在他卧室深处鼓腹的衣橱里,有一个抽屉存放着她们春装;是复活节第一次穿起的白裙,有圆点的白纱裙,它本属于夏天,她却等不及。哦,那是多么幸福的命运,继承一幢房子,在其中一间幽静的小屋里坐下,坐在全然安详的、定居下来的物中,听外面轻薄浅绿的花园里啼声初试的山雀,听远处乡村的钟鸣。坐下来,看一束午后温暖的阳光,了解昔日的少女,做一位诗人。想一想,我也将成为这样的诗人,只要我能在哪住下来,世上随便哪个地方,在一间紧锁的、无人问津的村舍。我只需一个房间(山墙里明亮的房间)。我会带着旧物、家人的肖像和书,生活在里面。我会有一把靠椅,有花和狗,还有一支结实的手杖,去走满是石子的小路。再无他求。只需一本用泛黄的、象牙色皮面装订的本子,带有过时花纹的附页:我会在里面写字。我会写很多,因为我有许多想法,有许多人的回忆。

[40]然而事非如此。上帝才知道为什么。我的旧家具

在仓库里腐烂,我只能把它们放在那。而我自己,是的,我的上帝,我上无片瓦,眼睛里下起雨。

17

有时我走过一些小铺子:比如塞纳街①上那些卖老物件或旧书的小贩,或是把橱窗摆得满满的铜版画商。从来没有人走进去,看来他们没什么生意。向里面看看,他们就那样坐着,坐着读书,无牵无挂;不担心明天,也不害怕成功。有条狗坐在身前,怡然自得,或是一只猫,它贴着一排排的书轻轻走过,好像要抹掉书脊上的名字,就这样,放大了静寂。

啊,这就够了:有时我渴望,买这样一个满满的橱窗,和一条狗坐在后面,坐上20年。

18

大声说出来是好的:"什么也没有发生。"再来一遍:"什么也没有发生。"有用吗?

我的炉子又冒烟了,我得出去,其实这也不是坏事。我觉得虚弱,着凉了,这也不意味什么。整天在巷子里闲荡,是

---

① 原文法语:Rue de Seine。

我自己的错。我本也可以坐在卢浮宫里。但是,不,我不能去。那里是一些想取暖的人。他们坐在天鹅绒长椅上,脚并排搭在暖气的栅栏上,看起来像是空荡荡的大靴子。他们是极其贫寒的人,如果穿深色制服、带着许多勋章的勤杂工人容忍了他们,他们就感恩戴德。[41]但我进去的时候,他们却窃笑起来。窃笑着点点头。然后,如果我在画前走来走去,他们就盯住我不放,一直盯着,用他们转来转去、目光汇聚到一起的眼睛。所以,还是不去卢浮宫为好。我总是在路上。天知道走过多少座城,多少个市区、墓园,多少座桥和走廊。在某处,我看到一个推着菜车的男人。他喊着 Chou-fleur, chou-fleur①,fleur 中间有个特别模糊的 eu。他身边走着一位嶙峋而丑陋的女人,时不时推他一下。她一推他,他就叫卖起来。有时候他也会主动喊上一声,但那是白费力气,马上他又得再喊,因为到了一户买菜的人家前。我有说过他瞎了吗?没有?好吧,他瞎了。他瞎了,叫喊着。如果我这样说,就是在撒谎,因为我对他推的车避而不谈,就像没发觉他喊的是花菜。但这重要吗?就算重要,不是也要看整个事情对于我是怎样的吗?我看到一个老人,他瞎了,在叫喊。我看到了。看到了。

有人相信存在这样的房子吗?不,你会说,我撒谎。这

---

① 法语:花菜。

次是真相,什么也没删去,当然,什么也没添加。我又能添加什么呢?你知道我穷。你知道的。房子?为了准确起见,是已不在的房子。是已从上到下拆掉的房子。还在的,是其他房子,是隔壁高高的邻屋。自从近旁的一切都被清空,它们也明显岌岌可危;[42]瓦砾遍布的地面上,一整具焦油长杆搭成的支架斜劈入光秃秃的墙。我不知是否说过,我指的是这堵墙。然而可以说,它不是眼前那些房子的第一堵墙(你一定是这样想的),而是老房子的最后一堵。能看到它的内侧。看到不同楼层房间的内壁,上面还贴着壁纸,偶尔还会凸出的地板或棚顶。除了房间内壁,沿整堵墙还留有一间肮脏的白屋子,开裂的厕所排水管锈迹斑斑,以极其令人作呕的、蛆虫般绵软的、消化似的蠕动,爬过房间。煤气管路在天花板边缘留下灰色蒙尘的痕迹,它们左右扭曲,出人意料地转着弯,绕进彩色的墙壁,钻入恣意裂开的黑洞。最难忘的是墙壁本身。这间屋子的顽固生命不会被踩死。它还在那,黏在残留的钉子上,站在一掌宽的地板残块上,蜷缩在转角处一隅尚存的室内空间里。能在年复一年、缓慢变化着的颜色中看到它:蓝变成霉绿,绿成灰,黄成了衰老变味的白,腐烂着。然而,它也在镜子、画、柜橱后保留下的更新鲜的地方;它反复描画轮廓,与蛛网和灰尘一同布满那些现已暴露的藏匿处。[43]它在每一条擦破的纹路上,它在壁纸下缘潮湿的气泡中,它在碎布里摇晃,它从久已有之的丑陋污渍中分泌而出。坍塌隔墙的残段圈起这些曾是蓝的、绿的、黄的内壁,生活的气息从中升起,那坚韧、怠惰、发霉的气息从未被风吹散。那里是中午、疾病、咽气,是经年的烟,是腋下渗出、让衣服变重的汗,是嘴巴里的寡淡,是发酵的脚上的酒气。那里是尿臊的刺鼻,是煤炱和灰色蒸土豆的灼烫,是陈年油脂沉重而光滑的恶臭。无人照管的婴儿甜蜜而绵长,他们的气味在那里,还有上学的孩子们身上的恐惧,还有将成人的少年床铺的湿热。也加进去了许多,那些从下面来的,从雾蒙蒙的巷子深处,另一些随城市上空不洁的雨掉落。有一些被房子的风吹入,这风已变得孱弱驯顺,永远留在同一条街上。更多的那些,不知从何而来。我说过吧,所有墙都拆掉,只剩这最后一堵——?现在我一直在说这堵墙。你会说,我在它前面站了好久;但我愿意对此发誓,一认出它来我就夺路而逃。因为,我认出它,这就是可怕之处。我认出这里的一切,它也就不由分说地闯入我:它在我内里安了家。

[44]这一切之后,我有点累了,可以说是身心俱疲,可他偏还要等着我,对我来说这太过分了。他等在我想去吃两个煎蛋的小食铺①里;我饿了,一整天都没吃上东西。但现在我还是不能吃;蛋还没好,我就又被逼到外面大街上,浓稠的人流迎面扑来。因为是狂欢节,晚上,人们有的是时间,他们四

---

① 原文法语:Crémerie。

处游荡,接踵摩肩。他们脸上涂满流动舞台的光,笑声从口中滚出就像裂口中涌出的脓。我越是不耐烦地试着往前走,他们就笑得越响、挤得越紧。一条女人的围巾不知怎样钩到我身上,我挂着它往前走,人们拦住我笑起来,我觉得我也应该笑,但我笑不出。有人在我的眼睛里撒了一把五彩纸屑,灼痛得就像鞭笞。人被紧紧地楔入街角,相互推搡,移动不了,只是轻柔地上上下下,好像他们在站着交配。虽然他们站住了,虽然我在车道边发狂似的跑向人群中出现的裂隙,可事实上,是他们在前移,我却原地未动。因为什么都没变;抬头看去,总是那几座房子在这边,流动舞台在那边。也许一切都是固定的,是我和他们的眩晕,使一切都看似在转动。我没时间想这些,我流着汗,沉重不堪,[45]一种让人麻木的疼痛在我身体里盘旋,仿佛我的血液在推动某种过于庞大的东西,它走到哪,就把哪的血管撑开。此时我感觉空气早已用尽,我只是一再吸入被呼出的,它让我的肺停了下来。

但现在过去了,我挺了下来。我坐在房间的灯旁;有点冷,因为我不敢再点炉子;如果它再冒起烟,我就又得出去,那怎么办呢?我坐着想:如果我不穷,就会租另一个房间,里面的家具不会这么破旧,不会像这里充满过去租客的气息。最初我真的难以把头枕在靠椅上;绿色椅套上那个油腻腻的灰色凹陷好像适合所有人的脑袋。很久以来我都小心地把手帕垫在头发下面,可现在我太累了;我发现这样也过得去,那个微微的凹陷刚好合适我的后脑,就像量身定做的一样。但是,如果我不穷,我会先买一个好炉子,我会烧山里坚硬的纯木,而不是这种令人绝望的碎煤块①,它的烟让我无法呼吸、头昏脑涨。也一定会有人不那么大声地清扫房间,会按我的需要烧火;我经常得跪在炉子前煽风足足 15 分钟,离火太近,额头的皮肤绷紧,睁开的眼睛灼烫,这就耗尽我一整天的力气;之后我再到人群里去,自然敌不过他们。[46] 如果有时候人太多太挤,我就会乘车从他们身旁开过,我会每天在杜瓦尔餐厅②吃饭……再不会缩在小食铺里……他也会在杜瓦尔吗? 不。他不可能在那等我。人们不会让垂死者进去。垂死者? 我现在坐在我的小屋里,可以试着平静地回想我遭遇到什么。不让任何事情模糊是好的。我走进去,起先只看到我平时总坐的桌子被人占了。我向小柜台打招呼,点餐,在旁边坐下。但这时,我感觉到他,虽然他没有动。我感到的恰恰是他的纹丝不动,我一下子明白了。我们之间产生了关联,我知道他吓呆了,我知道在他的身体里发生了什么,吓到他,惊得他动不了。也许有一根血管裂开,也许他担忧很久的毒恰在此时进入了他的心室,也许一大片溃疡太阳般在他脑中升起,改变了他的世界。我难以描述地挣扎着,

---

① 原文法语:Tête-de-moineau,原意为麻雀头,这里指小块的煤。
② 以法国建筑师杜瓦尔(Charles Duval,1800—1876)命名的一类餐厅。

强迫自己朝他看过去,因为我仍还希望这只是想象。但我却跳起来冲出门去;因为我没弄错。他坐在那,穿着冬天厚厚的黑大衣,他灰色的紧绷的脸低垂在羊毛围巾里。他紧闭着嘴巴,好像承受着巨大的冲击,但没法说他的眼睛是否在看:蒙着雾气的烟灰色镜片挡在前面,微微颤抖着。他鼻翼张开,一切都从太阳穴被掏走,盖在上面的长发好像在极高的热度里枯萎了。[47]他的耳朵又长又黄,耳后有大片阴影。是的,他知道,现在他远离了一切:不仅是人。只需刹那,一切都会丧失意义,桌子、杯子和他抓住的椅子,一切日常的和身边的东西都将变得无法理解,陌生而沉重。他就坐在那,等着结束。再不反抗。

我还要反抗。反抗,虽然知道我的心已经掉出去,虽然知道即使现在痛苦放过我,我也活不了。我对自己说,什么都没发生,可是我之所以能明白那个人,正是因为我的身体里也发生了什么,它开始让我远离一切、与一切隔绝。每次听到垂死者说:他谁都认不出了,我就毛骨悚然。我想象一张孤独的脸,它从枕头上抬起,寻找着,找一点熟悉的东西,找一点见过的东西,但什么也没有。如果我的恐惧不是这么强,我就会安慰自己说,也并非没有可能,看到一切都变了却还活着。但我怕,我莫名地恐惧着这种变化。我还没习惯这个看起来不错的世界。在另一个世界里我会是什么?我喜欢意义,我愿意留在意义中,如果一定要有什么变化,我希望至少能和狗生活在一起,它们有相似的世界、有同样的东西。

还有一点功夫,让我能写下、能言说一切。[48]但总有一天,我的手会远离我,如果我让它写,它就写下非我所想的句子。别样阐释的时代即将破晓,任何词都不会停留在另一个词上,每种含义都将云一般散掉、水一般流走。纵有这一切恐惧,我却像个面临着某件大事的人,我回忆起,开始写作前,我心中也曾常作此感。可这次,将被写下来的是我。我是那个将要变化的印象。哦,只差一点点,我就能明白一切、赞同一切。只要一步,我深重的痛苦就会成为极乐。但我迈不出这一步,我倒下,再也站不起来,因为我粉身碎骨。我还一直相信会出现某种帮助。我夜夜祈祷的东西,现在就在面前我自己的手稿中。我把它从书上抄下来,让它贴近我,就好像它出于我自己的手。现在我要再写一遍,在这里,跪在我的桌前写;如此一来,我就能比读它的时候更长久地拥有它,每个词都持续下去,都有时间回响。

"不满意一切,也不满意自己,只想在夜的沉默与孤独中找回我。我爱过的灵魂,我唱过的灵魂,振作我,支持我,除去世上的谎言和引人沉沦之气!而你,我的上帝和主!保佑我,写出美,以向我证明,我非人中最末,我不比我轻蔑的人更低微。"①

"愚顽下贱人的儿女.他们在国内最卑微。现在我成了

---

① 这段引文是波德莱尔的散文诗《在凌晨一点》的最后一段,原文法语。

他们的歌曲、必为他们的笑谈。①

……他们筑路压我……

……他们轻易伤我,无需帮助。

……现在我心极悲.困苦的日子将我抓住。

夜间我的骨处处刺穿我;刺我者,夜夜不眠。

因神的大力,我的外衣污秽不堪,又如里衣的领子将我缠住……

我心里烦扰不安,困苦的日子临到我身……

我的琴音变为悲音、我的箫声变为哭声。"

19

医生不理解我。根本不懂,这也很难描述。他想试试电疗。好吧。我得到一张纸条:一点钟到硝盐院②。我去了。

---

① 手记的波兰语译者胡莱维奇曾给里尔克写信询问疑难之处,1925年11月10日里尔克回复问卷(后简称胡莱维奇问卷),其中对此处的解释为:"[引文出自]约伯记;第30章的若干诗行;但依据的是旧版的路德圣经;后来的版本中表达弱化了;例如:'衣我以外衣的洞……'圣经之前引用的法文出自波尔莱尔(散文诗)。"

里尔克的圣经引文取自1770年的路德译本。中译文参考和合本旧约,根据和合本与路德差异改动(下同)。

② 原文法语:Salpêterière,原意为火药厂、生产硝酸盐的地方,1657年在原址上建为医院。初为乞丐和妓女的医院,世纪初则以神经病专科闻名。1885—1886年期间,弗洛伊德在此求学于让-马丁·沙可(Jean-Martin Charcot)。此处也是沙可首次对失语症患者进行实验的地方。

得走很长的路,经过形形色色的板棚,穿过几个院子,里面有戴白帽的人,因犯般站在空荡荡的树下。终于走进一个又长又暗、走廊样的房间,一侧是四扇发绿的毛玻璃窗,窗子被宽宽的黑色隔墙分开。窗前顺放着一条长木凳,长凳上坐着那些认识我的人,他们在等。是的,他们全都在。适应了房间的昏暗后,我发现,在他们并肩而坐、没完没了的长排里[50]还有另外几个人,是小人物,手艺人、女侍者、运货的马车夫。走廊深处横放着几把特殊的椅子,两个胖女人在上面摊开,说着话,她们可能是看门人。我看了看钟;还差五分钟一点。只要五分钟,就算十分钟吧,也一定轮到我了;所以还没那么糟。空气很差,沉闷,充满衣服和呼吸。乙醚浓烈且不断加重的寒意从某处门缝里夺路而出。我开始来回走动。我意识到是他们把我赶到这里,赶到这群人中间,在这个人满为患的普通门诊时间。也就是说,这是我属于渣滓的第一个公开证明;医生从我身上看出来了吗?可我看病时穿的套装还不错,而且递去我的卡片了啊。尽管如此,他总归还是知道了,或许是我自己泄了密。如今,这一旦成为事实,我也没觉得有什么大不了;人们安静地坐着,并未留意我。有人很痛,为了更容易忍过去轻轻地晃着一条腿。形形色色的人都把头埋在摊开的手掌中,另一些熟睡着,带着沉重的、被淹没的脸。一个脖子红肿的胖男人俯身坐在一旁,他盯住地面,时不时啪地一声把痰吐在他以为合适的地方。一个孩子在角落里抽噎,他把瘦长的双腿缩到凳子上,紧贴身体抱着它们,好像即将与之分别。一个矮小、苍白的女人,头发上斜戴一顶有黑色圆花的绉纱帽,[51] 薄薄的嘴唇狞笑着,受伤的眼睑里却不停地涌出泪水。有人把一个小女孩放在离她不远的地方,她的圆脸扁平,眼睛外凸,毫无表情;她张着嘴,能看到粘滑的白色牙床上残败的坏牙。还有许多绷带。一圈圈缠在头上的绷带,只留下一只不属于任何人的眼睛。隐瞒着什么的绷带,标明着下面东西的绷带。有人打开绷带,里面有一只不再是手的手,好像躺在肮脏的床上;一条包扎着的腿从长队中伸出,庞大得仿佛是个完整的人。我来回走着,极力让自己平静。我研究着对面的墙。发现墙上有许多单扇门,门高不及顶,没有切断房间外的走廊。我看看钟;我已经来回走了一个小时。过了一会儿,医生来了。先是几个年轻人带着漠然的脸走过,最后终于是那个给我看病的医生,他戴着浅色手套,一顶有八个光面的帽子①,外套无可指摘。看到我时,他轻轻举了举帽子,心不在焉地微笑。当时我希望会被马上叫到,可又过了一个小时。我不记得是怎样熬过来的。时间过去。一个老人来了,他系着污渍斑斑的围裙,是护工,他碰了碰我的肩膀。我走入相邻房间中的一

---

① 原文法语:Chapeau à huit reflets,当时流行的丝质闪光礼帽。

间。医生和年轻人们围坐在桌旁看着我,有人给了我一把椅子。[52]好。现在我该讲一讲我到底怎么了。劳驾①,请尽可能简短。因为这些先生没多少时间。我感觉怪怪的。年轻人坐着,用他们学到的那种冷静、专业的好奇看着我。我认识的那位医生摸了摸他黑色的山羊胡子,心不在焉地微笑。我想我会哭出来,但我听到自己用法语说:"先生,我有幸把我能说的所有情况都告诉您了。如果您认为这些先生也有必要知情,那么在我们谈过之后,您几句话就讲得清,但这对于我实在太难了。"医生带着礼貌的微笑起身,和助手们走到窗边说了几句话,与此同时他的手水平地晃了晃。三分钟后,一个慌慌张张的近视的年轻人走回桌边,他尽量严肃地看着我说:"您睡得好吗,先生?""不,很差。"于是他又跳回到那群人中。他们在那边又讨论了一会儿,然后医生转向我说,他会让人叫我的。我提醒他预约的是一点钟。他微笑着,用两只小白手做了几个急遽的动作,意思是他非常忙。我于是回到走廊里,空气更闷了,我又开始走来走去,虽然我已经累得要死。聚积起来的潮味终于让我眩晕;我在入口处停下,开了点门。我看到外面还是下午,还有一点太阳,这让我说不出来地舒服。[53]可是,这样站了不到一分钟,就听到有人喊我。两步之外,一个坐在

---

① 原文法语:s'il vous plaît。

小桌边的女人对我嘶嘶啦啦地说着什么。谁让我开门的。我说,我受不了这的空气。好吧,那是我的事,可门必须关起来。可否开一扇窗。不行,禁止。我决定重操旧业,来回走动,这总归是一种麻醉,也妨不着谁。但小桌边的女人现在连这个也讨厌。问我是否有座位。不,没有。不许乱走;一定得找个位子。那边马上就会有一个。女人说得对。在那个凸眼少女旁边真的很快就有了位子。现在我坐在那,觉得这种状态必定会酝酿出什么可怕的事。左边是牙肉腐烂的少女;右侧是什么,我过了好久才认出。那是一大团骇人的静物,有张脸,一只巨大、沉重、一动不动的手。我看到的侧脸是空的,没有任何特点或记忆,西装就像棺材里尸体身上穿的,这太可怕了。细窄的黑领带以同样无个性的方式松松垮垮地扎在领子上,看得出,大衣是另一个人套在这具无意志的身体上的。有人把那只手放在裤子上,就在它所在之处,甚至头发也是由清洗尸体的女人梳的,就像动物标本变僵了的毛发。我仔细地观察一切,[54] 突然想到,这注定就是我的位子,我想,现在终于到了我生命里的定格。是的,命运总是出人意料。

突然,就在耳边,响起一个孩子受惊的、抗拒的叫喊,一声紧接着一声,然后是轻轻的被捂住的哭声。当我还在努力寻找声音来源的时候,微弱而克制的叫喊又颤动起来,我听到许多声音提问,一个声音压低着发出命令,继而一台冷漠的机器隆隆响起,任何事情都与它无关。现在我想起那半面墙,我明白了,一切都是从门后传出来的,有人在那工作。果然,那个系着脏围裙的护工时不时地出来招手。我根本没想到可能是在叫我。是我吗?不。两个男人推着一架轮椅,把那一大团东西抬了进去,现在我看到,那是一位瘫痪的老人,他还有另一面较小的、被生活用坏了的侧脸,上面睁着一只混浊悲伤的眼睛。他们把他推进去,我身旁腾出一大片地方。我坐着想,他们要怎样处理那个痴呆的少女?她是否也会叫喊?门后的机器像在工厂里一样惬意地隆隆响着,没有什么不安的。

突然一切都静了,静寂里我听出一个镇定自负的声音说:"笑啊!"停顿。"笑,笑一笑。"①我已经笑了。想不通那边的人为什么不笑?机器咔咔作响,[55]马上又沉默了。句子变了,那个有力的声音再次升起,命令着:"说这个词:avant"。② 拼出来:"a-v-a-n-t"⋯⋯静寂。"听不到。再说一次⋯⋯。"③

那边就这样温暖而模糊地响着:这时它又出现了,这是许多许多年来的第一次。那时我还是个发烧卧床的孩子,它让我第一次感到深深的惊恐:那个大家伙。他们全都围在我

---

① 原文法语 Riez. Mais riez, riez。
② 原文法语:Dites-nous le mot: avant。
③ 原文法语:On n'entend rien. Encore une fois⋯

床前,摸我的脉搏,问是什么吓到我,我一再这样说:那个大家伙。他们叫来医生,他在那和我说话时,我就请求他,只要那个大家伙走开就没事了。但他和其他人一样。他赶不走它,虽然我那时很小,帮助我本应该很容易。现在它又来了。此后它再未出现,即使发烧的夜里也没再来过。可现在它来了,虽然我并没有发烧。现在它来了。现在,它肿瘤般从我身体里长出,像第二个头,是我的一部分,虽然它根本不可能属于我,因为它太大了。它来了,像一头死去的巨兽,还活着的时候它曾是我的手或我的胳膊。我的血流过我,也流过它,就像流淌在同一个身体里。我的心脏耗尽气力,才能把血推入那个大家伙:血几乎不够了。血勉强流入那个大家伙,回来时就病了、坏了。但那个大家伙膨胀着在我面前长大,像温暖发青的肿块,长到我的嘴巴前,它边缘的阴影已盖住我最后一只眼睛。

[56]我不记得怎样从那么多的院子里走出。晚上了,我在陌生的地方迷了路,朝一个方向走上有无数墙垣的林荫道,若没有尽头,就折回来走到某个广场。从那里走进一条街,另一些我从未见过的街道出现了,一条又一条。有时电车刺眼地疾驰而来,又带着坚硬的敲击声呼啸而过。车牌上是我不认识的名字。我不知道自己在哪座城,不知道此处的某个地方我是否有住所,不知道我得做什么才能不继续走下去。

20

现在又是这种病,它总是那样特异地染上我。我确信人们一定低估了它。正像人们夸大其他疾病的严重性。这病没有稳定的症候,它侵袭到谁就沾上谁的特性。它能以梦游般的精准掏出每个人似乎已经过去的最深的危险,再次把它置于他面前,迫在眉睫,就在下一个时辰。曾在学生时代诱惑过他们的不可救药的恶习又出现在男人身上,少年那可怜而坚硬的手曾是它上当的信徒;或是孩童时已治愈的病再次发作;抑或一个丢掉了的习惯又回来,也许是几年前他们特有的某种犹豫不决的转头。随之而来,升起了一整团发了疯的记忆,就像缠在沉落物体上的潮湿海藻。从未经历过的生活浮出来,[57] 混入曾经的真实,挤走人们自以为了解的过去;因为重生的是休息好的新力量,一直在的却因太频繁的回忆而疲倦。

我躺在床上,五层楼高,没什么打断我的白天,它就像没有指针的表盘。恍若一件丢失已久的物品,某个早上又回到原位,爱惜得很好,几乎比丢掉时更新,简直就像是在什么人那里被保养起来——:童年时丢掉的东西就这样落在我的被子上,像新的一样,这一点,那一点。所有丢掉的恐惧都回来了。

怕被子边缘刺出的一小根毛线太硬,硬且尖,像钢针;怕睡衣上的小扣子会大过我的头,大且重;怕现在从床上掉下的面包渣脆碎地摔到地上,深恐它终究会砸烂一切,一切,永远;怕撕破的信边是无人应看到的禁物,是无法描述的珍品,小屋内无一处对它足够安全;怕我睡着时会吞掉炉前的煤块;怕某个数字开始在我脑中长大,直到身体里再无空间;怕我躺在花岗岩上,灰色的花岗岩;怕我会叫起来,怕人们都跑到我的门前、最后破门而入,怕我会泄露自己,说出我恐惧的一切,怕我什么都说不出,因为一切都不可说——还有其他的恐惧……恐惧。

[58] 我曾祈求童年,它回来了,我感到它仍像当时那么重,变老,也无济于事。

21

昨天我的烧好了些,今天像春天一样开始了,画里的春天。我想试着出去,到国家图书馆找我的诗人,我很久没读过他了,也许之后我会慢慢地穿过花园。也许风会吹过大池塘,那里有真正的水,孩子们来了,放进去红帆的船,盯着看。

今天我未料到它,我那样勇敢地走出去,仿佛这最自然、最简单。可还是有事发生了,它把我像纸一样揉成团、扔掉,那是我闻所未闻的事。

圣米歇尔大道①空荡且宽阔,走在它微倾的斜坡上很是轻松。楼上的窗扇清脆地打开,闪光白鸟般飞过大街。一辆轮子淡红的马车驶过,远远的低处有人拿着浅绿色的东西。马套着亮晶晶的挽具,跑在喷成深色的干净车道上。起风了,新鲜,温和,一切都升起来:气味,呼唤,钟声。

我走过一家咖啡馆,晚上有红衣的假吉普赛人在里面演奏。彻夜未眠的空气内疚地从敞开的窗子钻出。头发梳得光亮的侍者们在门前扫洒。一个人弯腰站着,将泛黄的沙一把把撒到桌下。[59]这时一个路人推了推他,指着下面的路。满脸通红的侍者紧盯着那看了一会儿,然后笑容在他没有胡须的脸上展开,好像是被泼上去的。他向其他侍者招了招手,为了叫来所有人、自己也不错过什么,他的笑脸很快地左右转了几次。现在所有人都站过来往前看着、找着,他们笑起来,或是因为没发现可笑之处而恼火。

我感到身体里开始了一点点恐惧。某个东西催促我走去另一边;但我只是开始快走,不由自主地扫了一眼前面几个人,没有觉察到什么特别。然而我看到一个系着蓝围裙的小仆役,他一侧肩上扛着空篮子,在盯着什么人看。看够了,他就朝房子原地转过身,向对面一个笑着的侍者做了一个所

---

① 原文法语:Boulevard Saint-Miche,拉丁区主街。

有人都熟悉的动作,在额前晃晃手。然后他的黑眼睛闪着光,心满意足地朝我摇晃着走来。

我以为,一旦眼睛有了空间,就能看到一个醒目的怪人,可走在我前面的只有一个干瘦的高个子男人,他穿着深色大衣,苍黄的短发上是一顶黑色软帽。我确定,不论是衣着还是举止,这个人都没什么可笑,我已经想忽略他、朝大道前方看过去,这时候,他在什么东西上磕绊了一下。因为我跟在他后面,[60]就留了心,可那个地方什么都没有,根本没有。我们两人继续往前走,他和我,我们之间的距离不变。现在到了一个人行通道,这时,我前面的那个人用不平衡的腿跳下通道楼梯的台阶,就像有时候小孩子高兴起来蹦蹦跳跳地走路。到对面的楼梯,他干脆一个大步跨上去。但刚走上去,他就微微缩起一条腿,用另一条腿跳了一下,紧接着一下又一下。如果让自己相信那里有点小障碍,果核,湿滑的果皮,或是随便什么,就满可以把这个突发动作再次看成是磕绊;可奇怪的是,似乎那人自己也相信障碍物的存在,因为他每次都用此时人们常有的那种半是恼怒半是责备的目光四下搜寻那个讨厌的地方。再一次,对侧街上某种警告召唤着我,但我没听,继续留在这个男人后面,我所有的注意力都在他的腿上。大概有二十几步,那种蹦跳没再出现,我得承认,这让我莫名地放松下来。可是,抬眼时我才发觉这个人有了另一个麻烦。他的大衣领子立了起来,他想把它放下,一会儿用一只手,一会儿用两只手,但不论怎样努力都做不到。发生这种事,我没有不安。但很快,我无比吃惊地意识到,这个人上上下下的手上有两个动作:[61]一个隐蔽而迅速,他用这个动作鬼使神差地竖起衣领,另一个应该弄好衣领的动作细致持久,好像被夸张地分解了。这个观察让我不知所措,两分钟之后我才认出,在这个男人高高的衣领和烦躁挥动的手之后,他脖子上的正是那个刚刚离开他双腿的可怕的两节拍跳动。这一刻起,我和他有了关联。我明白这个跳动在他的身体里横冲直撞,试图在这或那冲出去。我理解了他在人前的恐惧,我自己也开始小心翼翼地检查路过的人是否注意到什么。他的腿突然微微抽搐了一下,我背后猛地一冷,但是没有人看见,我想,若有人发现,我也会轻轻绊一下。这个办法一定会让好奇的人相信,路中间有一个不明显的小障碍,我们两个人都偶然踩了上去。然而,当我还在考虑帮忙的时候,他自己已经找到很好的新出路。我忘了说,他拿着一根手杖;它是一根简单的深色木手杖,有一个弯成圆形的朴素手柄。在摸索着的恐惧里,他想到先用一只手(谁知道第二只手还得做什么呢?)把手杖直直的靠在脊柱上,撑住后背,一端紧紧抵住腰骶,圆杖柄一端塞进领子里,这样很牢靠,就好像颈椎和第一节脊椎后有了一个支撑。[62]这是个不显眼的动作,最多有点放肆,却可以因为不期而至的春天得到谅解。没有人转过头看,这就行了。好极了。下一个人行通道上又出现了两次跳动,两次轻微的、克制住大半的跳动,它们无伤大雅;一次的确能看出来的跳动则很巧妙,也无须担心(刚好有一只喷水管横在路面上)。是的,一切都很好;第二只手时不时也会抓住手杖,把它再压紧一点,危险也就马上过去。虽则如此,我的恐惧还是在增长,我无能为力。我知道,当他走着路、拼命试图让自己看上去淡然闲散时,那可怕的抽搐却一直在他体内积聚;他恐惧地感到它越来越强,我也一样怕,我看到,当它开始在他身体里震动时,他怎样死死地抓住手杖。这双手表现得那样生硬无情,我竟一心寄希望于他会意志强大。可意志又是什么。必会到某个时刻,他耗尽气力,再也无法继续。而我,我走在他后面,心脏剧烈地跳动,像凑钱那样积攒起一点点力量,我看着他的手,请求他,如果需要,请拿走。

我想,他拿走了;可只有这一点点,我又能如何。

圣米歇尔广场上有许多车,急匆匆的人来来往往,我们常常在两辆车之间,那时他就会喘口气,随它去,像是在休息,它于是轻轻跳一下,点点头。[63]也许这是被囚禁的病想要战胜他的诡计。意志在两处崩溃了,松弛在着魔的肌肉里留下轻佻、诱人的魅力和强制性的双节拍。手杖仍在原位,手看上去邪恶而愤怒;我们就这样走上桥,不错。不错。现在行走中出现了某种不确定的东西;他跑了两步,站住。站住。左手轻轻地松开手杖,举了起来,举得那么慢,我看见它在空气中颤抖;他往后推推帽子,擦了一下额头。他轻轻转着头,目光晃过天空、房子和水,却什么都抓不住,然后他投降了。手杖不见了,他展开双臂,好像要飞翔,它从他体内冲出,如同自然之力,使他弯下腰,将他扯回来,让他点头、俯身,把跳舞的力量从他体内甩到人群中。已有许多人围住他,我看不见了。

再去某处还有什么意义呢,我空了。像一张空荡荡的纸,我沿着房子,飘回到大道上。

22

(*一封信稿)

我试着给你写信,虽然被迫分别后根本没有什么。我还是试着写,我想,我必须写,因为我在先贤祠看到了圣人,那个孤独神圣的女人①,屋顶,门,里面光圈稀薄的灯,对面睡着的城市,河流,月光里的远方。圣女守护着睡着的城市。我哭了。[64]我哭了,因为,突然,一切都出乎意料地来了。我因此而哭,不能自已。

---

① 指巴黎的主保圣人圣女日南斐法(St. Geneviève,约422年—约502年)。18世纪人们在她的坟址上修建了巴黎先贤祠(Pariser Panthéon)。里尔克在本节描写的是先贤祠中由法国壁画家皮埃尔·皮维·德·夏凡纳(Pierre-Cécile Puvis de Chavannes,1824—1896)创作的壁画《圣日南斐法的一生》。细节都能在画中找到。

我在巴黎,听说的人都很高兴,大多羡慕我。他们是对的。这是个大城市,很大,充满稀奇的诱惑。至于我,我必须承认,在某些方面我被它们击败。我想,只能这样说了。我受到诱惑,这导致了某些变化,如果不是我性格中的,就是我世界观里的,无论如何是我生命的变化。在这些影响下,我心里逐渐脱胎出另一种全然不同的对万物的观想,某些差别前所未有地将我和其他人分开。一个改变了的世界。一种充满新意义的新生活。眼下我有点艰难,因为一切都太新了。我是我境遇里的起步者。

有无可能,看一次海?

是的,考虑一下吧,我想象你会来。也许你能告诉我,可有医生?我忘了打听。不过现在我也不需要了。

你还记得波德莱尔那首不可思议的诗《腐尸》吗?有可能我现在理解了。他是对的,除了最后一节。一旦遭遇,他又能如何?他的任务是,从恐怖中、从看似只能憎恶的东西中,看到一切在者中的在者。没有选择和拒绝。福楼拜写了他的圣朱利安,你以为这是偶然吗?在我看来,决定性的似乎是:是否有勇气[65]躺到麻风病人身边,以爱夜中心里的暖温暖他,这只会是好的结局。

千万别以为我在这里因失望而痛苦,相反。有时让我吃惊的是,我多么愿意为了真实放弃一切期待,哪怕真实是丑恶的。

图 1 夏凡纳《圣日南斐法的一生》

我的上帝啊,但愿这能分享。可那还会是它吗,还会是吗?不,唯以孤独为代价,它才在。

23

空气的每个成分里都有可怕的存在。你吸入时它是透明的,却在你体内凝聚,变硬,在器官之间长成尖锐的几何形状;因为触发痛苦和恐怖的一切,在审判场、刑讯间、疯人院、手术室,在晚秋的桥拱下:这一切都有种坚韧的不朽,它们嫉妒着所有在者,冥顽地黏附于可怖的真实。人们想要忘掉许多;他们的睡眠轻柔地锉着脑中的这些沟壑,梦却把睡眠挤开、补画上纹路。于是他们醒来,喘着气,让烛光在黑暗中融化,像糖水一样喝下这半明半暗的慰藉。然而,唉,这安全感又能在哪个棱角上坚守。只需一个最轻微的转动,目光就超出熟悉和友好的东西,刚刚还是那么令人安心的轮廓却更清晰地成了恐怖的边缘。当心光,它会让房间更加空洞;别四处望,说不定影子会在你身后主人般站起。[66]也许留在黑暗里更好,你那未划出界限的心会试着成为万物之心,无别而沉重。现在你凝神于自己,你看见自己终止于面前的双手,时不时以不精确的动作抚过脸庞。你体内几乎再无空间;你的狭小不可能容下很大的东西,即便是闻所未闻之物也得内化进来、按比例限制自己,这几乎让你平静下来。可是外面,外面无法逆料;倘若它在外面升起,那它也就填入你,但并非填入那些部分由你掌权的动脉,也并非你那冷漠器官的黏液:它在毛细血管里长大,向上虹吸入你枝枝蔓蔓的此在最远端的桠杈。它在那里升高,超出你,高过你的呼吸,那里却是你能逃去的最后藏身之所。然后去哪,去哪?你的心把你赶出去,你的心在你身后,你几乎已站在自己之外,再也回不去。就像被踩的甲虫,你也从自己体内流出,你那一点点表面的坚硬或调整毫无意义。

哦,没有对象的夜;哦,晦暗的外窗;哦,小心锁起的门;古已有之的陈设,被接受、被公认,却从未被彻底理解。哦,楼梯间的静寂,隔壁屋子的静寂,高高的天花板上的静寂。哦,母亲:你是唯一挡住所有静寂的人,曾经,在童年。你吸收了它,说:别怕,是我。为了那怕着的,为了那因怕而颓丧的,你有勇气在深夜里成为这静寂。你点了灯,那声音就是你。[67]你把灯举在面前说:是我,别怕。你把它放下,缓缓地,无疑:是你,你是笼在常用的心爱之物上的光,它们存在着,没有言外之意,良善,单纯,明确。如果墙里某处躁动起来,或是门厅里响起脚步,你就只是微笑,在明亮的背景中透着光,笑入那探寻着你的惊恐的脸,好像你就是那隐约的声响,好像你和它有共同的秘密,有约定,有默契。统治尘世的力量有哪个能和你的力量相比?看,国王们躺着,呆望着,讲故事的人也无法让他们分心。恐怖爬上情人极乐的乳房,追上他们,让他们瑟瑟发抖,灰心丧气。可是你来了,把那骇然之物挡在身后,完完全全地遮住它;你不是能被随时掀开的帘幕。不,似乎有个召唤需要你,你就战胜了它。似乎你已领先于一切将会出现的,背后只有你匆匆赶来,是你永恒的路,是你爱的飞翔。

24

我每天经过的那家造型店①,在门边挂出两张面具。一张是溺亡的年轻女人的脸②,人们从停尸房③取样塑模,因为这张脸很美,因为它在微笑,因为它笑得那样迷幻,好像它都知道。下面是他有知的脸④。坚硬的结节扎实地聚集起官能。总想蒸发掉的音乐无情地自我浓缩。这是他的面庞,上帝关上他的听觉,因此天地寂然,除了他自己的鸣响。因此他不会惑于声音的颓靡无常。他内里的,是它们的清明长久;因此,唯有无声息的感官为他输入世界,[68] 万籁俱寂,一个紧张等待的世界,它尚未完成,在音调被创造之前。

---

① 原文法语:Mouleur,这里指制造石膏面具的人。
② 一位在塞纳河溺亡的无名女人(L'inconnue de la Seine),直到20世纪50年代,她死后的面部石膏模型仍常被用作墙壁挂饰。现今通用的心肺复苏术训练模具"复苏安妮"也以她的面模制造。
③ 原文法语:Morgue。
④ 指贝多芬(1770—1827)死后的面部模型。

圆满世界者：化为雨落在地上、水中，漫不经心地落下，偶然发生，——越发不可见，依律而喜，于一切中重生，升高，漂浮，形成天空：如是，我们沉降下的东西又从你那里升起，音乐穹隆世界。

你的音乐：它应为世界存在，而不是我们。应在忒拜①为你造一架锤击钢琴；将有天使带你穿越荒野中长眠着国王、情人②和隐士③的重峦，到那孤独的乐器前。他会高飞并离开，他忐忑着，怕你开始。

你就会奔涌而出，是奔涌者，无人听闻。把只有天地能承受的归还天地。贝都因人④在远方被追上，迷信着；商人却倒在你音乐的边缘，仿佛你是风暴。几头狮子，只在夜里远远地绕你徘徊，它们被自己吓到，被它们澎湃的血威胁。

如今谁把你从纵欲的耳中接回？谁把那些可买卖的、淫而不育的贫瘠听觉从音乐厅赶走？精液射出，他们却妓女般取乐玩弄；他们躺在不作为的满足里，就像奥南⑤的精液洒在他们之间。

---

① Thebais：指古埃及古都忒拜，历经千年兴衰，留下沙漠中的一片废墟。此处象征静寂和孤独。
② 原文希腊语：Hetär。
③ 原文希腊语：Anachoret。
④ 贝都因人（die Beduinen）：分布在西亚和北非广阔的沙漠和荒原地带的游牧阿拉伯人。
⑤ 奥南（Onan）：旧约人物。奥南之兄死后无嗣，奥南父亲令其与嫂交配，奥南不愿替兄长生育，泄精于地。

图 2　在塞纳河溺亡的无名女人石膏头像

在哪里啊，主，将有未受污的处女的耳朵躺在你的大音旁：她将死于极乐，或娩出无限，她受孕的脑定会因这纯粹的生育炸裂。

25

[69] 我不低估此事。我知道这需要勇气。但我们想一下，假如一个人有这种奢侈的勇气①去追踪他们，就会永远（谁又能再忘掉或弄错呢？）知道，他们后来钻去了哪里，他们如何开始剩下的大半天，他们夜里是否睡眠。特别要查明这个：他们是否睡眠。但只有勇气还不够。因为他们来来去去，并不像那些轻易就跟得上的普通人。他们来了，又消失，像铅兵那样被摆好，又被拿走。找到他们是在几个偏僻但不隐蔽的地方。灌木丛后退了，小路微微地从草地边绕过：他们就站在那，周围有大片透明的空间，好像站在玻璃罩下。你可能会把他们当做沉思的散步者，这些不显眼的男人是处处卑微的小人物。但你错了。你看那只左手，看它怎样伸入旧大衣的斜口袋里找着什么；找到了，掏出来，把那个小什物笨拙而醒目地举在空气里。不出一分钟，就来了两三只鸟，几只麻雀好奇地蹦过来。如

---

① 原文法语：Courage de luxe。

果那个人成功地符合它们对静止的确切理解,那就没有理由不再靠近一点。终于第一只麻雀飞起来,紧张地在那只手的高度上扑腾了一会儿,那只手(上帝知道)用无求的、明显放弃了的手指递出一小块破碎的甜面包。他身旁聚起了人,当然保持着一定的距离,人越多,他就越与众不同。他站在那,就像一架燃尽的烛台[70],靠灯芯余烬亮着,十分温暖,一动不动。这许多小小的笨鸟根本看不出他多么迷人,多么诱惑。如果不是有观众,如果让他站得够久,我确信总归会有个天使过来,强令自己吃下枯萎的手中那一口古老的甜食。现在,人们挡住了天使的路,历来如此。他们只关心鸟儿到来;他们认为这就够了,他们宣称他等的也无非就是这个。还能等什么呢?这被雨浇坏了的老木偶,斜插在大地上,就像家中小花园里的船偶①;连姿势都如出一辙,是因为最动荡的某时某地,他也站在生活前方吗?如今他这样黯淡,是因为他曾经斑斓吗?你想问他吗?

只是,若看到女人在喂鸟,什么也别问。甚至能跟上她们;她们边走边喂;好像是小事一桩。随她们去吧。她们不懂是怎么回事。她们突然在手袋里有了许多面包,她们从薄

---

① 胡莱维奇问卷中里尔克解释"船偶":"所谓的 Gallions-figuren, Gallionen;船头的木雕彩色人偶。丹麦船员有时候把这些从老船上残存下来的人偶立在花园里,看起来够怪的。"

薄的面纱下拿出一大块,咬过一点的、湿润的一块。让唾液经历一下世界,小鸟们带着她的滋味飞来飞去,即使它们很快就忘掉,这也让她们愉快。

26①

那时我坐在你的书旁,固执者,试着让它们有意义,就像其他人一样,他们拆散你,选择他们关心的部分,就心满意足。因为彼时我尚未领会,名誉是形成(das Werdende)的公然中断,闯入他的工地,挪走他的石块。

[71] 年轻人,不论在哪,心中出现让人发抖的东西,利用好无人认识你的机会。即使认为你一无是处的人反对你,即使你与之打交道的人放弃了你,即使他们因你可爱的想法意欲铲除你,可这些让你内心振作的粗暴危险,比起以后名誉狡诈的敌意又算得了什么。名誉让你涣散,你因此再无法为非作歹。

别请求任何人谈论你,哪怕是鄙薄地谈。时间走过,如果你发现你的名字在人群中流传,别去在意,就像你从他们口中听到的其他一切,这并不值一提。你要想:这个名字坏了,扔掉它。用一个别的,随便哪个,这样上帝才能在夜里呼

---

① 本节主要评述挪威戏剧家易卜生(1828—1906)。

唤你。千万藏好它。

你这孤独者,你这怪人,他们怎样用名誉收买了你。是多久之前,他们还彻底地反对你,现在却和你称兄道弟。出于安全,他们把你的话关入他们自负的牢笼,带到广场上展览,稍稍激怒它们。你所有可怕的食肉兽。

那时我才读到你,当它们从我中冲出,在我的荒原上袭击我,那些绝望的困兽。就像你自己临终时那样绝望。你,所有地图都画错了你的轨迹。你道路的无望曲线,它跳跃般穿过天空,唯有一次与我们擦身而过,又惊骇地远离。你在乎什么?一个女人是留是走,一个人眩晕,另一个疯狂,死了的活着,活着的却装死:你在乎什么?① 对于你,这一切都太自然;于是你走过去,[72] 就像穿过前庭,并不停留。但当我们的事件在内心沸腾、冷凝、变色,② 你就停住,弯下腰。比任何人去过的地方更深;一扇门为你弹开,现在你就在火光中的烧瓶旁。③ 那里,你从未带人去过,你这多疑者,你坐下分辨一个个转变。在那里,因为你生性是要揭示,而非建造或言说,于是你在那里做出可怕的决定,要独自一人,立刻放大那些你自己最初只能透过镜片发觉的细

---

① 这些都是易卜生戏剧的主题,可能依次是指《玩偶之家》、《建筑师》、《群鬼》、《罗斯莫庄》、《当咱们死人醒来的时候》。
② 里尔克之所以用这种比喻可能是因为易卜生曾做过药剂师学徒。
③ 胡莱维奇问卷中里尔克解释:"你就在那里,在最神秘的生活化学发生反应之处,在它的转化和沉淀里。"

微,使它在千万人前,在一切之前,盛大堂皇。你的戏诞生了。这几乎不占空间的、被千百年压缩成液滴的生活,你不能等它被其他艺术发现,逐渐为几个人呈现,一点点聚集成观点,最后要求这尊贵的谣言被证实普遍可见,就像在人前开了幕。你等不及,你来了,你必须确定、留住那几乎不可测的:一份升高半度的感情,一种几乎无重量的意志,你在极近处读出它指针的角度,一滴相思里稀薄的浑浊,一个信赖的原子里微乎其微的色差;因为现在这些过程里竟然是生活,是滑入内部的我们的生活,它退到里面,退得那么深,深到从未被想过。

像你这样,生来就要展示,永恒的悲剧诗人,你必须在反掌间把微细转化为最可信的姿势、最实在的物品。[73]于是你开始了你作品中史无前例的暴行,在可见中寻找内心所见的等价物,越来越急躁,越来越绝望。那是一只兔子,一间阁楼,一个大厅,里面有人走来走去:那是隔壁一只玻璃杯的声响,窗前的大火,那是太阳。那是教堂,山谷中教堂般的石崖。但不够;最后塔楼也得进来,还有整列山脉;还有埋葬风景的雪崩淹没了舞台①,为了不可捉摸之事而堆满实物的舞台已不堪重负。此时你无法继续了。你弯折在一起的两端

---

① 文中提到的细节都是在指代易卜生的象征主义戏剧,如《野鸭》中的兔子和阁楼,《群鬼》中的窗前的大火和太阳,《布朗德》中的教堂、石崖中的山谷、雪崩,《建筑师》中的塔楼,《海上夫人》中的整列山脉。

彼此弹开;你疯狂的力量源于有弹性的棍棒,你的作品什么也不是。

否则谁又能理解,你临终前不愿离开窗前,如你一贯的固执。你要看路人;因为你想到,倘若某一天决定开始,是否也能让他们变成什么。①

27

那时我第一次注意到,关于一个女人,他们什么都不能说;我意识到,他们说她时却略过了她,他们提到并描写其他那些环境、地点、物品,直到某一个位置,一切都停住,以围绕她的那条从未被画下的淡淡的轮廓为界,停得轻柔又似乎小心翼翼。她是怎样的?我接着问。"金发,差不多像你这样",他们说,又列举了其他所知的种种。但她仍然模模糊糊,我再也想象不出什么。[74] 唯有妈妈讲起那个我总想听的故事时,我才能看到她②——

---

① 胡莱维奇问卷中里尔克解释:"生活,我们现在的生活,几乎不能再以舞台化的方式表现了,因为它已经退入不可见、退入内心之中,只能通过堂皇的谣言传达给我们;但剧作者不能坐等它自己显现出来;他必须对这种不露声色的生活施暴;因此,他的作品最后也像一根被过度弯折的枝条,从他手中弹出,前功尽弃。——易卜生的最后几天是在窗边度过的,他好奇地观察着过往的行人,某种程度上他把这些真实的人和那些也许曾应被创造出来的形象混为一谈,而对于后者,他也并不确定是否已经做过。"
② 指英格博格,可能是马尔特母亲的一个妹妹。

——那时,每次讲到狗的那一幕,她总会闭上眼睛,把她缄默却处处明亮的脸哀求似的撑在抚着太阳穴的冰冷双手中。① "我看到了,马尔特",她信誓旦旦地说:"我看到了。"我从她那听说此事,已是她最后的几年。那段时间她谁都不想见,不论去哪,哪怕是途中,都随身带着一只厚实的银质小滤网,过滤她所有的饮料。她再也不吃固态的食物,独自一人时,她把饼干或面包弄碎,像小孩子那样一点点吃下碎屑。那时,对针的恐惧完完全全地控制了她。为了请求谅解,她只是对别人说:"我什么都吃不下,可千万别妨碍你们,我感觉非常好。"但她会突然转向我(那时我已经长大一点),强笑着说:"有那么多针啊,马尔特,到处都是,想想吧,它们多容易就掉下来……"她故意说得像在开玩笑;但想到所有那些没固定好的针随时随地可能掉下来,她就不寒而栗。

28

可讲起英格博格,她就平静无事;她不再谨小慎微;她大

---

① 此处里尔克对贝茨解释说:"不:妈妈没有藏起她的脸,她把手放到太阳穴上,闭上了眼睛;由于下垂的眼睑她的脸沉默下来,但同时又处处明亮;她闭上眼睛,是不想再看到曾经见过的东西,但她要讲述的事件的画面出现在她心里,并点燃了回忆,那些回忆已然从她沉默的脸上透射出来。"

声说着,回忆起英格博格的笑,她也笑起来,我就能看到英格博格曾有多美。[75]"她让我们所有人开心,"她说,"你父亲也是,马尔特,确确实实开心。但后来,她得了绝症,虽然看上去只是小病。我们所有人都避而不谈,隐瞒此事。有一次她从床上坐起,自顾自地说话,就像一个人想听听什么东西的声响。① 她说:'你们不要这样小心;我们都知道,你们放心我,顺其自然很好,我别无他求。'想象一下,她说:'我别无他求';那个让我们所有人都开心的她。你长大后会有一天明白吗,马尔特?以后你要想一想,也许会想起来。如果有人明白这些事情就好了。"

一个人的时候,妈妈就忙着"这些事情",而最后那几年,她总是独自一人。

"我永远达不到,马尔特",她有时说,带着她特有的无畏的笑,那种微笑不想让任何人看到,笑过就圆满。"但没人有兴趣弄明白;如果我是男人,是的,只要我是男人,我就会思考,真正有条有理地思考,从头开始。总要有一个开始,可抓住它的时候,总已经是什么别的东西了。唉,马尔特,我们就这样走过去,我觉得,走过去的时候,所有人都涣散、忙碌,从未真正留意。就好像流星落下,没有人看到,没

---

① 里尔克对贝茨解释说:"想听的不是声音的音色,而是那惊人的自白的质地和色泽。听到的那一瞬间,她对全世界、甚至自己隐藏起来的灵魂状态就成了所谓的现实。"

有人许愿。永远别忘了许愿,马尔特。不应该放弃愿望。我相信,没有满足,但有长久的愿望,一生之久,根本等不到满足。"

[76]妈妈让人把英格博格的小写字柜放到楼上她的房间里。我可以直接进去找她,所以常常能看见她在小柜子前面。我的脚步完全消失在地毯中,但是她感觉到我,就把一只手从对侧的肩上递给我。那只手没有一丁点重量,吻上去几乎就像晚上入睡前递来的象牙受难像。低矮的写字柜桌板被打开,她坐在一旁就像在乐器边。"里面有那么多太阳",她说,真的,黄色的旧漆使柜子里面不可思议地明亮,漆上画着花,总是一朵红一朵蓝。三朵花并列的地方,中间那朵就成了罗兰紫,隔开另两朵。底调有多耀眼,这些颜色和细长水平涡纹的绿就变得多暗,一点也不清晰。色调间出现了一种朦胧的关系,它们彼此暗自关联,却从不说出口。

妈妈抽出空空荡荡的小隔板。

"啊,玫瑰",她说,身体稍稍前倾,进入那未尽的隐约气息。她总是想象,按到某个秘密的弹簧就会弹出无人料及的暗格,能在里面找到些什么。"它会一下子跳出来,你会看到的",她认真且不安地说,匆匆去拉隔板。真留在隔层中的纸却被她小心地收起、锁好,并不阅读。"我反正读不懂,马尔特,那对我一定太难了。"[77]她确信一切对于她都太复杂。"生活中没有初学者的班级,一上手就要求最难的。"有人向我保证,在她的姐姐、女伯爵于勒伽尔德·斯基尔①惨死之后,妈妈才变成这样。女伯爵是被烧死的,一次舞会前,她在烛台边的镜前,想换一种方式把花插在头发里。但似乎,妈妈临终前最难理解的,是英格博格。

现在我想写下这个故事,就像我恳求时妈妈讲述的那样。

是仲夏,英格博格葬礼后的星期四。从喝茶的阳台空地上,能看到大榆树之间祖坟的山墙。桌上摆放得刚刚好,仿佛从未多出一个人在这里吃过东西,我们也都均匀围坐着。每个人都带了点东西,一本书或是一只手工篮子,所以甚至还有点挤。阿贝罗娜(妈妈最小的妹妹)倒着茶,所有人都在忙着递东西,只有你的外祖父在靠椅中向房子看去。那是等邮件的时辰,平时总是英格博格带过来,她要安排食物,会在室内待得久一点。她生病的几个星期够长,我们早就习惯她不来;因为我们也知道,她来不了。但那个下午,马尔特,她真的再也不会来的时候——她来了。也许是我们的错;也许是我们把她叫来的。因为我记得,我突然坐在

---

① 妈妈的姐姐于勒伽尔德·斯基尔(Öllegaard Skeel)女伯爵,与历史上15世纪末瑞典布拉赫家族始祖的第一任妻子同名。

那里，拼命地想，[77]现在到底哪里不对劲儿。我突然说不出是什么；我全忘了。我抬起头，看到所有其他人都转向房子，不是以特别的、引人注目的方式，而是那种确实很平静的、日常的等待。这时我几乎——（想到这，马尔特，我很冷）但，上帝保佑我，我几乎脱口而出"她在哪——"这时加弗利尔已从桌下冲出、迎她跑过去，就像平时那样。我看见了，马尔特，我看见了。它跑向她，虽然她没来；对它来说，她来了。我们明白，它跑向她。它回头看了我们两次，好像在询问。然后向她奔去，像平时那样，马尔特，完全像平时那样，跑到她身旁；因为它开始绕着圈跳，马尔特，围着一个不在的东西，然后扑到她身上舔她，直直地站着。我们听到它因喜悦而呜咽，它就那样窜到空中，迅速地连续跳了好多次，你真的会以为是它的跳跃挡住了她。但突然一声吼叫，它在空中、在自己的跳跃里转过身，冲了回来，意外地笨拙，然后十分奇怪地平趴下来，一动不动。另一边，仆人拿着信从房子里走出。他犹豫了一会儿；显然，正对着我们的脸走过来并不轻松。你父亲也已对他摆了摆手，让他别动。你父亲，马尔特，不喜欢动物；但那时，他却走过去，在我看来，很慢地，在狗身旁弯下腰。他对仆人说了什么，一个很短的单音节的词。我看到，仆人急忙跑过来要去抬加弗利尔。但那时你父亲自己抱起狗，带它走进房子，仿佛他清楚地知道要去哪里。

29

有一次,讲完这个故事时,天快黑了,我刚想给妈妈讲讲那只"手":那一刻我还讲得出。我已经松了一口气想要开始,就在这时我突然发现,我多么理解那个仆人为什么不敢正对他们的脸走过去。如果妈妈看到了我看到的东西,即使天色昏暗,我也会害怕她的脸。我很快又深吸了口气,装出若无其事的样子。几年之后,经历过乌尔内克罗斯特画廊的那个奇怪的晚上①,我好几天都在盘算着向小埃里克吐露秘密。然而,我们夜谈完,他就再次对我封闭起来,他躲着我;我觉得他看不起我。正是因此我才想和他讲讲那只"手"。我自以为,如果我能让他明白我真的经历过那件事,就能赢得他的敬意(出于某种原因我急切地希望如此)。可是埃里克太机灵,总能躲开我,我没成功。很快我们也就离开了。所以,也够怪的,这竟是我第一次讲出这件尘封在遥远童年里的往事(居然只是讲给我自己的)。②

当时我跪在靠椅里,以便舒服地在桌子上画画,这也能看出我当时多小。那是晚上,冬天,如果我没弄错的话,是在

---

① 见第 34 节手记。
② 据玛丽郡主的回忆,这个有关"手"的故事这是里尔克童年的真实经历。里尔克的女婿亦多次强调此事的真实性。

城中寓所里。桌子在我房间的两扇窗之间,屋子里只有一盏灯,照着我的纸和小姐①的书;小姐坐在我身边稍稍靠后的地方读书。她读书的时候,就很远,我不知道[80]她是否在书里;她能读上几个小时,却不怎么翻页,我有种印象,好像书页在她眼下越来越满,好像她一边看一边添进去句子,某些对她必不可少、却不在书中的句子。我画画的时候就是这样的感受。我画得很慢,没有明确的打算,如果画不下去,就微微向右转一下头,盯着看所有的东西;这样我总能尽快想到还缺什么。是在战场上骑着马的军官,如果他们正在战斗中可就容易多了,那就只需要画出笼罩着一切的烟尘。可妈妈总说我画的是小岛;岛上有大树、宫殿、台阶,岸边还有倒映在水中的花。但我觉得那是她虚构的,或者那是后来的事了。

那天晚上我画了一个骑兵,一个单独的、非常清楚的骑兵,骑在一匹装配古怪的马上。他五颜六色的,我得经常换铅笔,红色尤其重要,我总是用它。现在我又需要它了;它却(我还能看到)滚过被照亮的纸到了桌边,没等我阻止,它就从我身边掉下去消失了。我真的急需它,爬下去找它实在讨厌。我不怎么灵巧,费了九牛二虎之力才爬下去;好像是我的腿太长了,我没办法把它们在身下伸开;跪得太久,

---

① 原文法语:Mademoiselle。指马尔特的家庭教师。

我的下肢麻了；我不知道什么属于我、什么属于椅子。最后，我有点稀里糊涂地到了地上，[81] 发现自己在桌下一张铺到墙角的兽皮上。但这时又有了新麻烦。习惯了上面的明亮，还在为白纸上的色彩兴奋不已，我的眼睛在桌子下面什么也看不清，似乎黑色把我锁了起来，我很怕，不敢去碰它。我跪着，左手撑地，另一只手全凭感觉在凉凉的、长绒毛的地毯里摸来摸去，地毯摸上去很亲切，只是找不到笔。我自以为过去了很长时间，正想叫小姐，请她帮我举灯，这时我发现，对于我不知不觉挣扎着的双眼，黑暗一点点透明起来。我甚至能分辨出后面的墙壁，它终止于浅色的地脚线；我靠桌腿辨别着方位；首先认出了我自己五指张开的手，它有点像水生动物，孤零零地在下面移动，搜寻着地面。我还知道，我几乎是好奇地看着它；它在下面以一种我从未观察过的动作一意孤行地摸索着，我似乎觉得它会一些我从没教过它的东西。我紧紧盯着它，看它怎样向前推进，这很有意思，我已经准备好面对一切。但是，我怎会想到，从墙壁中突然伸出另一只手，一只我从未见过的异常枯瘦的大手。它以类似的方式在另一边寻找着，两只张开的手都盲目地移向对方。我的好奇尚未耗尽，但突然就到了尽头，还在的只有恐惧。[82] 我感觉其中一只手属于我，它正在参与一件无可挽回的事。以我对它拥有的所有权利，我让它停下来，平平地、缓缓地把它收回来，这期间我的眼睛没有离开另一只还在摸索着的手。我明白它不会放弃。我说不出怎样回到了上面。我深深地坐在椅子里，牙齿上下打战，脸上血色尽失，我觉得眼睛里的蓝色也快没了。小姐——，我想说但说不出，那时她自己也被吓到，扔下书跪在椅子旁叫我的名字；我相信她还摇了摇我。可我十分清醒。我吞了几口唾沫；因为我想讲出来。

但怎样讲呢？我难以置信地控制住自己，这无法表达，没人会懂。即使这件事有言语可用，那时我却太小，什么也想不出。突然，恐惧攫住我，这些言语，它们也可能超越我的年龄一下子出现，那就得说出来，对我而言这似乎比一切都更可怕。我没有力气以另一种变化了的形式，从头开始，再经历一次下面的那种真实；也没有气力去听我将如何陈述它。

某种东西进入了我的生命，偏偏是我的，我得独自对付它，永远，永远。如果现在我宣称，当时我就有此种感受，这当然是幻觉。我看到自己躺在有护栏的小床上，没有睡觉，不知怎地我隐约预料到，这就是生活：充满极其不寻常的东西，它们只对一个人有意义，且不可言说。[83]当然，我心中渐渐升起一种悲伤而沉重的骄傲。我想象着将要怎样浪迹四方，内心充实，却沉默不语。我对成年人有了强烈的同情；我佩服他们，我打算对他们说，我佩服他们。我打算下次就和小姐说。

30

然后就来了一场这样的病,它意在向我证明,这并非我第一次独有的经历。高烧在我体内翻腾,从最底部挖出我一无所知的经验、图像和事实;我躺在那,被自己堆满,等待着某个时刻,被命令把这一切重放回我内里,层层叠放,有条有理,依序而列。我开始了,但它在我手下生长,它抗拒着,它太多了。这时愤怒攫住了我,我把它一股脑儿地扔入自己,让它们压在一起;可我再也合不拢了。我因此尖叫,半敞开着,我尖叫,尖叫。当我开始从自己向外看去,他们已经围在我床边多时,握着我的手,有一支蜡烛,它巨大的影子在他们身后摇动。父亲要我说怎么了。那是种友好、温和的命令,但毕竟是命令。我不答,他就不耐烦起来。

夜里妈妈从不来——,或者,只来过一次。我喊了又喊,小姐来了,还有女管家希弗森和车夫戈奥格;但没用。[84]所以最后就派车去找父母,他们在一个大舞会上,我想是在王储那。一听到车驶入院子,我就安静了,坐起来看着门。另一个房间里沙沙作响,妈妈穿着她根本不在意的宫廷大礼服走了进来,她几乎是跑过来的,任由白色皮草掉在身后,用赤裸的手臂抱住我。我从未那样惊喜地摸着她的头发,她保养得很好的小脸,她耳朵上冰冷的石头和肩膀边缘有着花香的纱绸。我们就那样温柔地哭着、吻着,直到我们感觉到父亲来了,我们必须分开。"他发着高烧",我听见妈妈嗫嚅着说,父亲抓过我的手数着脉搏。他穿着猎骑兵长的制服,系着大象勋章漂亮的水蓝色宽绶带①。"喊我们回来真是胡闹",他对着房间说,没有看我。他们答应说若事情不严重就回去。这当然不是什么严重的事。我在被子上找到妈妈的舞会卡和我从未见过的白茶花,当我发觉它有多么清凉,就把它放在了眼睛上。

31

然而,漫长的是那些病中的午后。糟糕的一夜之后,上午总是在睡着,醒来时以为还早,却已是下午了,一直是下午,没完没了的下午。我于是就那样在清空的床上躺着,或许在关节里长了大一点,太累了,什么都想不出。[85]苹果慕斯的味道久久不散,能做的一切无非是让这味道展开,不由自主地,让纯粹的酸味代替思维在体内盘旋。之后,力气回来了,就在身后垫起枕头,可以坐起来玩锡兵;但在倾斜的床桌上它们太容易倒下,紧接着一排都倒下:而我尚无十足

---

① 大象勋章是丹麦最高级别的勋章,同时期只有 30 个人有资格佩戴。与大象勋章配套的绶带是水蓝色的。

的生命力每一次都从头再来。突然就太多了,请人马上把一切都拿走,重新看到稍远处空荡荡的被子上只有两只手,这很好。

有时妈妈过来半个小时读童话(真正长时间的朗读是希弗森),却不是为了童话。因为我们两个都不爱童话。我们对奇妙有另一种定义。我们觉得,如果一切都自然而然地发生,就总是最为奇妙的。我们不太看重在空中飞翔,仙女让我们失望,变化成另一种东西我们也只能期待十分表面的替换。但为了看起来有事可做,我们还是会读一点;有人进来时还得先解释我们在做什么,这让人不舒服;我们尤其要以一种夸张的明确性面对父亲。

只有十分确定不会被打扰,外面天也黑下来的时候,我们才会沉溺在回忆里,为那些我们俩都觉得很老的共同回忆笑起来;因为打那以后我们两个都长大了。我们记起,有段时间[86]妈妈希望我是个小姑娘,①而不是现在这个男孩。不知怎地我猜到了,于是我想出个主意。有时下午去敲妈妈的门,如果她问是谁,我就很高兴,把我的小声音弄得很细弱,喉咙痒痒的,在外面喊"索菲"。② 接下来我进屋去(穿着

---

① 里尔克曾有一个姐姐在几周大的时候夭折,里尔克的母亲在他5岁之前一直把他当作女孩抚养。
② 索菲是里尔克母亲的名字。里尔克小时候也玩过这种游戏,用的名字是伊斯梅娜(Ismene)。

我总归要穿的小小的女孩气的便服,高高地挽起袖子),我就是索菲,妈妈的小索菲,在家里忙来忙去,妈妈得给她编一个小辫子,就算淘气的马尔特回来了,也不会和他弄混。根本不希望他回来,他不在,妈妈和索菲都很舒服,她们的谈话(索菲还继续着那样尖细的声音)主要是列举马尔特的劣行,再抱怨一下。"唉,这个马尔特呀",妈妈叹着气说。索菲知道男孩子们通常都有的许多坏处,就好像她认识一大堆男孩。

"我想知道索菲变成什么样子了",回忆时妈妈会突然说。现在马尔特当然给不出答案。但如果妈妈提到她一定死了,他就会固执地反对,恳请她别这样想,虽然这也无法证明。

32

现在细细思量,我惊异于自己竟总能从高烧的世界里全身而回,顺从极其普通生活,这里人人都处于熟悉的境况中,并愿意受这种感觉支撑,[87] 这里人们小心翼翼地在可理解的事态中相处。某种东西被期待着,它来或不来,第三种情况被排除在外。有悲伤的事,万劫不复,有惬意的事,还有许许多多无关紧要。人若被给予快乐,那就是快乐的,他要按照快乐行事。说到底一切都非常简单,一旦懂得,就顺理成章。一切也就都会进入这约定好的界限内;如果外面是夏天,则有漫长而平稳的课堂;一定要用法语描述散步;客人来了就被叫进去,如果你刚好正在悲伤,他们就觉得滑稽,他们拿你取乐,就像在逗弄某些长着独一无二忧郁面容的鸟。当然还有生日,那一天请来了许多你几乎不认识的小孩子,难为情的小孩子也让你难为情,或者是粗鲁的孩子抓破你的脸、打碎你刚刚得到的东西,从箱子和抽匣里扯出来一切、乱堆一气,又突然跑开。如果自己玩,像平常那样,就可能意外地走出这约定好的、大体上无害的世界,陷入全然不同、绝对无法预料的境遇。

有时候,小姐的偏头痛格外严重,那几天很难找到我。我知道,父亲问起我时,我若不在,他就会派车夫去园子里找。我能从楼上的一间客房看见他跑出去,在长长的大道开始的地方喊着我。[88]这些彼此相邻的客房在乌尔斯戈尔德的山墙中,那段时间我们很少有客人,所以它们几乎总是空的。紧挨着它们的是那间对我有着强烈吸引力的大角屋。里面除了一尊古旧的胸像什么也没有,我想那是海军上将尤尔[①],然而四面墙都镶着深深的灰色壁橱,甚至窗户都安在壁橱上方空空的白墙上。我在一个壁橱的门上找到了钥匙,

---

① 手记的丹麦语译者容函斯认为尤尔指的是丹麦海军将尼尔斯·尤尔(Niels Juel,1629—1697)。

它能打开所有其他柜子。我就很快地翻了个遍：18世纪宫廷总管的大礼服，织入衣料的银线让它冷冰冰的，还有配套的漂亮的针织马甲；丹麦国旗和大象勋章①的特殊服装，最初我以为那是女装，它们那么华丽繁冗，衬里摸起来那么柔软。然后是真正的女礼服，它们被支架撑开，僵硬地挂着，仿佛是一出大戏里的木偶，戏终究过了时，木偶的脑袋被用在了别处。打开旁边的柜子时，里面的高领制服一片昏暗，它们看上去比其他所有衣服都穿得多，本来也没想被保存下来。

没有人会惊讶我把所有的东西都拖出来，让它们垂在光里；拿这件或那件在身上比量、披上；我匆匆穿上一件多少有点合适的戏服，好奇又兴奋地跑到相邻的客房去，站在由一块块不等大的绿玻璃拼成的细长柱镜前。啊，人在镜子里会怎样颤抖，如果他就是它，会多么迷人。[89] 有什么东西从暗中出来、走近，走得比他自己慢，因为镜子好像不相信它，镜子太困了，不愿意立即重复他说的话。可镜子终究还是得重复。现在，它是让人极其惊异的、陌生的东西，与他的所想截然不同，是某种突兀、独立的存在，他迅速扫了一眼，以便能随即认出自己，不无讽刺，那一丝嘲弄差点毁掉所有乐趣。

---

① 丹麦国旗和大象勋章（Dannebrog- und Elefantenordens）：丹麦的高级奖章。

布里格手记

可如果他马上开始讲话、鞠躬,如果他对自己眨眼,不断向后看着离开,再果断且昂扬地回来,那么只要他愿意,骄傲的就是他。

那一次,我领教了某一套特殊衣物能产生的直接影响。几乎还没穿好一件,我就得承认,它掌控了我;它已事先规定好我的动作,我脸上的表情,甚至我的想法;有花边的硬袖口一次次翻落到手上,它绝非平日里我的手;它如演员般动作,是的,我想说它在观察着自己,虽然这听上去如此夸张。这些装扮从未过分到让我感觉自己陌生;相反,愈是多变,我愈是对自己深信不疑。我越来越大胆;把自己抛得越来越高;我很灵巧,能接住自己,这毋庸置疑。我没有意识到,在这迅速增长的自信中有一种诱惑。离灾难只有一步之遥,直到有一天,我一直以为打不开的最后一个柜子妥协了,它交给我的,并非某些特殊的服装,[90]而是形形色色的模糊面具,它们幻影般的似是而非让我的血冲上面颊。无法一一列举那里所有的东西,除了一个我能想起的包塔面具①,还有不同颜色的化妆舞衣,有缝着硬币清脆作响的女裙;有让我觉得无聊的小丑,多褶的土耳其裤子和波斯软帽,装樟脑的小口袋从里面滑出,还有冠状头饰,镶着无表情的冥顽的石头。

---

① 包塔面具(Bautta):18世纪的威尼斯面具,与三角帽、披肩和斗篷配套。

所有这些我都有点儿看不起;它们的不真实太寒酸了,拖到光里就像剥下来的皮,蹩脚地挂在那,松松垮垮地摊在一起。让我心醉神迷的是宽大的斗篷、布块、围巾、面纱、所有那些柔顺的、未使用过的大块织物,它们绵软且谄媚,或者光滑得抓不住,或者轻盈得像风一样从身边飞过,或者干脆是沉甸甸的,带着它的全部负担。在它们之中,我才看到真正自由、无限灵动的可能性:一个被出售的女奴,圣女贞德,老国王或魔术师,一切都在我手中,特别是还有面具,那些恐怖或是惊人的大脸,它们有真正的胡须,浓密或高扬的眉。我之前从未见过面具,但我立刻意识到面具必须存在。想起我们曾有过一条看上去就像戴着面具的狗,我不禁笑起来。我想象着它真诚的眼睛,它们好像总是从多毛的脸后面看出来。打扮的时候我还在笑,彻底忘了我到底想演什么。现在只能打扮好去镜子前判定角色,这新鲜且充满悬念。[91]我戴的那张脸闻上去有种古怪的空洞,它牢牢地在我脸上,但我可以不费事地看出去,戴上面具后我又选择了各种各样的布料,像穆斯林的头巾那样缠在脑袋上,这样一来,下缘插在黄色大斗篷里的面具上面和侧面也完全被包住了。直到再也缠不上,我想已经裹得够好了。我还抓起一根大棍子,尽量伸开手臂,在身旁拖着它向客房中的镜子走去,虽然不轻松,但我自以为威严十足。

可真是出人意料地气派。镜子刹那间就把它映照出来,它太有说服力了。根本不需要动来动去；即便什么也不做，表象也是完美的。但需要知道我到底是什么，所以我微微转过身，最后举起了双臂：那是驱魔般的宏大动作，我已经意识到，这就是唯一合适的。可就在这庄重的时刻，我听到身边传来闷响，那是被我的装扮缓冲了的混杂噪声；我大吃一惊，丢下对面的那个人不再看它，十分扫兴地发现我弄翻了一张小圆桌，天知道上面有什么，大概是十分易碎的物件。我尽可能弯下腰，证实了我最坏的预感：看来所有的东西都碎了。两只多余的绿紫相间的瓷鹦鹉自然都摔烂了，以各自不同的恶毒方式。从一个罐子里滚出的糖果[92]就像被纱茧缚住的昆虫，罐子盖甩出去很远，罐身也只能看到一半，另一半则彻底消失了。最可气的是一只碎成了几千片的香水瓶，某种古老精油的残液从中飞溅而出，在明净的木地板上形成一块面目①恶心的污渍。我很快地用身上垂下来的什么东西擦干了它，但它只是变得更黑、更讨厌了。我真的绝望了。我站起来，寻找着能弥补这一切的东西。但什么也没有。我不方便看，每个动作都受阻，面对这种掌握不了的荒唐处境，我勃然大怒。我扯着身上的一切，它们却缠得更紧了。斗篷的带子勒住我，我头上的东西重重压下来，好像越来越多。这

---

① 原文用词为 Physiognomie，指人脸的面相，以此词形容地板上的污渍，实际上是一种隐匿的拟人化。

时空气也浑浊起来,好像泼出来的液体挥发出的朽败气息让它发了霉。

我又急又怒地冲到镜前,透过面具吃力地看我的双手如何工作。这正中了镜子的下怀。它复仇的时刻来了。当我在无限增长的憋闷中挣扎,要逃离包裹我的衣物,镜子却逼迫我抬头看它,我不知道它用了什么花招,镜像操纵着我,不,那是一种真实,一种陌生的、不可捉摸的、异常庞大的真实,我违背自己的意志被它彻底浸透:因为现在它是强者,我是镜子。我盯着面前这个巨大而可怕的陌生者,和它独处我不寒而栗。但就在我想到这的那一刻,[93]发生了最可怕的事:我丧失了所有知觉,我彻底失灵了。那一秒我有一种无法描述的、痛苦而徒劳的渴望,我渴望着我自己,可只有它。除了它什么都没有。

我跑开了,但跑着的是它。它横冲直撞,不认识这栋房子,不知道去哪;它从一段楼梯上摔下,摔到走廊里的一个人身上,后者叫喊着挣脱了。一扇门打开了,几个人走出来:啊,认出他们可真好啊。那是希弗森,善良的希弗森,还有女仆和管理银餐具的仆人:现在就要见分晓了。但是,他们没有跑过来救我;他们的残酷无边无际。他们站在那笑,我的上帝,他们竟能站在那笑。我哭了,可面具让泪水流不出来,泪水在里面流过我的脸,马上干了,再流下来,再干掉。最后我跪在他们面前,从未有人那样下跪过;我跪下,向他们举起

布里格手记 | 101

我的手，乞求说："让我出去吧，如果可以，留下我"。但他们听不到；我失声了。

直到死前希弗森都在讲着我怎样慢慢倒下，他们还在继续笑，以为这也是儿戏的一部分。他们已经习惯我这样。但我却一直躺着，不作声。他们终于发现我昏过去时，大吃一惊。我躺在那，像所有布料中的一块，真的就像一块布。

33

时间快得无法计算，一下子就又到了请牧师耶斯伯尔森博士来做客的时候。那顿早餐对所有人而言都辛苦难熬。[94] 他习惯了那些很虔诚的邻居们总是因他而不知所措，在我们这他简直就是离水之鱼，可以说他躺在陆地上，嘴巴开开合合。他在自己身上练成的腮式呼吸难以为继，吐出气泡也并非万全之策。较真起来看，根本就没什么可说的；最后一点零头以难以置信的价格出让了，所有的库存都结算成了现金。在我们这，耶斯伯尔森博士得限制自己做一个凡夫俗子，可他偏偏从来都不是。按照他的想法，他是在灵魂领域执事。灵魂是他要维护的公共机构，而他也绝不会玩忽职守，甚至和妻子相处也不例外，正如拉瓦特尔有一次说过，她是"他朴素、忠诚、因生育而神圣的丽贝卡"①。

(至于我父亲,他对上帝的态度毫无瑕疵,礼貌到无可指摘。有时候在教堂里,他站在那、等着、鞠躬,我会觉得他真就是上帝的猎骑兵长。反之,有人居然能对上帝以礼相待,这几乎让妈妈受倒伤害。如果她也要用明确且详细的礼俗投入到一种宗教里,那么对她而言,数小时之久的长跪、俯地、在胸前和两肩间画标准的大十字,就是至高无上的幸福。其实她从未教过我祈祷,[91]但我愿意跪下合拢双手,这对她确是一种安慰。有时我屈指交叉,有时两掌合十,这要看当下哪种姿势让我觉得更有表现力。我无忧无虑,很早就经受过一系列度化,可很久以后,在绝望之时,我才把这些度化与上帝联系在一起,他出现得如此猛烈,几乎在形成的刹那就同时崩毁。显然,此后我必须全部从头开始。在那样的起点,我有时会觉得,必需有妈妈在,虽然独自经受一切当然更为正确。况且那时她早已死去。)* 写于手稿边缘

面对耶斯伯尔森博士,妈妈几乎有点淘气。她加入一些他认为严肃的谈话,当他喋喋不休起来,她却听够了,突然就

---

① 拉瓦特尔(Jahann Caspar Lavater,1741—1801):18 世纪的瑞士牧师,以著作《观相术片段》(*Physiognomischen Fragmente*)闻名于世。这段引文出于他在丹麦旅游期间所写的日记,指诗人克劳迪乌斯(Matthias Claudius,1740—1815)的妻子。参见第 44 节手记注释。

忘了他,好像他已经走了。"他怎么能",有时她提起他:"正当人死去的时候,突然来探望。"

他也是在这种境况下来看她的,但她当然再也看不见他了。她的官能衰竭了,一个接一个,首先是视觉。那是秋天,本应该搬到城里,可她恰在那时候病倒,或者毋宁说,她立刻开始了死亡,从整个表面,缓慢而荒凉地,一点点死去。医生们来了,某一天他们全都在,占领了整个房子。几个钟头之久,好像它只属于内阁大臣和他的助手们,好像我们再也无话可说。但很快,他们就失去所有兴趣,纯粹出于礼貌才零星地来几个人,拿一支雪茄或喝一杯波尔图葡萄酒。这时妈妈死了。

要等的只是妈妈唯一的哥哥克里斯蒂安·布拉赫伯爵①,我还记得他有一段时间在土耳其服役,[96]总有传闻说他在那里表现极为出色。一天早上,他在一个外国仆人的陪同下到来,我吃惊地看到他比父亲还高,看起来也更老。两位绅士立刻说了几句话,我猜是关于妈妈的。一阵沉默。然后父亲说:"她脱相了。"我不明白这个词,听到却不寒而栗。我有种感觉,好像父亲说出来之前也挣扎过。但也许,承认此事,首先受到伤害的,是他的骄傲。

---

① 原型可能是克里斯蒂安·迪特莱夫·雷温特洛伯爵(Graf Christian Ditlev Reventlow)的兄弟康拉德·雷温特洛(Conrad Reventlow)。此人也常常出游海上,过着居无定所的冒险生活。

34

几年之后我才再次听人说起克里斯蒂安伯爵。那是在乌尔内克罗斯特,马蒂尔德·布拉赫很喜欢谈论他。那时我确定,她随心所欲地夸大了每一桩轶事,关于舅舅社会上永远是流言蜚语,谣言甚至也渗到家里来,他却从不辩驳,因此他的生活也能被无限阐释。乌尔内克罗斯特现在是他的产业,但无人知晓他是否住在那。也许他还在一如既往地游荡;也许从地球上最遥远的某处正传来他的死讯,讣闻还在路上,由那位外国仆人手写,用的是蹩脚的英文或某种未知的语言。也许有一天,这个人会独自隐遁,悄无声息。也许他们两个人早已消失,只存在于某艘下落不明的游船的名单上,而上面写着的亦非他们的本名。

[97] 当然,如果那时有车驶入乌尔内克罗斯特,我总是盼望能看见他走进来,我的心会异常地跳动。马蒂尔德·布拉赫宣称:他的特点就是,总在最让人料不到的时候突然到来。他从未来过,但我几个星期里都在想象着他,我有种感觉,仿佛我们之间亏欠着某种关联,我很想了解一些他的真实情况。

不久后,我的兴趣变了,由于一些事情①我彻底关注起

---

① 参考第15节手记。

克里斯蒂娜·布拉赫,却奇怪地并不想费心了解她的生活境况。让我不安的念头反而是,画廊中是否有她的肖像。要查明此事的愿望越来越强烈,它如此偏执、如此折磨人,以至于我几夜不眠,直到那个晚上,十分意外地,上帝知道,我竟然起了床,带着一盏似乎心惊胆战的灯,走了上去。

至于我,我没有想到恐惧。我根本没想,只是走着。高高的门游戏般对我投了降,穿行而过的房间鸦雀无声。我终于觉察到那拂面而来的深邃,它告诉我已经到了长廊。我感到右侧是伴着深夜的窗,那么左侧一定是画了。我尽量举高了灯。是的:那就是画。

最初我只想找女士们的肖像,可后来我辨认出一个又一个人,乌尔斯戈尔德也挂着类似的画,当我从下面往上照亮,他们就动起来,想靠近光,我至少也应该等一等,否则会显得太无情。总是有克里斯蒂安四世[①],[98]他宽阔的、慢慢隆起的脸颊旁编着漂亮的辫子[②]。那些估计是他的妻子们,其中我只认识克里斯蒂娜·蒙克;突然,穿着寡妇丧服的艾

---

① 丹麦国王克里斯蒂安四世(Christian Ⅳ,1577—1648)。他最初与勃兰登堡公主安娜·卡特琳娜(Anna Katherine)结婚,她死后,他又娶了并不门当户对的克里斯蒂娜·蒙克(Kristine Munk)。此处提到的都是丹麦国王克里斯蒂安四世家族的人物。
② 原文 Cadenette,这种发型以其发明者 Honoré d' Albert de Cadenet 命名,是 17 世纪初的法国时尚,脸庞两侧均有长及肩头的发辫,并以蝴蝶结装饰。

伦·马尔斯文夫人①满腹狐疑地盯住我,她高高的帽檐上还是那串珍珠②。那些是克里斯蒂安皇帝的子嗣们:他的新夫人们给他生出源源不断的后代,"无与伦比"的丽昂诺拉③骑在前行的白马上④,那时她风华正茂,尚未惹祸上身。吉尔登吕夫⑤家族;汉斯·乌尔里克⑥,他面赤如血,以至于西班牙女人认为他给自己画了脸⑦,乌尔里克·克里斯蒂安则令人难忘⑧。几乎有乌尔菲尔特全家。一只眼睛涂得乌黑的大概是亨利克·霍尔克,他33岁时成为帝国伯爵和陆军元帅,是这样的:在迎娶处女希勒博格·克拉夫泽的路上,他梦

---

① 艾伦·马尔斯文夫人(Ellen Marsvin):克里斯蒂娜·蒙克的母亲。克里斯蒂安四世与这位岳母之间有很大的矛盾。
② 当时贵族妇女的流行装扮。
③ 女伯爵丽昂诺拉·克里斯蒂娜·乌尔菲尔特(Leonora Christina Ulfeldt,1621—1698),丹麦-挪威国王克里斯蒂安四世和克里斯蒂娜·蒙克的女儿,深受克里斯蒂安四世宠爱,父亲在世时,人们常称她为"无与伦比的丽昂诺拉"。她同丹麦最富有的贵族考菲兹·乌尔菲尔特(Corfitz Ulfeldt)结了婚,克里斯蒂安四世把丹麦最高官职—丹麦首相的职务封给了他的女婿,但是,在克里斯蒂安国王晚年时,乌尔菲尔特对待国王却最为冷酷无情。丽昂诺拉本人被卷入政治风波,一生中有22年在狱中度过,里尔克曾读过她的回忆录。
④ "在前行的白马上"原文为"auf einem weißen Paßgänger",指的是马行走时同侧的双腿同时向前的步态。
⑤ 吉尔登吕夫:Gyldenlöve,此为音译,意译为"金狮子"。
⑥ 汉斯·乌尔里克(Hans Ulrik Gyldenlöve):克里斯蒂安四世的私生子。
⑦ 克里斯蒂安四世的御医奥托·斯佩尔灵(Otto Sperling)在回忆录中写过,汉斯·乌尔里克曾经在西班牙癫痫发作,文中提到"面赤如血",可能是因为他采用了当时流行的放血疗法。
⑧ 乌尔里克·克里斯蒂安(Ulrik Christian Gyldenlöve):克里斯蒂安四世的私生子。

到被赐予了一柄无鞘的剑,而非新娘;他遂将此事放在心上,掉头返回,开始了短暂而莽撞的一生,最后死于鼠疫。①这些人我都认识。连奈梅亨②国会的大使们我们在乌尔斯戈尔德也有,他们长得有点像,因为都是一批画下来的,每人都有肉欲的、几乎是在观察的嘴巴,上面是修剪过的稀疏胡须。我当然能认出乌尔里希大公③,还有奥特·布拉赫④、克劳斯·达⑤和斯特恩·罗森斯帕尔⑥,他是这个家族的最后成员;因为所有这些人的肖像我都曾在乌尔斯戈尔德的大厅里见过,或者我曾在旧文件夹中找到过描绘着他们的铜版画。

但也有许多我从未见过的人;女士不多,还有小孩子。我的手臂早就累得发抖,但是为了看那些小孩,我还是一再地把灯举高。[99]我理解她们,那些手上擎着鸟、却把它忘掉的小姑娘。有时候,她们脚下坐着一只小狗,一个球躺在那,旁边的桌子上有水果和花;后面的柱子临时挂上去格鲁伯家族、比勒家族或罗森克朗茨家族的小纹章。

---

① 亨利克·霍尔克(Henrik Holck,1599—1633)。
② 奈梅亨(Nimwegen):荷兰东部,靠近德国边陲,被认为是荷兰历史最悠久的城市。
③ 乌尔里希大公(Herzog Ulrich):克里斯蒂安四世之子。
④ 奥特·布拉赫(Otte Brahe):丹麦将军,1611年在卡尔马战役(Kalmarkrieg)中阵亡。
⑤ 克劳斯·达(Claus Daa):克里斯蒂安四世时期丹麦的海军上将。
⑥ 斯特恩·罗森斯帕尔(Sten Rosensparre):也曾参加卡尔马战役。

人们在她们周围堆了那么多东西,好像数量能弥补什么。她们却只是站在裙子里等着;看得出,她们在等。于是我又想到女士们,想到克里斯蒂娜·布拉赫,不知我是否会认出她。

我想快跑到长廊尽头,从那里回头再找,但却撞到了什么东西。我猛然转过身来,惊得小埃里克往后一跳,他嘀咕着:"当心你的灯。"

"你在吗?"我屏住呼吸问,我不清楚这是好是坏,或是糟糕透顶。他只是笑,我不知道接下来会发生什么。我的灯闪烁不定,看不清他脸上的表情。他在这里,也许并不太好。但这时他靠近了说:"她的像不在那,我们还总在上面找呢。"他用压低的声音和那只能动的眼睛向上示意着,我明白他指的是阁楼。突然间我有了个奇怪的念头。

"我们?"我问,"她在上面?"

"是的,"他点头,紧紧地站在我身边。

"她自己也在一起找?"

"是的,我们在找。"

"有人拿走了?画像?"

"是的,你想想吧",他生气地说。但我并不明白她想做什么。

"她想看看自己",他在离我很近的地方小声说着。

[100]"是这样啊",我装作好像明白了。这时他吹灭

灯。我看到他把头伸到光亮里,眉毛高挑着。然后是一片漆黑。我不由退了一步。

"你干什么?"我压低声音喊道,嗓子里干干的。他跟着我跳过来,勾住我的手臂,咯咯地笑着。

"到底干什么?"我责怪他,想把他甩开,但他却紧紧粘着我。我没法阻止他用手臂搂住我的脖子。

"我应该说吗?"他嘶嘶地说着,一点唾沫喷到我耳朵上。

"是的,是的,快说吧。"

我不知道我说了什么。现在,他伸直身体,完全抱住了我。

"我给她带了一面镜子",他说着,又咯咯地笑起来。

"一面镜子?"

"是呀,反正没有画。"

"不,不。"我反抗。

他一下子把我拉到远远的窗前,在我的大臂上狠狠掐了一下,我叫了起来。

"她不在里面",①他对着我的耳朵吹气。

我不由地推开他,他身上咯嚓一响,好像我把他弄碎了。

"走开,走开",现在是我自己禁不住笑了,"不在里面,为什么不在里面?"

---

① 里尔克解释说:"她没有镜像。"

"你好笨",他生气地回答,不再小声说话了。他的声音突然变了,好像现在他成了全新的、未使用过的一个。"如果她在里面",他早熟且严厉地宣称,"就不在这;如果在这,就不能在那里。"

[101]"当然了",我想都没想,迅速地答道。否则我怕他会离开,留下我一个人。我甚至伸手找他。

"我们会是朋友吗?"我提议说。他没有立刻答应,"我无所谓",他满不在乎地说。

我试图开始我们的友谊,但我不敢拥抱他。"亲爱的埃里克",我只说了这一句,轻轻地碰了碰他。我突然十分疲倦。我看了看四周;不明白怎样到了这里,为什么不害怕。我搞不清楚,哪是窗,哪是画。我们离开的时候,他得领着我。

"他们不会对你怎样的",他大方地说,又咯咯笑起来。

35

亲爱的、亲爱的埃里克;也许你竟是我唯一的朋友。因为我从未有过。可惜,你并不看重友谊。我本可以给你讲一些事情。或许我们会融洽相处。谁知道呢。我记得那时,你的肖像被画下来,外祖父请人来画你。每天早上一个小时。我想不起画师长什么样子,我忘了他的名字,虽然马蒂尔德·布拉赫时时刻刻都在念叨。

他是否看见你,就像我那样看见你?你穿着青莲①色天鹅绒的西装。马蒂尔德·布拉赫十分喜欢那套衣服。但现在这也无所谓了。我只想知道,他是否看见了你。让我们假设,他是一个真正的画家。假设他没有想到,在他画完之前你会死去;他从未伤感地看待此事;他只是在工作。[102]假设你那双不一样的棕色眼睛让他着迷;他从未因那只不会动的眼睛难堪;假设他懂得分寸,不会在你手边的桌子上添加也许能起点支撑作用的东西——。让我们假定好其他一切必要的条件,并让它们生效:那就是一幅肖像,你的肖像,乌尔内克罗斯特画廊上的最后一幅。

(如果走过去看到所有画,就会看到还有一个男孩。等一下:他是谁? 一个姓布拉赫的人。你看到黑色背景中的银柱子和孔雀翎了吗? 上面还有名字:埃里克·布拉赫。不是有一个被处死的埃里克·布拉赫②吗? 当然啦,谁都知道。但与他无关。这个男孩作为男孩死去,不论何时。你看不见吗?)

---

① 青莲(Heliotrop):一种紫花植物。
② 埃里克·布拉赫伯爵(1722—1756):瑞典贵族,因参与政变,1756 年 7 月 23 日在斯德哥尔摩骑士岛(Riddarholmen)被砍头。他的第二任妻子与 15 节手记中出现的鬼魂同名,叫作克里斯蒂娜·布拉赫。

36

每次有客来访埃里克被叫出去的时候,马蒂尔德·布拉赫小姐都会保证说,他太像我的外祖母老布拉赫伯爵夫人了,简直难以置信。外祖母应该是一位十分高大的夫人。我不认识她。相反我能很清楚地回忆起我的祖母,她是乌尔斯戈尔德真正的女主人。也许一直都是,妈妈作为猎骑兵长夫人嫁到家里来,她是多么恼火啊。从那时起她就总是做出隐退的样子,每件小事都把仆人打发到妈妈那里,重大事务上她反倒稳稳地运筹帷幄,从不向任何人报告。我相信妈妈也乐得如此。她根本不是管理大家庭的料,她完全分不清事物的主次。[103]别人对她说的每件事在她看来都是全部,并因此忘记还有其他事情。她从未抱怨过婆婆。她又能向谁抱怨呢?父亲是极其恭敬的孝子,和祖父也无话可说。

我能想到的玛格丽特·布里格夫人从来都是一位身材高大、无法接近的老妇人。我只能认为,她比宫廷总管老得多,我想不出其他可能。她生活在我们之中,却从不顾及他人。她不依靠我们任何人,身边总是有一位类似女伴的上了年纪的奥克斯伯爵小姐,祖母不知用怎样的好处把她无限期地留在自己身边。这一定是唯一的例外,因为行善向来不是她的风格。她不喜欢孩子,动物也不能上她近前。我不知道此外她还喜欢什么。据说,她还是很年轻的姑娘时和英俊的菲利克斯·利齐诺夫斯基①订了婚,后者却在法兰克福暴亡。事实上,她死后还有一幅亲王的肖像,如果我没弄错的话,这幅画被还给了他的家人。现在想来,也许是在乌尔斯戈尔德年复一年的乡居生活让她越来越孤僻,因此错过了另外一种璀璨的生命:她的本性。很难说她是否为此哀叹。也许她蔑视辉煌,因为它从未来过,辉煌和她失之交臂,她没有机会用灵性和天赋去经历。她把这一切都放到心里,在外封上壳,许多脆硬的、金属般微微闪烁的壳,最外层时时刻刻看起来都崭新且冷漠。[104] 有时她却通过天真的不耐烦泄露出,自己没有得到足够的关注;那个时候,她吃饭时会突然以某种露骨且复杂的方式呛到,这能确保她得到所有人的同情,使她至少在那个瞬间成为焦点、为人瞩目,那大概是她本应是的状态。我猜,父亲是唯一把这过于频繁的意外当真的人。他看着她,恭敬地探过身去,能看出他似乎在想象中把自己功能正常的气管拿出来随她用。宫廷总管自然也同样停下来不再吃了;他会喝一小口酒,一言不发。

唯有一次,吃饭时,他对抗着夫人坚持了自己。那是很久以前了;可这个故事仍在暗地里被幸灾乐祸地讲下去;几

---

① 菲利克斯·利齐诺夫斯基亲王(Felix Lichnowski,1814—1848):法兰克福国家议会保守党领袖,九月起义(der September-Aufstand)中因政治立场被杀。

乎到处都有还没听过的人。据说在某个时期,总管夫人会因为不小心弄在台布上的酒渍大发雷霆;不论何种原因出现的污渍她都能发现,几乎可以说是在她过激的谴责下被曝光出来。有一次家里来了几位有名望的客人。几块并无大碍的污渍被她夸大,成了她讥讽指控的对象。祖父试图用小动作或开玩笑的话提醒她,但不论怎样努力她仍然喋喋不休地责骂着,然而说到一半她却不得不停下来。因为发生了一件前所未有、完全无法理解的事情。[103]宫廷总管接过正在传着的红酒,开始专心致志地给自己斟酒。可奇怪的是,他不停地倒酒,酒杯早就满了,四周越来越静,他继续缓缓地、小心翼翼地倒着,直到向来控制不住自己的妈妈笑了出来,笑过之后整个事情也就过去了。因为现在所有人都轻松起来,宫廷总管抬头看了看,把酒瓶给了仆人。

后来另一个怪癖在祖母那占了上风。她无法忍受家中有人生病。有一次厨师受了伤,她偶然看到她包扎的手,就宣称整个屋子里都闻得到碘酒味,这种事情之后居然还不解雇她,这让祖母难以置信。她不愿意想起疾病。倘若有人在她面前不小心表现出有点不舒服,就无异于是对她个人的侮辱,她会对此久久地耿耿于怀。

妈妈去世的那个秋天,总管夫人干脆把苏菲·奥克斯和自己一起锁进屋子里,断绝了和我们的任何往来。连她的儿子也不见。的确,这场死亡发生得太不合时宜。屋子冰冷,炉子冒着烟,老鼠钻进房子,不论在哪都躲不开它们。但不止如此,玛格丽特·布里格夫人勃然大怒,因为妈妈死了;这已是既成事实,她却拒绝谈起;一个年轻的女人居然敢抢先于她,[106]她还没想好要在哪个约定的日期死去呢。她常常想到,她一定会死的。但她不愿死得匆匆忙忙。她当然会死,不过要在她愿意的时候,那时她就安安稳稳地死去,之后才是妈妈,如果她等不及了。

因为妈妈的死,她从未彻底原谅我们。接下来的冬天,她迅速地老了。走路时她依然高大,在靠椅里却缩了下去,她的听力越来越差。别人可以坐着盯住她几个小时之久,她却无知无觉。她在她内里的某处;只是偶尔才回到空空的知觉里来,而且只是一瞬间,她已经不在其中了。那时她就对递过来披肩的伯爵小姐说点什么,用那双刚刚洗干净的大手提起裙子,好像它溅上了水,或者我们不太干净。

快到春天的时候,她死了,在城中,夜里。苏菲·奥克斯开着门,却什么也没听到。早上发现时,她已经冷得像一块玻璃。

之后,宫廷总管那场宏大而可怕的病马上就开始了。仿佛他一直在等着她的终点,以便自己能肆无忌惮地死去,他必须如此。①

---

① 参考第 8 节手记。

37

妈妈死后一年,我才注意到阿贝罗娜。阿贝罗娜一直都在。这重重地伤害了她。不知何由,我很早就断定阿贝罗娜并不讨喜,却从未认真审视过这个看法。直到那时,过问阿贝罗娜的境况在我看来几乎有点荒唐。阿贝罗娜在那里,[107] 谁都能随便使唤她。但我突然自问:阿贝罗娜为什么在?我们每个人存在都有注定的意义,即使并不总是像奥克斯小姐那样有显见的用途。可阿贝罗娜为何在?有段时间人们说她应该散散心。但这很快又被忘记了。没人帮阿贝罗娜散心。根本看不出她在散心。

然而阿贝罗娜有一个好处:她唱歌,就是说,有时候她唱歌。她内部有种强大、坚定的音乐。如果天使真的是阳性的,那么就可以说,她的声音里有某种阳性的东西:一种灿烂的、天空般的阳性。从小就不信任音乐的我(并不是因为它比一切都更有力地把我高举到我自己之外,而是因为我发觉,它不会把我放回之前它找到我的地方,而是更深的、根本未完成的某处)能忍受这种音乐,我能随着它笔直上升,越来越高,直到我以为大概已经在天上待了一会儿。我未料到,阿贝罗娜还会为我打开另一片天空。

最初我们的往来是她给我讲妈妈的少女时代。她很看重让我相信,妈妈曾经多么勇敢年轻。她保证说,当时妈妈跳舞和骑马无人能比。"她是最大胆的,从不疲倦,后来突然结了婚,"阿贝罗娜说,这么多年之后依旧为此惊讶不已。"太出人意料了,没有人能真正理解这件事。"

我好奇阿贝罗娜为什么没有结婚。我觉得她很老了,也从未想过,她仍有可能结婚。

"没人",她简单地说,回答的时候变得好美。阿贝罗娜美吗?我吃惊地自问。后来我离开家去贵族学校,开始了一段可憎且残酷的日子。但当我到了索伦,独自站在窗棂里,别人也不怎么干扰我时,我就看着外面的树,那些瞬间,还有夜里,我就会从心里确信:阿贝罗娜是美的。我开始给她写信,所有那些长长短短的信,许多秘密的信,我以为我在信中说的是乌尔斯戈尔德,是我的悲伤。可现在看来,也许那些就是情书了。终于到了姗姗来迟的假期,像是约定好了一样,我们重逢时,没有其他人在。

我们什么也没有约定,但车一拐进园子我就忍不住下了车,也许只是因为我不愿意像个陌生人似的坐车进去。已是盛夏。我跑上一条小路,跑向一株黄金雨树。阿贝罗娜就在那。美丽的,美丽的阿贝罗娜。

我永远都不会忘记,你如何望着我。你凝眸如是,那观望停留在你向后仰起的脸上,仿佛是某种不固定的东西。

啊,难道气候竟丝毫未变?难道我们所有的温暖没有让乌尔斯戈尔德周遭柔和起来？难道现在园子里零星的玫瑰不会开得更久，一直开入12月？

[109]关于你，阿贝罗娜，我什么都不想说。并不是因为我们彼此看错：你爱一个人，即使那时，也从未忘记他，你这爱者；而我：我爱所有女人。而是因为，言说只会出错。

38

这里有毯子①，阿贝罗娜，壁毯。我想象着，你在。有六张壁毯，来吧，让我们慢慢走过去。可是先退一步，整体看看。它们多么安宁，不是吗？其中变化不多。永远是那座椭圆形的蓝岛，漂在冷漠的红色背景上，岛开满花，住着专注于自己的动物。只有那里，最后一张毯上，岛微微升高，好像变轻了。岛上总是有一个人，一个穿着不同衣服的女人，然而总是她。有时她身旁有一个小一点的人，是侍女，总是有带着纹章的动物，巨兽，同在岛上，同在情节里。左边是狮子，

---

① 六张16世纪早期的壁毯，现存于巴黎的法国国立中世纪博物馆（克吕尼博物馆，Musée de Cluny）。1882年壁毯被收入法国国立中世纪博物馆之前，一直保存在布萨克（Boussac）宫中。布萨克宫曾归里昂的戴乐·维斯特（Delle Viste）家族所有，本节描述的蓝色条带上的三枚银月亮即是该家族的纹章。有研究表明壁毯是由圣约翰骑士团（又称医院骑士团，Johanniterorden）大团长（Großmeister）皮埃尔·德·奥布松（Pierre d'Aubusson, 1423—1503）授意织就。

布里格手记 | 119

右边,浅色的,独角兽;它们举着同样的旗,高举在头顶;宝蓝条带上的三枚银月亮①,在红色背景中升起。你看见了吗?你愿意从第一张看起吗?

她在喂鹰②。她的衣服多么庄严。鸟儿在戴着手套的手上,一动不动。她看着它,手伸入侍女递过来的碗中,给它取食。右下方的裙摆上守着一只毛色如缎的小狗,它向上仰望着,希望她能想起它。你注意到了吗,一排玫瑰矮栅在后面围住岛。纹章兽威严地立起。纹章还当作斗篷裹住了它们。一枚漂亮的搭扣③系住它。它飘动着。

[110] 看到下一张毯子上她那么全神贯注,就不由轻轻走过去,不是吗:她在编花环,一只小小的圆形花冠。她串起丁香花,若有所思地从侍女端着的浅盆中挑选下一朵的颜色。后面长椅上有一只未用过的篮子,装满玫瑰,一只猴子打开了它。这次要用丁香花。狮子不明就里;但右边的独角兽心领神会。

这静寂中不是一定要有音乐吗?不是已经隐约可闻了吗?她装扮得庄重安静,走到那架可移动的小风琴前(多慢啊,不是吗?),站着弹奏。侍女被声管隔开,在对侧拉着风箱。她从未如此美丽。两条别致的发辫被拉到前面,在头饰上束起,辫梢短翎般翘出发髻。狮子咬牙克制着吼叫,百无

---

① 挂毯原主人的家族纹章。
② 大部分研究认为画中是一只鹦鹉。
③ 原文法语:Agraffe。

聊赖地忍受着乐音。独角兽却美得仿佛在浪中穿行。

岛变宽了。搭起一顶帐篷。蓝锦缎和金火焰纹。动物们支起它,她身着华服,却几乎是朴素地走出。和她本人相比,珍珠算得了什么。侍女打开一只小箱子,她取出一条项链,那是永远被锁起的沉重而炫目的珠宝。小狗坐在她旁边一个备好的高位上,看着。你发现帐篷上缘的箴言了吗?上面写着:"致我唯一的渴念。"①

发生了什么?为什么小兔子在下面跳起?为什么一眼就看到它在跳?一切都那么紧张。狮子无所事事。[111]她亲自举着旗。还是她靠在旗上?她另一只手抓住独角兽的角。是哀悼吗?哀悼会这样笔挺?丧服会如这打褶的墨绿天鹅绒一般沉默?

可还有一场庆典,无人受邀。此处没有期待。一切都在。一切永恒。狮子几乎是威胁着四下环顾:谁也不许来。我们从未见她疲惫;她累了吗?或是只因举着重物她才坐下?可以认为那是一个圣体匣。但她的另一只手臂却伸向独角兽,它谄媚地站起,向上,撑在她的膝间。她拿的是一面镜子。你看:她在让独角兽看它的镜像。——

阿贝罗娜,我想象着,你在。你懂吗,阿贝罗娜?我想,你一定懂。

---

① 原文法语:Á mon seul désir。

图 3.1 《独角兽旁的夫人》挂毯(味)

图 3.2 《独角兽旁的夫人》挂毯(嗅)

图 3.3 《独角兽旁的夫人》挂毯(听)

图 3.4 《独角兽旁的夫人》挂毯（致我唯一的渴念）

图 3.5 《独角兽旁的夫人》挂毯(触)

图 3.6 《独角兽旁的夫人》挂毯(视)

39

现在,《独角兽旁的夫人》①挂毯也已不在古老的布萨克宫里。到了一切都离开家的时候,家里什么也留不住。危险变得比安全更确凿。再没有戴乐·维斯特家族的人走在我们身边,无人还有这血脉。他们均已逝去。无人能说出你的名字,皮埃尔·德·奥布松,你这远古世家的伟大骑士团首领,也许这些图像正是因你的意愿而织就,它们赞美一切,什么也不背弃。②(唉,诗人写起女人总是另一番情形,更字面化,像他们认为的那样。这是安全的,除此之外我们不应该知晓其他。)在随机人群中偶然来到挂毯前,因未受邀而至几乎大吃一惊。还有其他人走过去,即使从来不多。年轻人很少停下,除非他们有某种专业需要,起码要看过这些东西,从中找到这个或那个明确的特征。

有时却能在挂毯前看到年轻的姑娘。因为博物馆里有许多从什么也留不住的家中出走的年轻姑娘。她们站在挂毯前,有一点忘我。她们总是觉得,曾经有过这种姿态缓慢、从未彻底启蒙的轻柔生活,她们冥冥中记起,甚至有一段时

---

① 原文法语:Dame à la licorne。
② 以上的历史人名、地名,参考第38节对挂毯的介绍。

间,她们以为这会是自己的生活。然而她们却迅速抽出本子,开始随便画点什么,一朵花或是一只快乐的小动物。有人教过她们,是什么不重要。真的不重要。关键只是去画:因为她们正是为此在某一天出走,十分强硬。[113]她们出身于好家庭。但现在当她们画画时抬起手臂,就会发现她们衣裙后面的扣子没有系上或没系好。有几枚扣子她们够不着。因为做裙子的时候还根本想不到她们会突然独自离开。家里总有人系这些扣子的。可这里,亲爱的上帝啊,谁会在如此大的城市里关心这些。要是有个女友就好了;可女友们也是相同的处境,结果不过是她们相互拉好裙子。这很可笑,让人想起不愿去想的家。

也免不了,画画时偶尔考虑,是否也有可能留在家里。如果能虔诚的话,与其他人同步地、发自内心地虔诚。但试着和别人一样,这显得太荒唐了。路不知如何就变窄了:家不再通向上帝。留下的只有其他不得不共有的东西。然而,若均分,则每个人得到太少,以至于成为羞辱。若分配时欺诈,就会产生龃龉。不,画画真的更好,随便画什么。逐渐就像了。这样一点一滴得到的本领倒是真值得羡慕。

这些年轻的姑娘们,忙着她们一心想做的费神工作,头也不抬。她们未意识到,不论怎么画,无非只是把不容改变的生活压抑到心中,[114]在她们眼前打开的织ида上,这种生活正以其无尽的不可言说性熠熠生辉。她们不愿相信。如今,那

布里格手记 | 129

么多都变了,她们也要改变。她们险些放弃了自己,她们自视如此,正像男人背地里谈论的女人。在她们看来这是进步。她们几乎确信,若不想以某种愚蠢的方式失去生活,就要不断找乐,一份又一份更强烈的乐趣:生活正在于此。她们已开始四下环顾、寻找;而她们的长处是,总会被找到。

至此,我想,是因为她们累了。几百年之久,她们承担起全部的爱,她们总在上演完整的对话,亦问,亦答。因为男人只是在学舌,而且很糟。他们很难学会,因为他的心不在焉,因为他的冷漠,因为他的猜忌,这也是一种冷漠。她们却仍旧日夜坚守,让爱和痛不断加重。在无尽苦难的重压下,她们中走出强劲的爱者,她们呼唤男人时,就胜过他;倘若他不再来,就超越他,就像伽斯帕拉·斯塔姆帕[①]或那个葡萄牙女人[②],她们不曾放弃,直至她们的痛苦骤变为势不可挡的凛冽高贵。我们知道这一个个女人,因为有奇迹般保存下来的书信,因为有如诉如怨的诗集,或是画廊中透过泪水凝视我们的肖像,画

[①] 伽斯帕拉·斯塔姆帕(Gaspara Stampa,1523—1554):意大利女诗人,她在 26 岁时爱上科拉尔托(Collaltino di Collalto)伯爵,三年后被他抛弃。这段不幸的爱情成为她诗歌和日记的灵感之源。
[②] 指葡萄牙修女玛丽安娜·阿尔科弗拉多(Marianna Alcoforado,1640—1723):她 12 岁进入修道院,遇到法国的查米利侯爵(Marquis de Chamilly)并与之相爱。这段仅几个月的关系,只是查米利无数风流韵事中的插曲,却成了阿尔科弗拉多一生未竟的主题。她写给他的五封情书被查米利在 1669 年公之于众,不仅当时在法国造成一时轰动,此后坊间更出现了形形色色的版本和仿文。

家之所以成功,因为他不知道那是什么。但还有无数的她们;有些烧掉了信,另一些没有力量去写。[115]硬化的老妇人把一颗精致的内核藏在体内。粗俗的强悍女人,她们因精疲力竭而强悍,让自己变得像她们的丈夫一样,内里却迥然不同,在那里,她们的爱曾经在冥冥中开动。从不愿生育的产妇,最终死于第八次分娩,她们却曾有过因爱而喜的少女的姿态和轻盈。而那些留在暴徒和酒鬼身边的女人,她们找到了方法,在内心与他们远而又远;若她们走到人群中,就不由粲然闪耀,仿佛她们一直与圣灵为伴。谁能说出她们有多少,是哪些。似乎她们早就毁灭了那些能捕捉她们的话语。

40

如今,那么多都变了,不是轮到我们改变吗?难道我们不能尝试稍稍成长,慢慢地、一点点地,承担起我们在爱中的那部分工作?女人曾免去我们一切爱的艰难,对于我们,她滑入消遣,就像一块真正的花边落入孩子的玩具箱,欢喜,不再欢喜,最终残败零落,惨淡甚于一切。一如所有混世者,我们因轻浮享乐而败坏,却有大成者的盛名。倘若蔑视我们的成功,倘若我们从头开始,去学习总已为我们做好的爱的工作,会是怎样?如今,那么多都变了,倘若我们动身,成为初学者,会怎样?

41

现在我仍然知道,妈妈曾如何展开那些细小的花边。她只私用了英格博格写字柜的一个抽屉。

"我们来看看它们,马尔特。"她说,高兴得好像刚刚被赠予黄漆小抽屉中的一切。她迫不及待,连棉纸都打不开。每次都得我来做。花边露出来时,我也十分兴奋。它们缠在木轴上,花边太多,根本看不见轴。现在我们慢慢地展开它们,看着图案如何一点点呈现出来,每次一个图案到了尽头,我们都有点吃惊。它们结束得那么突兀。

起先是意大利镶边,粗硬的布条上是褪色的线,一切都在其中不断重复,清晰得像农民的花园。之后,我们的整列目光突然被威尼斯的针织花边装上栅栏,好像我们是修道院或监狱。但又自由了,看向远处越来越艺术的花园,直到它致密温热地到了眼前,仿佛在暖房中:我们不认识的华丽植物舒展开巨大的叶片,卷须眩晕般交错纠葛,阿朗松花边上[①]怒放的花朵用花粉模糊了一切。刹那间,在极乱极累之

---

① 原文法语:Points d'Alençon。阿朗松是诺曼底南部城市,这里出产的花边是唯一一种并非编织、而是用针缝出来的法式花边,它的制作也是法国唯一一种不用衬垫、而是在小块的羊皮纸上进行的全手工工艺,然后小块的花边被用肉眼几乎不可见的细线拼接在一起。

时,人走了出来,踏入瓦朗西纳①纤长的布幅,是冬天,清晨,有霜。从班什②覆雪的灌木丛穿出,来到尚无人迹的广场;树枝古怪地低垂着,下面大概有坟,但我们都只字不提。[117] 寒气愈发逼人,到达精致小巧的编结花边时,妈妈终于说:"哦,现在我们眼睛上结了冰花",确实,因为我们的内心很暖。

重新卷回去,我们都叹息着。那是漫长的工作,但我们不想让别人插手。

"只消想一想,如果得由我们做它们",妈妈说,看起来简直是惊慌失措。我根本想象不出。我突然发觉自己在想着一种小动物,它们不停地编织,人们也不去打扰。不,那当然是女人们。

"做这些花边的人一定到了天上",我钦佩地说。我记得,当时我注意到,自己已经很久没有询问过天堂。妈妈叹了口气,花边又卷到一起。

过了一会儿,我已经忘了,她十分缓慢地说:"在天上?我相信她们全都在。如果这样看:那很可能是永恒的极乐。

---

① 瓦朗西纳(Valenciennes):法国北部城市。瓦朗西纳花边是产自法国的最昂贵的花边。因为劳动强度太大,制作这种花边的女工常常很早就双目失明。它的与众不同之处在于,花边的背景和图案均使用相同的线,这使花边整体看上去匀净素洁,马尔特因此把它写成冬天的清晨和白霜。

② 班什(Binche):比利时南部城市。这种花边的工艺与瓦朗西纳花边类似,但质地更厚重,因此是"覆雪"的。

可对此我们知道的太少了。"

42

通常,有客的时候,就意味着舒林家要过紧日子了。那座古老的大城堡几年前烧毁,现在他们住在两侧狭仄的厢房里,节衣缩食。但好客已深入骨髓。他们停不了。若有人意外到访,那他很可能就是舒林家的客人;若有人突然看了看钟,吃了一惊就要离开,那么一定是在吕斯塔格尔有人等他。

[118] 其实妈妈已经足不出户了,但这种事情舒林家理解不了;没有办法,只好再去一次。是 12 月,下过几场初雪;雪橇被吩咐三点来,我得一同去。那时我们家出行从不准时。妈妈不喜欢被通报车已经到了,总是下楼太早,如果谁也找不到,她就总又能想起点什么早就该办的事情来,于是她开始在楼上某处翻箱倒柜,这样一来就又找不见她了。终于人齐了,都站着在等。最后她也收拾好坐上车,却总会发现忘了东西,一定得叫希弗森过来;因为只有希弗森知道它在哪。可是还不等希弗森回来,我们就突然出发了。

那日天还未大亮。树立在雾里,仿佛浑然无知,穿行其中就有了某种一意孤行的意味。这时开始静静地下起雪,最后一点残迹也被抹掉,仿佛在白纸上前行。除了铃声什么也没有,说不清它到底在哪。某个瞬间,铃声停下,好似一声绝响;但随即它又汇集、聚拢,再一次全力散播出去。可以想象左侧有教堂的塔楼。但突然就出现了园子的轮廓,高高地就在头顶,我们到了长长的林荫路。铃声并未完全消失,一串串地挂在左右的树上。我们掉头转过某处,驶经右侧的某物,停在中央。

[119] 戈奥格彻底忘记,房子已经不在了,那一刻,对我们所有人而言,房子照旧。我们爬上通往旧阳台的露天楼梯,惊讶的只是四周漆黑一片。突然,在我们背后左下方,打开了一扇门,有人喊:"这里!"一点微弱的光亮摇晃着举了起来。父亲笑了:"我们像幽灵一样在这里走来走去",他帮我们沿阶返回。

"可刚刚确实有房子在啊",妈妈说,她无法立即适应笑着跑出来的热心的弗杰拉·舒林。现在当然要马上进屋去,别再想那栋房子了。在一间狭窄的前屋脱下外套,旋即就进入了灯下的大厅,温暖扑面而来。

舒林家是独立女性的大家族。不知道是否有男孩。我只记得三个姐妹:最年长的曾嫁给一位那不勒斯侯爵,经过漫长的数次诉讼之后已与他离婚。然后是佐伊,据说她无所不知。特别是还有弗杰拉,温暖的弗杰拉;天知道她成了什么样子。伯爵夫人出身于纳瑞什金家族,其实她应该是第四个姐妹,某种意义上是最小的那个。她什么也不懂,必须不断地被她的孩子们教导。善良的舒林伯爵就像娶了所有人,他走来走去,亲吻眼前的每个人。

握手前他大声笑着,仔细地问候我们。我被送到女人中间,被她们抚摸、提问。但我已经下定决心,[120]这边一结束,就想法溜出去找找那栋房子。我确信它今天还在那。走出去并不太难;我像狗一样从大家的裙子下面爬了出去,开向前屋的门没锁。但外面的大门不想妥协,那里装置重重,情急之下我弄不好那些链子和门栓。可它却突然开了,但发出很大的声响,我还没跑出去,就被抓住拉了回来。

"别动,这可溜不掉",弗杰拉开玩笑地说。她向我俯下身来,我决定对这个温暖的人守口如瓶。见我不说话,她不加考虑就认为我是因为内急才去了门口;她抓起我的手就走,半是亲切、半是自负地想把我带到某处去。这亲密的误解让我极度委屈。我挣脱开,生气地看着她。"我要去看房子,"我骄傲地说。她不懂。

"外面楼梯边上的大房子。"

"小笨蛋,"她故意这么说,一把抓住我,"没有房子啦。"我却固执己见。

"那我们白天去吧",她让步着提议,"现在可不能在那边钻来钻去。那里有好多洞,后面紧挨着爸爸的鱼塘,还没上冻呢。你会掉进去变成鱼。"

就这样她又把我推回到明亮的客厅里。他们都在坐着谈话,我一个个地看着他们:房子没了,他们当然只能凑合着过,我轻蔑地想;[121]如果妈妈和我住在这,房子就会一直在。其他人都在说话,妈妈看上去却心不在焉。她一定在想着那栋房子。

佐伊坐到我身边,问我问题。她有一张匀称的脸,时不时表现得很通情达理,好像她总能领悟到什么。父亲稍稍右倾地坐着,听大笑的侯爵夫人讲话。舒林伯爵站在妈妈和他的妻子之间说着什么。但我看到,伯爵夫人在句中打断了他。

"不,孩子,那是你想象的",伯爵温和地说,他从两位女士上方探出头来,脸上却猛然变得同样不安。伯爵夫人坚持着她那所谓的想象。她看起来十分紧张,就像人不想受到干扰时的样子。她用那戴着戒指的柔软的手做了一个反驳的小动作,有人嘘了一声,瞬间一片寂静。

从老房子里搬出来的庞大物件从人身后挤进来,挤得太近了。沉重的家传银器闪闪发光,隆成拱状,好像是透过放大镜看到的样子。父亲诧异地四下环顾。

"妈妈在闻味",弗杰拉·舒林在他身后说,"这时我们必须得绝对安静,她用耳朵闻",说话时她自己站在那,高高地挑起眉毛,聚精会神,只剩下鼻子。

大火之后,舒林家在这方面就变得有点古怪。无论何时,只要这间过热的狭仄小屋中出现了一种气味,他们就会研究它,每个人都说出自己的看法。佐伊在火炉旁忙着,客观而认真,伯爵走来走去,在每个角落他都停下来等一小会儿;然后说:"不在这儿"。[122]伯爵夫人站起来,不知道该在哪里找。父亲慢慢地转过身,好像那气味就在他身后。侯爵夫人马上猜到那是种难闻的味,她掏出手帕挡着,一个一个人看过去,看气味是否扩散到了那里。弗杰拉时不时地喊:"这里,这里",好像她已经找到了。每个词周围都包绕着诡异的静寂。至于我,我也努力一起去闻。可突然之间(房间里太热或者是强光离得太近),平生第一次,某种鬼魅般的恐惧向我袭来。我清楚,所有这些明显成年的人,刚刚还有说有笑,现在却都弯着腰走来走去,一心在找某个不可见之物;他们承认,有种他们看不到的东西。它比他们所有人都更强大,这太可怕了。

我的恐惧越来越强烈。似乎他们在找的东西会疹子似的突然从我身体里爆发;他们看见,就会对我指指点点。我极其绝望地向妈妈看过去。她特别笔直地坐在那,我觉得她是在等我。一走到她身边,我就感觉到,她内里在发抖,我就知道,现在那房子又消失了。

"马尔特,胆小鬼",某处有人笑起来。是弗杰拉的声音。但我们没有分开,共同承受着这些;我们一动不动,妈妈和我,直到房子再次彻底消失。

43

不可理解的经验最多的时候,却是生日。人尽皆知,生活喜欢不做区分;但这一天,起床时就伴随着一种不容置疑的快乐的权利。[123] 可能这种权利感在人很小的时候就形成了,那时候孩子们什么都伸手去抓,也什么都能得到,他们用坚定不移的想象力强化刚刚抓紧的东西,使之升华为主宰他欲望的原色①。

后来突然到了那些奇怪的生日,由于执迷于这种权利意识,他看到别人都变得不可靠。很想和以前一样,被穿戴好,再迎接其他一切。但还没醒,外面就有人吵,蛋糕还没到;或者,在隔壁布置放礼物的桌子时,听到什么东西打碎了;或者,有人走进来,开着门,于是在应该看到之前看到了一切。那一瞬间就像做了一个手术。一个剧痛的小手术。可操作的那只手熟练且坚定。转眼就过去。刚一挺过,就不再想自己了;要做的是拯救生日,观察别人,抢在他们犯错之前行动,强化他们的想象,让他们以为一切都尽在掌握。这并不轻松。事实证明,他们笨得无出其右,简直是愚蠢。他们竟会拿进来某个给别人的包

---

① 里尔克对丹麦译者容函斯解释此处:"孩子们的愿望没有色差,就像原色,浓烈、纯粹。"

裹;于是在迎着他们跑过去之后,却要做出不为什么、只是跑进房间里活动一下的样子。他们想让你惊喜,表面上装出期待,打开玩具箱的最下层,里面却空空的只有木棉;[124]这时就得减轻他们的尴尬。如果收到什么小机械,他们第一次上发条就会把它拧坏。所以最好及时练出本领,把拧坏的老鼠这类不知不觉地用脚踢走:这样通常可以骗过他们,帮他们摆脱羞愧。

即使没有特别的才能,也能按需完成这一切。只有努力之后才需要天赋,天赋能带来一种快乐,重要且善意,远远地就知道,那完全是给另一个人的快乐,完全陌生的快乐;根本不知道它适合谁:它太陌生了。

44

讲述,真正的讲述,一定是我这个时代之前的事了。我从未听谁讲述过。那时候,阿贝罗娜对我说起妈妈的年轻时代,结果她并不会讲。老布拉赫伯爵或许还会。我要写下她知道的事情。

还是个十分年轻的姑娘时,阿贝罗娜一定有过一段特殊的、极其善感的时光。当时布拉赫一家住在城里布雷德伽德大街①

---

① 布雷德伽德大街(Bredgade):哥本哈根的街道名称,字面意思为"宽阔的街道"。

上,社交广泛。深夜上楼回房时,她以为自己像别人一样疲惫。可一旦感觉到窗子,如果我理解正确,她就能面对黑夜伫立数小时之久,她想:这和我有关。"我像个囚徒似的站在那儿,",她说,"星星就是自由。"那时她不费劲就能睡着。沉入睡眠这个说法并不适用于少女时代。[125]睡眠是和人一同升高的东西,时不时睁开眼就躺在新的表面上,但远非最顶端的那层。她天亮前就醒来;甚至是其他人都睡意惺忪、很晚才出来吃早餐的冬天。晚上天黑时,点着的总是所有人的灯,公共的灯。而那两支在清晨初生的昏冥里点起的蜡烛却属于自己,一切都随之重新开始。它们站在低矮的分叉烛台上,透过画着玫瑰的椭球形小灯罩安静地亮着,要时不时补蜡。这也无妨;首先是因为根本不着急,再说写信或日记的时候总得不时抬头看一下、想一想,日记早就开始了,用的是另一种字体,写得谨慎而美。

布拉赫伯爵活得与女儿们很是疏离。有人宣称要与其他人共享生活,他认为这是幻觉。("嗯,共享——",他说。)但如果人们向他讲起女儿们的事情,他也乐得其中;他认真地听,好像她们生活在另一个城市。

一次早餐后,他竟然一反常态地向阿贝罗娜挥了挥手:"看来我们好像有同样的习惯,我也在清晨写东西。你可以帮我。"阿贝罗娜记忆犹新,就像是在昨天。

布里格手记

第二天一早她就被带到父亲那间公认为无法入内的小屋。她无暇打量,因为她立刻就被安排坐到写字台边,在伯爵对面。她觉得书桌像一片平原,一叠叠书和一捆捆笔则仿佛村庄。

伯爵口授。[①] 那些宣称布拉赫伯爵在写回忆录的人并非毫无道理。只不过,并不是人们好奇期待的那样,他写的不是政治或军事往事。如果有人和他谈到这些,老先生就简短地说:"我忘了"。他不要忘记的,是他的童年。他坚守着童年。那段十分遥远的时光如今在他这儿占了上风,他认为理应如此,只要把目光转向内部,童年就仿佛在北欧明亮的夏夜里,清晰无眠。

有时候他跳起来对着蜡烛讲话,火光摇摆不定。或者整段话都得删掉,然后他就激烈的来回走动,尼罗河绿的绸缎睡衣随之飘起。发生这一切的时候还有一个人在场,伯爵的老仆从朱特人斯特恩,他的任务是,外祖父一跳起来,就迅速用手压住那些散放在桌上写满笔记的活页。他的主人有种幻觉,好像今天的纸一无是处,太轻,任何一点风吹草动都能让它飞走。斯特恩也抱有同样的怀疑。只能看到他长长的上身,仿佛他坐在自己的手上,被光刺瞎,严肃得像一只夜里的鸟。

---

① 下文伯爵讲述的故事可能是以拉瓦特尔的旅行日记为蓝本。拉瓦特尔曾在1793年到哥本哈根旅行。参见第33节手记注释。

这位斯特恩用星期日下午读斯威登堡[1],没有仆人愿意进入他的房间,因为据说他能招魂。斯特恩家族向来与鬼魂打交道,斯特恩更是十分特殊地注定要通灵。生他的那天夜里,有什么东西在他母亲面前现了形。[127]他长着又大又圆的眼睛,看人时目光的末端总是落在人身后。阿贝罗娜的父亲经常过问他鬼魂的事情,就像平时向随便某个人打听亲属的近况:"他们来了吗,斯特恩?"他和善地问,"要是他们到了就好了。"

笔录进行了几天。可后来,阿贝罗娜不会写"Eckernförde"。这是个专有名词,她从未听说过。伯爵做出很生气的样子,其实他早就在找借口不想继续写了,对他的回忆而言这进行得太慢。

"她不会写",他尖刻地说,"别人就不会读。他们究竟能不能看到我在这说什么?"他怒气冲冲地嚷个不停,盯住阿贝罗娜不放。

"他们能看到他吗,这个圣-日耳曼[2]?"他对她吼道。"我

---

① 伊曼纽·斯威登堡(Emmanuel Swedenborg, 1688—1772):瑞典神秘主义者、哲学家和神学家。曾是欧洲最博学的科学家之一。1745年成为灵异体验的追随者,晚年从事圣经以及灵异现象的研究和写作。在1749—1756年间写出共8大册的《灵界记闻录》,书中记述了他在幻觉中神灵和天使世界的所见所闻。斯威登堡认为上帝、自然和人是统一的整体,这对象征主义而言意义重大。

② 圣-日耳曼伯爵(Graf von Saint-Germain, 1710—1784):神秘人物,冒险者,发明家,预言了法国大革命。有人说他会耍蛇和腹语术,是炼金术士,是蔷薇十字团员或被驱逐的国王,是西班牙国王卡洛斯二世的私生子,然而关于他的一切都没有定论。圣-日耳曼生命中的最后几年在上文中出现的城市"Eckernförde"中度过,1784年2月27日他在此地去世。

们说的是圣-日耳曼吗?划掉,写:贝尔马勒侯爵①。"

阿贝罗娜划掉重写。但伯爵说得太快,她跟不上。

"他受不了孩子,这个卓越的贝尔马勒,但却把我抱在膝上,我那么小,竟想去咬他的宝石扣子。这让他很开心。他笑起来,抬起我的头,直到我们能看到彼此的眼睛:'你有口好牙',他说,'能做点事情的牙……'——我却注意到他的眼睛。后来我东奔西走,见过各种眼睛,但你相信我:这样的我再未见过。这双眼睛不需要任何东西在,一切都在它们里面。你听说过威尼斯吗?好,我告诉你,这双眼睛曾把威尼斯城看到这间屋子里,仿佛威尼斯像桌子似的就在那。[128]有一次我坐在角落里,听到他向我父亲描述波斯,有时我仍然觉得,我能从手上闻到波斯的味道。我父亲很器重他,亲王大人②简直就像他的学生。当然也有很多人讨厌他,因为他只相信在他之内的过去。他们不明白,只有人带着过去一起出生,那点破烂才有意义。"

"书是空的",伯爵吼道,对着墙壁做了一个愤怒的手势,"重要的是血,一定要会读它。他的血中有诡谲的故事和怪异的图像,这位贝尔马勒;他能随心所欲地翻开任何一页,里

---

① 贝尔马勒(Belmare)是圣-日耳曼伯爵无数化名中的一个。
② 黑森-卡塞尔的卡尔亲王(Der Landgraf Karl von Hessen-Kassel):石勒苏益格-荷尔斯泰因(Schleswig-Holstein)领主。圣-日耳曼伯爵在他的宫廷中度过了生命中最后几年。

面总是写着东西;他的血里没有一页被跳过。如果有时候他决定独自翻翻看,就会看那些关于炼金、石头和颜色的地方。为什么里面不会有这些呢?一定存在于某处。"

"这个人,如果他独自一人,也会与某个真理①一起活得很好。但与一个真理独处并非小事。他也不是那么没品位,不会邀请人们去拜访与真理相伴的他;真理不可说:在这一点上他太东方了。'再见,女士',他如实地对真理说,'下一次吧。也许一千年以后我会更强大,更有定力。您的美还在形成中,女士。'他说,这不是单纯的礼貌。说完他就走开,在外面为人们布置他的动物园,一种陈列弥天大谎的动植物园②,那些谎言我们从未见过,③长满夸张的棕榈室,存放假秘密④的小而整洁的无花果馆⑤。[129]于是人们从四面八方前来,他则穿着带宝石扣子的鞋走来走去,一心照应着客人。"

"一种表面的存在?怎么会?说到底对于他的那位女士⑥这可是骑士风度,这样做他也能把自己保养得

---

① 德语原文是不定冠词"一个"(eine),而非定冠词"这个"(die)。也就是说真理并非终极不二,对于圣-日耳曼,真理如同情人,对真理的爱不变,真理的内容却游移不定。
② 原文法语:Jardin d'Acclimatation。
③ 圣-日耳曼伯爵宣称自己是耶稣的同龄人,他曾经每天都去拜访彼拉多的夫人,还和耶稣使徒们及各个时代的教皇、统治者们密切交往。
④ 指圣-日耳曼伯爵伪造的长生不老药、炼金术等秘方。
⑤ 无花果馆原文法语:Figuerie。
⑥ 指真理。德文中真理(die Wahrheit)为阴性名词,因此称之为女士。

不错。"

老人忘了阿贝罗娜,已经有好大一会儿没再对她讲话。他急速地来回走动,向斯特恩投去挑衅的目光,仿佛斯特恩应该在某一个时刻变成那个他正想着的人。可斯特恩还是毫无变化。

"一定要看到他",布拉赫伯爵继续忘我地说,"有一段时间他是完全可见的,虽然他在某些城市收到的信没有收件人,上面除了地点什么也没有。但我见过他。"

"他不漂亮",伯爵古怪地匆匆笑了一下。"也不是人们所说的显赫或者高雅:他身边总是有更高雅的人。他很有钱:但在他身上这只是个闪念,也靠不住。他长得壮,可其他人保养得更好。我那时当然无法判断他是否慧心灵性,是否有这种或那种受人重视的东西——:但他,是的。"

伯爵颤抖着站住,做了一个动作,好像把什么东西放进了未被占用的空间中。

这一刻,他觉察到阿贝罗娜。

"你看到他了吗?"他厉声质问阿贝罗娜。突然他抓过一支银烛台,明晃晃地照亮了她的脸。

阿贝罗娜记得,她看见了。

接下来的几天,阿贝罗娜被按时叫过去,这个小插曲之后,笔录进行得平静多了。[130]伯爵根据各类文件把他最早在贝恩斯托夫社交圈子①里的记忆整合在一起,他的父亲在其中扮演了重要的角色。现在阿贝罗娜已经对她工作的特性了如指掌,如果谁看见这两个人,会很容易把他们为达成目而有的共性当作真正的亲密。

有一次,阿贝罗娜已经想要回去了,此时这位老先生向她走来,他背着手,好像藏着一个惊喜:"明天我们要写一写尤莉亚·雷温特洛②",他斟酌着字句:"这是个圣人。"

也许是阿贝罗娜难以置信地看着他。

"是啊,是的,这一切都还在",他用命令的语气坚持说:"什么都有,阿贝尔伯爵小姐。"

他拿起阿贝罗娜的手,像翻书那样打开它们。

"她有圣痕③",他说,"这儿和这儿"。他用冰冷的手指在她的手掌上又快又狠地敲了两下。

阿贝罗娜不懂圣痕这个说法。会其义自现的,她想;她

---

① 贝恩斯托夫(Bernstorff)家族是祖籍汉诺威、13 世纪在丹麦崛起的世家,接连几代的贝恩斯托夫伯爵都在丹麦政府身居高位。19 世纪初的贝恩斯托夫伯爵(Christian Günther von Bernstorff,1769—1835)曾担任普鲁士外交官。
② 尤莉亚·雷温特洛伯爵夫人(Gräfin Friederike Juliane Reventlow,1762—1816):婚前为西梅尔曼(Schimmelmann)女伯爵,她的父亲是丹麦财政大臣。1789 年她嫁给雷温特洛伯爵(Graf Friedrich Karl von Reventlow),一生大部分时间都在荷尔斯泰因的宫邸度过,那里也成为包括克洛卜施托克、拉瓦特尔等人在内的文化名流的聚会场所。
③ 原文拉丁语:Stigmat。与耶稣手上的伤痕同一个位置的痣,神圣的标志。

布里格手记

真的等不及想听一听这位父亲见过的圣女。可是,她再未被叫过去,次日早上没有,以后也没有。

"雷温特洛伯爵夫人倒是常在你们家里被提起",当我请求她再讲一点的时候,阿贝罗娜简短地结束了谈话。她看起来很累;还声称大部分都忘了。"可是有时候我仍能感觉到那两处",她不禁微笑起来,几乎是好奇地看着她空空的双手。

45

父亲去世前,就已经事事不同了。乌尔斯戈尔德不再归我们所有。父亲死在城里,在一层让我感到敌意和陌生的公寓房中。[131]那时我已经出了国,去得太迟了。

他的灵床安放在厅堂中两排高高的蜡烛之间。花香难解,仿佛许多同时作响的声音。他的眼睛已经被合上,漂亮的脸上有种似乎在殷勤回忆的表情。他被穿上猎骑兵长的制服,但不知为何铺上了白绶带而非蓝色。[①] 他的双手并未合拢,而是交叉叠放着,看上去虚假且荒诞。有人匆匆告诉

[①] 马尔特的父亲有资格佩戴大象勋章,这种勋章的绶带是蓝色的(见30节手记)。与之相比,丹麦国旗勋章较低级别,这种勋章配有鲜红色滚边的白绶带。只有先获得国旗勋章的人才有可能获得大象勋章。

我,他受了很多折磨;但看不出来。他的面容已经被收拾干净,就像人走后客房里的家具。我似乎已多次见过死去的他:这一切都那么熟悉。

只有环境新得让人不堪。新的是对面有窗的压抑房间,那大概是别人的窗。新的是希弗森会时不时走进来,却什么也不做。希弗森老了。我该去吃早饭了。我已经被叫过好几次。但这一天我根本不想吃。我没有意识到,他们是想让我走开;我没走,希弗森最后还是说了出来,医生到了。我不明白为什么。还有点事要处理,希弗森用她红肿的眼睛紧张地看着我。接着两位先生有点急不可耐地走进来:是医生们。前面一位猛地低下头,好像他长着角,想顶过来,要越过他的眼镜把我们瞪走:先是希弗森,然后是我。

他学生般死板地欠了欠身。"猎骑兵长先生还有一个愿望未了",他说话和进门时一样,让人再次感觉到他急不可耐。我总归还是迫使他的目光透过眼镜看了过来。他的同事是一个肥胖、薄皮肤、金发的人;我注意到他很容易被人弄得脸红。接着沉默了一下。猎骑兵长现在还有愿望,这有点怪。

我不由得再次向那张漂亮、匀称的脸看去。于是我知道了,他想要的是确定性。其实这也是他一直希求的东西。现在他会得到它。

"二位到这是为了穿心①:请吧。"

我躬身退下。两位医生同时欠了欠身,立刻开始讨论工作。蜡烛也已经移到旁边。但年长的那位又向我走了几步。他在近处停下,探过身来,免得走最后一段路,他生气地盯着我。

"没必要",他说,"就是说,我认为也许您最好……"。

他节制而草率的态度让我觉得他麻木不仁。我又鞠了一躬;事已至此,我应该一再鞠躬。

"谢谢",我干脆地说,"我不会打扰的。"

我知道我能忍下来,没有理由逃避这种事。注定如此。这也许就是整体的意义。我还从未见过一个人怎样被穿膛破肚。当离奇之事发生得自然且必然,就不应该拒绝这样的经历。[133]其实那时候我已经不再相信会有失望;也就是说,没什么可怕的。

不,不,在这世上人什么也想象不出,哪怕是最微小的事。一切都由许许多多不容小觑的细节共同组成。想象忽略了细节,意识不到缺失了它们,因为人太快了。真实却是缓慢的,细致得无法描述。

比如,谁会想到这种抵抗呢? 宽阔挺拔的胸膛一袒露出

---

① 当时人们有种普遍的恐惧,害怕没有真正死去就被埋葬,因此愿意做这种手术。

来，那个急匆匆的小个子男人就找到了动手的位置。但迅速上场的器械却插不进去。我有种感觉，似乎突然之间，所有时间都离开了屋子。我们就像在一幅画里。但接下来，随着一种轻微的滑动声，时间倾泻而来，比损耗的更多。某处猛地敲了一下。我从未听过这样的敲击：两次温暖沉闷的叩响。我的听觉把它传达下去，同时我看到，医生一刺到底。但过了好一会儿，这两种印象才在我内部会合。就这样，这样，我想，结束了。那叩响，从节奏上听，几乎幸灾乐祸。

我看着那个相识已久的男人。不，他镇定自若：一位工作敏捷务实的先生。他得马上继续下去。他工作时没有任何享受或满意的迹象。只是几根头发出于某种古老的本能在他的左太阳穴上竖了起来。他小心地抽回器械，伤口就像一张嘴，相继两次喷出血，[134]仿佛说出两个音节。那位年轻的金发医生用一个优雅的动作，很快把血吸到棉花上。现在伤口平静下来，仿佛一只闭上的眼睛。

想来，我可能在恍惚中又鞠了一躬。至少，发现我独自一人时，我吃了一惊。有人重新理好了制服，白色绶带像之前那样铺在上面。可现在，猎骑兵长死了，不止他自己。现在心脏被刺穿，我们的心，家族的心。现在过去了。这就是打碎头盔①："今日的布里格永远不再"，有什么东西在我内

---

① 贵族家族中最后一位成员死去时的葬礼习俗。

布里格手记

里说。

我没有想到自己的心。后来突然想起此事,我第一次十分确凿地知道,我的心不在考虑之内。它是一颗单独的心。它早就准备好,从头开始。

46

我知道,不能马上动身是我一厢情愿。我反复对自己说,必须先安顿好一切。要安顿什么,我却不清楚。几乎无事可做。我在城里四处走,觉察到,它变了。我从投宿的旅馆走出来,看到它现在是一个为成人而在的城市,它为我紧张起来,简直就是在面对陌生人,这让我舒服。一切都变小了一点,我散步走出朗格利恩大街,走到灯塔,再回来。到了阿马利恩伽德大街①一带,随处都会冒出某个曾让我赞叹多年的东西,试图再现威力。一些角窗、拱门或路灯对我了若指掌,[135]并以此咄咄相逼。我直视它们,让它们感觉到,我住在"凤凰"旅店②,会随时离开。但我并非心安理得。我心中生出怀疑,这些影响和关联从未被真正解决。有一天我悄悄离开,它们却尚未完结。某种程度上,只要不想永远失

---

① 朗格利恩(Langelien)和阿马利恩伽德(Amaliengade)均为哥本哈根港口附近的街道。
② 当时哥本哈根最好的旅馆。

去童年，就依然要在某种程度上成就它。当我意识到，我如何弄丢了它，就同时发觉，再不会有什么其他东西能证明自己。

每天我都在德罗宁根的特瓦拉伽德街①待上几个小时，像所有有人死在其中的出租房一样，那些狭仄的小屋子看上去备受侮辱。我在书桌和白砖大壁炉之间走来走去，烧掉猎骑兵长的文件。我开始把捆在一起的信扔到火里，但那一个个小包扎得太紧，只在边缘烧焦。我勉强散开它们。大部分信都有种浓烈的、令人相信的气味，它扑面而来，似乎也想唤起我心中的回忆。可我没有。也会滑出照片，它们比其他纸重，烧起来慢得不可思议。不知为何，我突然想象，英格博格的肖像一定就在其中。但看过去，却只有成熟、大气、确实漂亮的女人，她们让我想到别处。这也表明，我并非毫无记忆。正是在那样的眼睛里，我有时会找到成长中的自己，[136]那时我与父亲一起走过大街，她们会从马车里用一种无法逃离的目光打量我。现在我知道，当时她们在比较着他和我，这种比较不会偏向我。当然不会，猎骑兵长从来不怕比较。

也许，现在我知道了，他怕什么。我想说说我是如何推测的。在他信夹的最里层有一张折了很久的纸，折痕处已经

---

① 德罗宁根的特瓦拉伽德街（Dronningens Tvaeragade）：布雷德伽德大街（Bredgade）的支路。

脆碎不堪。烧掉之前我读过。是用他最好的笔体写成，稳重，工整，但我立刻看出，它只是一份抄件。

"他死前三小时"，故事这样开始，讲的是克里斯蒂安四世。我当然不能逐字重复内容。死前三小时他渴望站起来。医生和男仆沃尔弥乌斯帮他起了身。他站得有点不稳，但毕竟是站着，他们为他穿上夹棉睡衣。他突然在床尾前坐下，说了什么。但听不懂。医生一直握着他的左手，以防国王后倒在床上。他们就这样坐着，国王时不时艰难而含糊地说一句听不懂的话。最后医生开始对他讲话；他希望能逐渐猜出国王想说什么。过了一会儿，国王打断他，一下子十分清楚地说："哦，医生，医生，他叫什么？"医生努力地想了想。

"斯佩尔灵，仁慈的国王陛下。"①

可答案是什么真的无所谓。国王听到他懂了，[137]就立刻睁大他还能看见的右眼，用整张脸说出那个他的舌头塑造了几个小时的词，那个唯一还在的词："Döden"，他说"Döden"。*死，死

纸上就写了这些。烧掉前我读了好多遍。我突然想起，父亲最后受过很多折磨。有人这样告诉我。

---

① 此处是国王询问医生的名字。胡莱维奇问卷中里尔克解释："国王按照常规以第三人称对医生说话；问他：医生，他叫什么？医生叫作：斯佩尔灵。对话就是这样流传下来的。"

47

此后,对于畏死,我想了很多,也考虑到某些我自己的经验。我想,我大概可以说,我感受过。在拥挤的城市里,在人群之中,它常常莫名地向我袭来。然而,起因常常是日积月累而成的;比如,有人在长椅上死去,所有人都围着他看,他早已不再害怕:于是我就有了他的恐惧。或者那时在那不勒斯:电车上一个年轻人坐在我对面,死了。最初看上去像是晕厥,我们甚至又往前开了一会儿。随后却毫无疑问,我们必须停车。后面的车辆停下、堵住,似乎这个方向上再也走不通。那个苍白的胖姑娘,本可以靠在邻人身上,安安静静地死。但她的母亲不允许。她想尽办法刁难。把她的衣服弄乱,往她再也装不下的嘴里灌东西。她用别人递来的液体擦拭她的额头,只要眼睛稍动一下,她就开始摇晃她,想让她的目光再次向前看去。她对着这双什么也听不见的眼睛大喊大叫,[138]在整个人身上又撕又扯,像在摆弄布娃娃,最后,为了不让她死去,她用尽全力挥手扇了那张胖脸一个巴掌。那时,我怕了。

但我早就怕过。比如,我的狗死去的时候。那条狗永远不会原谅我。他病得很重。我一整天都跪在他身旁,他突然叫起来,叫得短促有力,就像平时有陌生人走进屋子时那样。这样的叫声仿佛是我们的约定,我不由自主地向门看去。可它已经进入了他。我不安地寻找他的目光,他也在寻找我的;但不是为了告别。他冷酷而陌生地盯着我。他责怪我让它进来。他确信我本可以拦住它。显然,他一贯高估了我。没时间对他解释了。他陌生而孤独地盯着我,直到结束。

或者,秋天第一个霜降的夜晚后,苍蝇到了室内,在温暖中再次缓回生命时,我怕了。它们干瘪得不可思议,被自己的嗡嗡声吓到;可以看出,它们已不太知道自己在做什么。它们停在那里几个小时,听之任之,直到突然想起自己还活着;就盲目地扑到某处去,不明白要那里做什么,我听见它们又掉下来,在那边,在随便什么地方。最后它们四处乱爬,慢慢地在整个房间里死去。

然而,即便独自一人,我也会怕。我为何要装作不曾有过那些夜晚?[139]那时我因畏死而坐起,唯一的指望是,坐着起码还是活的:死者不会坐。总是在某一间这样偶然的屋子里,我过得不好,它们就弃我不顾,好像它们怕被盘问,怕被卷入我的倒霉事。我坐在那,也许看起来很可怕,什么都没有勇气为我辩护。连那盏我刚刚亲手点着的灯,也对我不闻不问。它就那样自顾自地燃着,仿佛在一间空屋子里。我最后的希望总是窗子。我想象着,外面可能还会有点属于我的东西,即便是现在,即便在这突如其来的死亡的贫瘠之中。但还没看过去,我就又希望窗子堵住了,关闭着,像墙那样。因为我知道,外面也一样无动于衷,除了我的孤独,外面什么都没有。

那是我自食其果的孤独，它的庞大与我的心根本不成比例。我想起人群，我曾从他们之中出走，我不明白，怎能离开他们。

我的上帝，我的上帝，如果这样的夜还会来临，至少留给我一个能时而琢磨的念头。那时我这样要求，并不荒谬；因为我知道，思想恰恰来源于恐惧，因为我的恐惧那样庞大。我还是小男孩的时候，他们扇我的脸，说我是胆小鬼。因为我的恐惧还很拙劣。但后来，我以真正的恐惧学会了恐惧，产生它的力量越来越强，它自己也越来越重。[140]若非在自己的恐惧中，我们根本想象不到这种力量。因为它完全不可理解，并彻底与我们敌对，一旦挣扎着要去思考它，大脑就在那里土崩瓦解。然而，这一段时间，我却相信，它是我们的力量，所有那些对于我们来说过于强烈的、我们自己的力量。的确，我们不认识它，但我们所知极少的，不正是那些最本己的吗？有时我思考，天堂是怎样出现的，还有死亡：是因为我们推开最宝贵的东西，因为之前还有许多其他事情要做，因为在我们这些忙忙碌碌的人之中它并不安全。现在，时间在琐事中流走，我们已习惯于蝇营狗苟。我们认不出本己之物，并因它极度庞大而惊恐不安。不会是这样吗？

48

此外，我现在也很理解，为何多年来他一直在信夹最里层随身带着这段对死亡时刻的描写。它甚至都不是特意找到的;所有死亡时刻都有某种近于奇异的东西。比如说,难道想象不出,有人会为自己抄下菲利克斯·阿尔弗尔斯①是怎样死去的吗。那是在医院里。他死得温和而从容,修女也许认为他早已远去,其实尚未至此。她大声下着命令,能在哪找到这个或那个。她是个没怎么受过教育的修女,从未见过 Korridor(走廊)这个词怎么写,眼下却免不了要说出它;也许她自以为是地说出了"Kollidor"。于是阿尔弗尔斯推迟了死亡。他似乎认为有必要先把它解释清楚。他变得十分清醒,与她争论说是"Korridor"。[141]然后他死了。他是诗人,憎恶似是而非;也许在他看来这关乎真理;或者,世界竟能如此敷衍了事地继续下去,这让他懊恼,他不想把它当作最后印象一起带走。没法断定是哪个原因。只是不应把这看作迂腐。否则神圣的胡安-迪奥②也会遭受同样的责难,他临终时跳了起来,刚好及时赶到园子,切断一个正要被吊

---

① 菲利克斯·阿尔弗尔斯(Felix Arvers,1806—1850):法国诗人。1906年,这位几乎被世人遗忘的诗人在 100 岁诞辰时被重新发现。
② 圣胡安-迪奥(Jean de Dieu,1495—1550):葡萄牙教士,年轻时多次参加战争,40 岁的时候决定把余生献给上帝和穷人。人们认为他患有精神疾病,把他送到精神病院疗养。出院后他继续为穷人服务,并在格拉纳达建立了医院。生命的最后几年中,他常常陷入狂喜,并作为预言家闻名于世。他死后 6 年,人们以他的名字建立了教会。1690年他被封圣,1886 年教皇利奥十三世(Papst Leo XIII.)封他为医院和病人的守护圣人。

死的人身上的绳索,此人的消息神迹般渗入他垂死时封闭的挣扎。对于他这也只关乎真理。

49

有种完全无害的人,当他进入你的视线时,你几乎觉察不到,又马上就忘掉。可一旦他以某种看不到的方式进入听觉,就在那长大,仿佛孵化出来,也看到过他侵入脑内的情况,还在这个器官里毁灭性地壮大,就像从鼻子钻到狗身体里的肺炎球菌。

这种人是邻居。

自打我孤身一人四处游荡,已有过无数邻居;楼上和楼下的,右边和左边的。有时候四面同时有人。我满可以写写邻居们的故事;那将会是我毕生的事业。当然故事更多的是,他们让我表现出种种病征;病征与这类人的共性是:唯独当他们在某些组织中造成紊乱,才能得到证明。

我的邻居们有的捉摸不透,也有的十分循规蹈矩。我曾经守株待兔,试图找出前者的规律;显然,[142]就连他们也有律可依。如果守时的人某天入夜未归,我就会幻想,他们可能遭遇到什么,我一直点着灯,像年轻的妻子一样忐忑不安。我的邻居们有的正在仇恨,也有的被卷入汹涌的爱;或者,我也曾经历过,爱与恨在深夜骤变,那就自然别想再睡了。于是就会观察到,睡眠根本不像我们想的那样常见。比如我在彼得堡的两位邻居就不怎么在乎睡眠。其中一位站着拉小提琴,①我敢说,他拉琴的时候一定远眺着那些在虚幻的8月之夜过度清醒、彻夜通明的房子。我也知道,右边的另一位在躺着;我住在那的期间他从未起过床。他甚至还闭着眼睛,但不能说他睡了。他躺着背诵长诗,普希金和涅克拉索夫②的诗,声调就像有人要求小孩子背诗时那样。虽然有左邻的音乐,在我脑中做茧的却是背诗的那位,如果不是一个时时拜访他的大学生有一天走错了门,上帝知道会从茧中孵化出什么。后者给我讲了他这个熟人的故事,结果,在某种程度上,他让我安了心。无论如何,这是一个字面上没有歧义的故事,我那些猜想的蠕虫因之绝迹。

有一个星期日,隔壁这位小公务员突发奇想,要去完成

---

① 里尔克曾在谈话中提过,他在彼得堡期间(1902年7月28日—8月22日)遇到过一位拉小提琴的邻居。

《图像之书·邻人》(Der Nachbar, 1902/03年)这首诗也可以印证:

"陌生的小提琴,你可在追随我? /多少座荒远的城里曾经倾谈,/你的寂寞的夜向着我的? /奏响你的是千百人?还是一个?

所有巨大的城市里可有/这样的人,他们没有你/就可能早已迷失在江河?/为什么我总是遇到他们?

为什么我总是他们的邻人?/他们慌张地强迫你歌唱,/强迫你述说:生活更沉重,/重于一切事物的沉重"(SW1, S. 392;陈宁 译,第一卷,第479页)。

② 1924年2月26日给文学史家Alfred Schaer的信中,里尔克曾提及他对普希金(Александр Сергеевич Пушкин, 1799—1837)和涅克拉索夫(Некрасов Николай Алексеевич, 1821—1878)这两位俄国诗人印象深刻。

一个奇怪的任务。他假设自己能活很久,[143]就算50年吧。他对自己表现出的慷慨让他精神大振。但现在他要超越自己。他考虑到,可以把这些年兑换成天、小时、分钟,只要能坚持下去,甚至能换成秒,他算了又算,结果出现了一个他从未见过的大数目。这让他眩晕。他得休息一下。他总是听人说,时间是宝贵的,让他惊异的是,他拥有这么多时间,人们居然不来保护他,他多么容易被偷啊。可随即,他那种好的、几乎是兴高采烈的心情又回来了。为了看上去更伟岸富贵,他穿上皮衣,把所有这些匪夷所思的资本当做礼物送了给自己,他还有点居高临下地对自己说:

"尼古拉·库斯米什",他友善地说,想象着另外还有一个没穿皮衣的自己,单薄且寒酸地坐在马毛沙发上,"我希望,尼古拉·库斯米什",他说,"您不会因财富而自大。您要时刻想到,这不是最重要的东西,也有十分可敬的穷人;甚至还有破落的贵族和将军的女儿们沿街叫卖。"这位行善者又列举出种种在全城人尽皆知的例子。

另一位坐在马毛沙发上的尼古拉·库斯米什,那位受馈者,看上去一点也不骄傲,可以推测他将会很理智。事实上他并没有改变简朴而规律的生活习惯,现在他用星期日打理账目。但几个星期之后他就注意到,他的开销大得不可思议。我得节约了,他想。[144]他起得更早,不再那么仔细地洗漱,站着喝茶,跑去办公室,总是到得太早。他处处争分夺秒，可到了星期日却什么也没省下来，于是他明白自己上当了。我不应该兑换时间，他对自己说。一年多长啊。可这些无耻的小钱不知如何就用光了。一个丑恶的下午，他坐在沙发角落里等着那位穿皮衣的先生，想从他那要回他的时间。他要把门闩上，不交出来就不让他走。"我要十年的纸币"，他想说。四张十年的，一张五年的，其余的他可以留下，以魔鬼之名。是的，他准备好了，只要不产生麻烦，就把其余的送给他。他焦虑地坐在马毛沙发上等着，但那位先生没来。而他，尼古拉·库斯米什，几星期前还轻而易举地看到自己坐在这，现在，当他真地坐着，却想象不出另一个穿皮衣的、慷慨的尼古拉·库斯米什。天知道他怎么了，大概有人发现他诈骗，把他关在了什么地方。当然不会只有他一个人遭殃。这样的骗子总是大宗作案。

他想到，一定会有一种国家机关，一种时间银行，他至少能在那里换掉一部分卑鄙的秒。毕竟它们是真的。他从未听说过这样的部门，但地址簿里一定找得到此类东西，在字母Z之下①，但也可能叫作"银行-时间"，这样的话就能轻易在B下面找到②。[145]还得留意字母K，因为也可能是一个皇家组织③，这符合它的重要性。

---

① 德文 Zeit(时间)的首字母。
② 德文 Bank(银行)的首字母。
③ 德文 kaiserlich(皇家)的首字母。

后来,尼古拉·库斯米什总是在保证,虽然那个星期日晚上他不免心情压抑,但一点酒也没喝。下面这件事——只要讲得出来——发生的时候,他十分清醒。也许他在角落里朦朦胧胧地睡着了,毕竟这也是情有可原的。起初这一小觉让他非常放松。我和数字打过交道,他劝说着自己。可现在,我还是一点也不懂。但显然不能太重视数字;它们只是一种国家设定的惯例,无非是为了秩序。从来没有人在纸外见过它们。比如,根本就不可能在社交场合遇到 7 或者 25。它们根本就不存在。纯粹是因为心不在焉才会发生这种小小的混淆:就好像时间和钱彼此分不开一样。尼古拉·库斯米什几乎要笑了。能及时看透花招,这很好,重要的是,要及时。现在可不一样了。时间,是啊,它是个让人尴尬的家伙。可只有他受到折磨吗?就算别人不知道,时间在他们那不也是一秒秒地走过,正如他发现的那样?

尼古拉·库斯米什有点幸灾乐祸,就算——,他正要想下去,就发生了怪事。突然有东西在他脸旁吹过,擦过他的耳朵,他在手上感觉到了它。他睁开眼睛。[146] 窗户紧闭着。他就那样睁大眼睛坐在黑漆漆的屋子里,这时他开始明白,他现在觉察到的,是从身边划过的真正的时间。他从形式上认出它来,所有这些小小的一秒又一秒,它们一模一样地温和,只是太快,太快了。天知道它们还想干什么。他觉得每一阵风都是侮辱,而遭遇此事的,偏偏是他。现在他人坐着，它就会一直吹下去，吹上一辈子。他预见到会因此出现的种种神经痛，不禁勃然大怒。他跳了起来，可怪事还没完。连他脚下也有什么在动，不是一次，而是许多次诡异的混乱的晃动。他吓呆了：是地球吗？当然是地球。它在自转。上学的时候讲到过，他有点草率地学过，以后也甘愿对此避而不谈；谈论这个不合时宜。可现在，他一下子变得这么敏感，竟能感觉到。别人也能感觉到吗？也许吧，但他们都没表现出来。可能他们也无所谓，这些水手。可恰好在这一点上尼古拉·库斯米什有点谨慎，他甚至连电车都不坐。他在屋子里晃来晃去，仿佛是在甲板上，必须得扶住左右。不幸的是，他突然又想起，地轴是斜的。不，他没法忍受这些晃动。他觉得自己很惨。躺下，别动，他有一次在什么地方读到过。从此以后，尼古拉·库斯米什就躺着了。

他躺着，闭起眼睛。有时候，就是说那些不怎么晃的日子，他也完全忍得了。[147]于是就想到诗。这多么有用，真是难以置信。如果慢慢背诵一首诗，用同等的重音读出尾韵，就会在某种程度上出现一点可以指望的稳定性，不言而喻，是内在的稳定。他知道所有这些诗，也是种福气。他一直对文学很感兴趣。他并不抱怨自己的处境，那个认识他很久的大学生对我保证说。只是，对大学生这种能四处走、能受得了地球转动的人，他渐渐生出一种夸张的敬佩。

这个故事我之所以记得如此清晰，是因为它让我极为宽心。或许可以说,我再也没有过像尼古拉·库斯米什这么可爱的邻居,他一定也会敬佩我的。

50

有了这次体会之后,我决定在类似的情况下要直奔事实。我意识到,相对于猜测,事实多么轻松简单。好像我以前不知道,一切见识都无非只是事后的结论。之后立即开始了新的一页,是相当不同的东西,无法照搬。现在,那几个儿戏般确定下来的事实,在当下的情况中又何益于我呢?如果我曾被告知眼下在做的是什么,我就能立刻举出见识的用处:倒不如说它们只能为我本来就窘迫的处境(现在我承认这点)火上浇油。

凭名誉说,这些日子里我写了很多;我拼命地写。[148]然而,一走出去,我就不想回家。我甚至会绕一点远路,浪费掉本能用于写作的半个小时。我承认这是弱点。可只要在房间里,我就无可指摘了。我写作,有我的生活,隔壁则是我无法分担的另一种全然不同的生活:是一名为了考试而学习的医学生的生活。我没有类似的目标,这已经是决定性的差异。此外我们的情况简直是天壤之别。这一切我都心知肚明。直到那一刻,那一刻我知道它要来了,那一刻我忘了我们之间没有任何共性。我听着,心跳得十分厉害。我放下一切,听着。于是它来了:我从未失误。

几乎人人都知道那种铁皮制成的圆形物体发出的噪声,比如铁盒盖子滑落的时候。通常它不会一下子就非常响亮地掉到下面,而是短促地撞击一下,继续沿边缘滚动,转到了头,在停住倒下之前,它摇摇晃晃地四处乱撞,这其实才讨厌。现在:这就是全部;隔壁一个铁皮的东西掉落、滚动、停住,期间每隔一会儿就有人跺脚。如同一切反复作响的噪声,它也有内在的组成;它变化着,从不千篇一律。但这也恰好说明了它的规律性。它可以猛烈,柔和,或忧郁;可以翻滚般仓皇而过,也能在沉寂前无限漫长地滑行。[149]最后的摆动总是让人意外。加进来的跺脚声反而几乎是机械的。它总是以不同的方式截断声响,仿佛这就是它的任务。现在我能更好地回想这些细节,隔壁的房间空了。医学生回到外省家里。他需要休息。我住在顶层。右边是另一栋房子,楼下尚未有人搬入:我没有邻居。

这种情况下,我简直惊讶于自己没有更放松地看待此事。虽然每次我的感觉都事先提醒了我。本应充分用好这种感觉的。别怕,我应该对自己说,现在它来了;我也知道,我从来没出过错。但也许正是由于我得知了事实;自从知晓原委,我变得更容易受惊。他读书的时候右眼睑总是擅自垂到眼上合拢,正是这个缓慢无声的小动作触发了那种声响,这几乎让我感到鬼魅般阴森。这件小事是他故事的关键。

他屡次考试未过，自尊心变得很敏感，而家里的人似乎每次写信都在催逼。除了振奋起来还能怎样？可考试前的最后几个月，出现了这个毛病；这不成体统的小疲倦如此可笑，就像窗帘不肯呆在上面。我确定，有好几个星期，他都认为一定能控制住。否则我也不会想到把我的意志给他。[150]因为有一天，我明白了，他的意志耗尽了。从此以后，每当感觉到它来了，我就站在墙的这一侧，请他拿去用。渐渐地，我知道他接受了。也许他不应该这样做，特别是想到这根本于事无补。就算能让事情稍有起色，他是否真的能好好利用我们这样争取到的片刻，仍然是个问题。至于我的支出，我已感到力不从心了。我知道，我在自问，能否这样继续下去，而就在那个下午，有人到了我们这层楼。在这个小旅店里，上楼的时候总会有很大的声响。过了一会儿，似乎有人走进我隔壁的房间。我们的门是走廊尽头的两扇，他的门横向，紧挨着我的。那时候我知道他偶尔有朋友来访，但我已说过，我对他的事一点也不感兴趣。可能他的门又开过几次，有人从外面进来又出去。不过这真的与我无关。

当天晚上比平时更严重。还不是很晚，但我累了，已经上了床；我想我可能是睡着了。但我突然惊醒，好像有人碰了碰我。然后它马上就开始了。它跳着，滚动着，跑过某处，摇晃着，啪嗒啪嗒地响。跺脚声很可怕。此时楼下有人清楚而愤怒地敲起了天花板。新来的租客自然也受到打扰。现在:一定是他的门了。我十分清醒,虽然他极度小心,我想我还是听到了他的门在响。他似乎靠近了。[151]他一定是想知道在哪间屋子。让我陌生的是他过分夸张的谨慎。他早就该意识到,这栋房子是静不下来的。他到底为什么放轻脚步?我想他在我的门边停了一会儿;接着我听见,毫无疑问,他走进隔壁。他直接进去了。

现在(是的,我应如何描述?),现在一片静寂。静得仿佛疼痛停止了。一种感觉特殊的、发痒的静寂,似乎伤口在愈合。我本可以立刻睡了;我可以喘口气,入睡。可惊讶让我清醒。有人在隔壁说话,但这也是静寂的一部分。这种静寂必须亲历,它无法再现。外面的一切也似乎平和了。我坐起来,听着,就像在乡下。亲爱的上帝啊,我想,是他的母亲来了。她坐在灯边劝慰着他,也许他把头轻轻地放在她肩上。她马上就会让他睡下。现在我明白了外面走廊里轻柔的走动。啊,还有这个。在这个人面前,门也投了降,和对待我们全不一样。是的,现在我们可以睡了。

51

我几乎已经忘了我的邻居。我明白自己对他并非怀有真正的同情。虽然有时候经过楼下,我会问一问可有他的消息,是什么。如果是好事,我就很高兴。但我夸张了。我根本无需知道。有时候我会突然有种冲动,想走进隔壁去,但这已与他无关。[152]从我的门到另一扇只有一步之遥,房间也没锁。我很好奇这间屋子到底是怎样布置的。随便想象一个房间轻而易举,通常也大致差不多,可偏偏隔壁的那间总是与想到的不同。

我对自己说,诱惑我的正是这种情况。但我也很知道,某个铁皮做的东西在等我。我设想它真的是一只盒盖,当然也可能搞错。这也无妨。把事情归结于一只盒盖,这确实符合我的性格。可以想,他没有带走它。可能已经收拾过,盖子被放在盒上,一如它应有的样子。于是二者共同形成了盒子这个概念,确切地说是圆形的盒子,一个人尽皆知的简单概念。我似乎想起它们立在壁炉上,这两个构成盒子的东西。是的,它们甚至立在镜前,于是后面又出现了一个一模一样的虚幻的盒子。我们不会重视它,但,比如说一只猴子,就会伸手去抓它。对,甚至会有两只猴子去抓它,因为一到壁炉前,猴子也成了双。就是说,现在等着我的,就是这只盒盖。

让我们在这一点上达成共识:一只盒盖,一个健康的盒子的盖子,盒子边缘的弧度与盖子毫无二致,这样的一只盖子一定只想安身于它的盒子上,再别无他求;这一定是它能想象的极限;[153]一种无法超越的满足,是它所有愿望的实现。被耐心而轻柔地旋入,平稳地栖身在反向的小螺纹上，从内部感觉嵌合的棱线，富有弹性，且如二者分放时一样在边缘切肤分明，这也真的是理想之事吧。唉，可懂得欣赏此事的盖子多么少啊。这也正表明，与人打交道，多么混乱地影响了物。因为人，如果暂时用盖子打比方，人极其不满、极其恶劣地坐在他忙碌的事情上。部分是由于太仓促，没找对地方；部分由于他们被放歪了，怒气冲冲；部分由于本应匹配的两个边缘各自弯曲成不同的弧度。我们直说吧：归根结底他们想的只是，一旦能自己做点什么就跳下去，滚动起来，叮当作响。否则何来这些所谓的涣散和由他们发出的噪声呢？

若干世纪以来，物就看着这些。如果它们堕落，丧失品味，不再追求天然而宁静的目标，想要像它们在周遭看到的那样耗竭此在，那也不足为怪。它们千方百计逃避自己的使用，变得倦怠而冷漠，即使抓到它们放纵不羁，人们也毫不吃惊。这一点人在自己身上就见惯不怪。他们生气，因为他们是强者，因为他们自以为更有权变变花样，因为他们感到被拙劣地模仿；但他们听之任之，就像他们对自己随随便便。如果某处有人克己自律，[154]比如一个孤独者，日日夜夜，只愿真正圆满地安于己身，那么他就是在挑衅，会引起那些堕落器物的反对、嘲讽和憎恨，它们在邪念里再也无法忍受任何专注于己、追求自身意义的存在。它们联合起来，打扰他、恐吓他、迷惑他，它们知道做得到。于是它们相互眨着眼睛,开始了诱惑,诱惑越来越大,直至无法衡量,万物乃至上帝都被拉拢过来反对那个人,也许他坚持下来:即成圣人。

52

我现在多么理解那几幅惊人的画①啊,画中那些用途有限的日常物品②放纵恣肆,在几近淫乱的涣散中颤抖着,好奇地引诱彼此。那只四处乱走的沸腾的水壶,那个有了思想的烧瓶,挤到一个窟窿里取乐的无所事事的漏斗。还有被嫉妒的虚无抛起的手足四肢混迹其中,在里面呕吐的热气腾腾的脸,和讨它们喜欢的吹气的屁股。

圣人蜷曲着缩成一团;但他的眼睛里还有一种知其然的目光:他看了过去。他的欲望已经从灵魂清澈的溶液中析出。他的祈祷已经枝残叶败,枯木般从口中伸出。他的心打翻流光,尽失于晦暝之中。鞭笞在身上无力得如同赶苍蝇的尾巴。他的性器再次勃起,倘若一个女人袒露着丰满的乳房、穿过这浊世笔挺地走来,它就手指般向她指去。

---

① 节手记借由艺术作品例举前一节手记中所说的物的堕落以及"堕落之物"对孤独者的"打扰、恐吓、迷惑"。文中描写可能取材于彼得·勃鲁盖尔(Pieter Bruegel,约 1564—1638)的画《圣安东尼的诱惑》。
② 胡莱维奇问卷中里尔克解释:"大概意思:平素按照其本性,只有有限、常规的用途的物,为了十分明确的日常事务而存在的物,现在却在想象的、不可救药的任性中另有所用。"

图 4　勃鲁盖尔:《圣安东尼的诱惑》

[155]有段时间,我曾认为这些画已经过时。我不是怀疑它们。我可以想象,这在圣人身上发生过,彼时,那些急于求成者不惜一切代价,想直接从上帝开始。我们不再妄图如此。我们意识到,上帝对我们太重了,得推迟他的出现,去缓缓做那些把我们与他隔开的漫长工作。可现在我知道了,这些工作与圣在(das Heiligsein)如出一辙;神圣笼罩着每个因这工作而孤独的人,正如很久以前,在洞穴里,在空旷的栖地上,神圣总是环绕着上帝的孤独者。

53

说起孤独者,人们总是设定了太多前提。你以为他们知道说的是什么。不,他们不知道。他们从未见过孤独者,只是憎恨他,却不认识他。他们是曾耗尽他气力的邻居,是隔壁诱惑他的声音。他们煽动物抗拒他,于是它们喧声大噪,把他淹没。孩子们联合起来反对他,因为他柔软,而且也是个孩子,每次成长他都在更强烈地对抗着成人。他们在他的藏身处寻找他的踪迹,如同搜寻一只可捕获的动物,而他漫长的青春从没有过安全的禁猎期。倘若他没有力竭且幸免于难,他们就对出自于他的东西大喊大叫,诋毁它,怀疑它。若他还不停下,他们就变本加厉,吃光他的食物,吸尽他的空气,向他的贫穷吐口水,让他讨厌他们。他们使他声名狼藉,就像在污蔑传染病人,他们用石头砸他,想让他快点消失。他们古老的本能是对的:他真的是他们的敌人。

[156] 可是,如果他头也不抬,他们就要想一想了。他们觉察到,他们所做的一切都正合他意,他们加剧了他的孤独,帮助他永远与他们隔绝。于是他们态度骤变,使出杀手锏,这是最极端的,是另一种阻力:名望。在这种噪声中,几乎每个人都会抬起头看看,他就这样涣散了。

54

今夜我又想起那本绿色的小书,还是小男孩的时候我一定拥有过它,不知为何,我把它想成是马蒂尔德·布拉赫的书。得到它的时候我并不感兴趣,许多年后才读了它,我想是假期在乌尔斯戈尔德。可从第一眼起它就对我很重要。仅从外表看,它就错综纷繁。封面的绿色颇有意蕴,立刻就能想到书里面也注定如其所是。似乎有过约定,最先出现的是有白色水印的光滑空白衬页,然后是让我觉得神秘的扉页。看上去书里会有图;但没有,我不得不几乎违心地承认,这样也合情合理。在某处找到那条窄细的书带也多少是一种慰藉,它变脆了,有点歪斜,熟悉得动人,依旧是粉色,上帝知道从何时起它就一直躺在相同的书页间。也许它从未被使用过,订书者快速勤勉地把它折进去,未曾好好看过。也许它并非偶然。可能有人读到那停下,再未读下去;可能命运在那一刻敲响他的门,让他忙碌起来,远离了所有书籍,[157]它们毕竟不是生活。无从得知这本书是否被继续读下去。也可以想,就是一遍又一遍翻到此处,哪怕有时深夜才开始读书,也要看这页。无论如何,我对这两页书有种胆怯,就像怕一面之前有人的镜子。这两页我从未读过。我根本不知道是否通读过整本书。它不是很厚,但里面有许多故事,尤其在下午;下午的书里永远有一个还不知晓的故事。

我还记得两个。我要说一说是哪些:格里高利·奥特列别夫①

---

① 格里高利·奥特列别夫(Grischa Otrepow):伪沙皇,1604—1613年在位。伊凡四世(伊凡雷帝 Iwan Grosnij,1530—1584,又称"恐怖的伊凡"Iwan der Schreckliche,俄国历史上第一位沙皇)打死王储伊万之后,只剩下两个继承人:弱智儿子费奥多尔(Fjedor, 1557—1598)和幼子季米特里(Dmitiri)。最终伊凡四世宣布立费奥多尔为王储。费奥尔多于1584年3月18日登基,成为俄国沙皇费多尔一世(Fjedor I. 1557—1598)。1598年费奥尔卒,无嗣,他的大舅子鲍里斯·戈东诺夫(Boris Godunov)谋杀了应该继承王位的季米特里,成为沙皇(1598—1605年在位)。在此后的权力斗争中,先后有四个人宣称自己是侥幸逃生的季米特里。其中最有名的是教士格里高利·奥特列别夫,此人在遭到戈东诺夫追杀后逃到波兰。后在波兰的帮助下打回莫斯科近郊。戈东诺夫1605年去世,其子费奥多尔二世即位,派出督军瓦西里·舒伊斯基前去率兵抵抗,一度击退了伪季米特里,但舒伊斯基向来对戈东诺夫心怀不满有意取而代之,所以对伪季米特里并未加以认真抵抗,很快就把伪季米特里放进了莫斯科。费多尔二世即位49天即被杀死。1605年6月20日,伪季米特里入主克里姆林宫。在宫内的阿尔汉格尔教堂里停放着伊凡雷帝的灵柩,伪季米特里来到灵柩旁,抚棺恸哭,令周围的王公大臣无不动容,对伪季米特里的身份更是疑云顿消。

的结局和大胆查理[1]的毁灭。

上帝知道,当时它是否让我印象深刻。可现在,这么多年之后,我却回想起那些描写:伪沙皇的尸体怎样被抛到闹市中躺了三天,被撕碎、刺烂,脸上带着面具。这本小书当然不怎么可能重回到我手上。但这一段一定是奇特的。我也有兴趣再查对一下他和母亲相逢[2]是何种情形。他可能十分有把握,竟允许她来莫斯科;我甚至确信,那时他极其自信,事实上是他想要召来母亲。而这位从寒酸的修道院日夜兼程赶来的玛丽娅·诺盖,只要她同意,就能得到一切。他的不安是否恰好始于她的认可?我宁愿相信,让他改头换面的力量正在于,不再是任何人的儿子。

[158](这终究也是所有出走的年轻人的力量。)*写于手稿边缘

拥护他的平民却想象不出一个沙皇,这只能让他在他的可能性中更自由、更无限。可母亲的声明有削弱他的力量,即便那只是有意的欺骗;她把他架空,脱离了创造的丰富;把他限定于疲惫的模仿;把他贬低成他不是的另一个个体:她让他成了骗子。[3] 如今又加上这个玛丽娜·姆尼

---

[1] 大胆者查理(Karl der Kühne):参考第55节。
[2] 伪季米特里被拥戴登位之后,宣布要把母亲,也就是伊凡雷帝的末任妻子玛丽娅·诺盖(Marie Nagoi)迎回宫中做太后。太后抵达莫斯科后,伪季米特里亲自出城迎接。
[3] 胡莱维奇问卷中里尔克解释:"玛丽娜·姆尼舍克(费多尔的母亲)承认伪季米特里是她的儿子;不但没有使他在他的谎言里变强,反而在某种程度上限制了他的骗局的无限性,这没有强化他的自信反而使之消解。"

舍克①,她更是无声无息地销蚀着他,以她自己的方式否定着他,正如后来证实的那样,她相信的不是他,而是谁都信。② 我当然不能保证在故事里这一切被注意到什么程度。可我觉得应该讲到。

即使撇开这些不看,此事也绝对没有过时。现在也可以设想一位叙事者会非常仔细地处理最后的时刻,这也不是没有道理。那些瞬间发生了许多事情:他怎样从沉睡中惊醒跳到窗边,又跳出去落到庭院里的卫兵中间。他无法独自站起;他们得帮他。可能脚摔断了。他靠在两个人身上,感觉到他们相信他。他四下环顾:其他人也相信他,这些高大的卫兵③几乎让他同情,事到如今:他们知道伊凡雷帝的庐山真面目,却仍然相信他。他想向他们解释,可张开口却只有叫喊。脚痛得太厉害,此刻他顾不上自己,除了疼痛他一无所知。[159]没时间了。他们直逼过来,他看到舒伊斯基④和他身后的所有人。马上就完了。可他的卫兵却围拢起来,

---

① 玛丽娜·姆尼舍克(Marina Mniczek)是奥特列别夫的波兰妻子,奥特列别夫当年在逃亡波兰的途中与之相识。但玛丽娜不是东正教徒。婚礼和波兰贵族们的到来使莫斯科满城怨声载道。
② 奥特列别夫死后玛丽娜·姆尼舍克又嫁给了第二个伪季米特里。
③ 原文为 Strelitzen,即沙皇的侍卫。
④ 舒伊斯基(Wassili Schuiskij)是戈东诺夫时代沙皇手下的重要武将,当他知道奥特列别夫是伪季米特里后,就策划了一场宫廷政变。他联络俄国的大贵族们,谎称波兰贵族妄图谋害沙皇,起兵擒王,计划在乱军之中杀死伪季米特里,趁机夺权。

他们没有放弃他。奇迹发生了。这些老兵的信念散布开来，突然再也没有人敢上前一步。舒伊斯基在他眼前绝望地朝着窗户喊去。他没有四下张望。他知道是谁站在那；他明白，将会有一片静寂，没有任何过渡的静寂。现在，那个他早就熟悉的声音要出场了；那空洞、虚假、歇斯底里的声音。然后，他听到，沙皇的母亲否认了他。

至此，事情一直自行发展，可现在，请出现一位叙事者吧，一位叙事者：还空着的几行里，一定得爆发出超越任何矛盾的强大力量。不论是不是讲出来，都要坚信，在声音和枪击之间，意志和权力又一次在他内部无限地集聚，成为全部。否则就无法理解这明晃晃的因果，他们为何要戳穿他的睡衣，在他身上捅来捅去，似乎要刺破人身上最坚硬的部分。为何死后的三天里，他仍然带着那张他几乎要放弃了的面具。①

55

现在想来，同一本书里还讲了他②的结局，这让我觉得

---

① 伪沙皇本打算次日参加一个节日舞会，因此准备好了面具。夺权者为了让迷信的民众相信死者与魔鬼勾结，把伪季米特里的尸体扔在红场上的一张桌子上，暴尸三日，在他的口中插入笛子并给他戴上面具。

② 大胆者查理(Karl der Kühne, 1433—1477)：最后一个独立的勃艮第公爵。是勃艮第公爵好人菲利普三世(Philipp der Gute)与葡萄牙的伊莎贝拉之子，生于第戎(勃艮第都城)。他努力扩张勃艮第公国的力量，企图使之成为完全独立于法国的政治实体。1476年(转下页注)

奇怪。他终生如一，花岗岩般坚硬，没有丝毫变化，越来越沉重地压着所有忍耐他的人。第戎有一幅他的肖像。人们也知道他矮胖、固执、绝望。想不到的也许只有那双手。那是双过分燥热的手，总想要凉一凉，会不由自主地放在冰冷的东西上，[160] 五指张开，指间流过空气。血会涌入这双手，就像涌上头，握起拳头它们就真的像发狂的脑袋，翻腾着各种念头。

与这种血共生需要难以置信的谨慎。大公因此把自己封闭起来，有时候，当它压抑沉闷地在他周身流淌，他也会怕它。连他自己也觉得阴森森地陌生，他几乎对这机敏的、一半是葡萄牙的血一无所知。他常常担忧，它会在他熟睡时突然发起进攻，把他撕碎。他装作驯服了它，却永远活在恐惧里。他从不敢爱上女人，①怕它妒意大发，他滴酒不沾，因为它太过暴烈；他不喝酒，而是用玫瑰露使它镇静。可有一次，在洛桑②郊外的军营中，格拉松③战败，他喝了酒；当时他病

（接上页注）3 月和 6 月，他在格拉松（Granson）和穆尔腾（Murten）被瑞士人打败，从此一蹶不振。1477 年 1 月 5 日在南锡（Nancy）战役中阵亡。几天以后，他的尸体被从冰冷的湖水中打捞出来时，脑袋已被野狼啃掉一半。

① 此处是里尔克的改写。历史上大胆者查理一共有过三次婚姻，并有一个女儿勃艮第的玛利亚（Maria von Burgund）。
② 洛桑（Lausanne）：瑞士西部城市。
③ 格拉松（Granson）战役：1476 年 2 月底，查理开始进攻阿尔萨斯地区，率军 1 万多人攻打位于格拉松的堡垒。

布里格手记 | 179

了,孤家寡人,喝了很多纯酒。然而那时,他的血睡着了。在他失心的最后几年,它不时陷入这种沉重的动物般的睡眠。那时就看得出他怎样被它控制;它睡着了,他就什么也不是。那时他身边的人都不敢入内;他听不懂他们说什么。他那样颓靡,在外国使节前无法露面。于是他就坐等它醒来。它总是一跃而起,咆哮着冲出他的心脏。

为了这血,他拖着所有那些和他根本没关系的东西。三块大钻石和各种珠宝;成堆的弗兰德花边和阿拉斯挂毯。他的绸缎帐篷上有金丝拧成的绦带,还有随从的 400 个帐篷。画在木头上的肖像,纯银的十二使徒。还有塔伦特亲王①,[161] 克莱夫大公②,巴登的菲利普③和吉永堡主④。因为他想说服他的血,他才是皇帝,至高无上:这样它就会怕他。可即便有这些证据,他的血依旧不信,它是多疑的血。也许他还让它迟疑了一会儿。可乌里的号角⑤暴露了他。此后他的血知道,它是在一个失败者体内:它想出去。

---

① 1475 年,24 岁的塔伦特亲王(Prinz von Tarent)为了向大公的女儿玛利亚求婚,率一万五千人加入大公的军队。后来他看到求婚无望,就在穆尔腾战役的前一天率军离开。
② 克莱夫大公(Herzog von Cleve)也是玛利亚公主的求婚者。
③ 巴登的菲利普(Philipp von Baden)是勃艮第贵族。
④ 吉永堡主(Herr von Château-Guyon)是骑兵将军,也是格拉松的领主。以上四人都是查理的同盟者。
⑤ 格拉松、穆尔腾和南锡战役中,与查理为敌的瑞士军队在向前推进时伴有号角。乌里(Uri)是瑞士最初的行政州域,位于瑞士中部。

现在我是这样看的,可当时最让我印象深刻的是读到搜寻他的那个三王来朝日①。

前一天那场惊人迅速的战役后,年轻的洛林公爵②旋即骑马踏入可悲的南锡城③,他一早就叫醒仆从,询问大公的下落。一个个信差被派出去,他自己也时不时焦虑不安地出现在窗边。他不是总能认出用车或担架送回来的人,他只看出没有大公。伤员中没有他,不断被带回的俘虏里也无人见过他。逃兵从四面八方带来各种音信,他们惊慌失措,好像害怕遇到他。天已经黑了,他杳无音信。他失踪的消息有足够的时间在漫长的冬夜里四下流传。不论传到哪,都能引起一种唐突且夸张的信念:他还活着。也许,大公从未像在此夜人们的想象中这样真实过。家家户户都彻夜不眠,等着他,想象他会来敲门。如果他没出现,则是因为,他已经走过去。

[162] 这天夜里上冻了,他还活着的信念似乎也冻住,冻得那么结实。好多年后,它才慢慢化开。所有人现在都下意识地坚信他还在世。他带给他们的命运,只有通过他这个

---

① 1月6日为基督教的"三王来朝节",以纪念耶稣生时东方三王(即三位博士)来朝拜的故事。南锡战役发生于1477年1月5日。
② 洛林公爵勒内二世(Herzog René II von Lothringen,1451—1508):查理曾于1475年占领洛林公国,勒内二世在南锡战役中将其夺回。
③ 南锡城(Nancy):洛林公国的首府。洛林公爵勒内二世为了从查理手中夺回南锡城,曾驻兵围城,导致城内饿殍遍野。

人才能忍受。他们曾那么艰难地学过这事实:他在,一旦学会,他们就发现他太容易记住,再也忘不掉。

可第二天早上,1月7日,一个星期二,搜寻又开始了。这次有了一位领路人。他是大公的一个侍童,据说他看到了主人在远处跌倒;现在他得把那个地方指出来。他本人什么也没说,是坎波巴索伯爵①把他带来、替他说的话。现在他走在前面,其他人紧随其后。他衣着臃肿,战战兢兢,谁看到都难以相信他真的是那个骨骼纤细、漂亮得像个姑娘的吉安-巴蒂斯塔·科罗纳。他冻得发抖;夜霜让空气变硬,脚下如同牙齿格格作响。所有人都冻僵了。只有大公那个外号是路易-昂则②的小丑还活跃着。他装成狗,跑到前面再回来,四肢着地在男孩③身边小跑了一会儿;如果看到远处有尸体,他就跳过去,弯下身子,劝说它打起精神、变成要找的那个人。他给尸体一点考虑时间,然后闷闷不乐地返回到其他人中间,他威胁、咒骂、抱怨死者的固执和懒惰。他们一直走下去,没有尽头。几乎看不见城市了;因为这会儿天气阴沉

---

① 坎波巴索伯爵(Campobasso):查理的亲信,那不勒斯人,深得查理信任。可格拉松战役期间,他声称要外出朝拜,没有上战场;到南锡战役时,他已经公然叛变投敌。很可能查理最后就是被坎波巴索伯爵留在他身边的几个亲信杀死的。
② 查理的宫廷小丑叫作"Le Glorieux",路易-昂则(Louis-Onze)是法国皇帝路易十一世(1423—1483)的名字,这里可能是里尔克的混淆,也可能是对法国国王的讽刺。
③ 指查理的侍童科罗纳。

下来,虽然冷,却成了不透明的灰色。[163]大地平坦而淡漠,走得越远,那紧凑的一小群人就越像是迷了路。没人说话,只有一个同行的老妇一边摇着头,一边喃喃自语;也许她在祈祷。

突然,最前面的人停下来,回头看了看。然后他迅速转向大公的葡萄牙医生鲁比,指了指前面。几步之外是一片冰面,沼泽或是水塘,里面躺着十一二具尸体,一半冻在冰里。他们几乎全裸,衣物被洗劫一空。鲁比弯下腰,仔细地从一具尸体走向另一具。他们绕过每个人,认出了奥利维尔·德·拉马什①和牧师。老妇已跪倒在雪中,哀哀地哭着,向一只大手俯下身,那只手五指张开,僵硬地朝她伸去。所有人都赶过来。鲁比和几个仆从试图把那具尸体翻过来,因为他是趴着的。可脸冻住了,把它从冰里硬扯出来的时候,半边脸又薄又脆地剥落下来,另一半则已被狼或狗撕烂;整个面孔被一条从耳边开始的大伤口劈裂,已不能再说那是一张脸了。

人们一个个环顾左右;每个人都以为会在身后找到那个罗马人②。但他们只看到跑过来的小丑,他怒气冲冲,沾满

---

① 奥利维尔·德·拉马什(Olivier de la Marche):查理的宫廷总管。此处是里尔克有误。拉马什不是死者,而是搜寻者,他后来还撰写过回忆录描述当日的情况,25年后,1502年,他死于布鲁塞尔。
② 指查理的侍童科罗纳。巴朗特男爵说他出身于一个著名的罗马世家。

血迹。他在身前举着一件斗篷,抖动着它,好像会有什么东西掉出来;但斗篷是空的。于是人们上前去寻找标志,确实找到几个。他们生了火,用温水和酒清洗尸体。脖子上的疤痕露出来,还有两个大脓肿的痕迹。[164]医生不再怀疑。可人们还是比较了其他特征。路易-昂则在几步之外找到南锡战役那天大公骑的大黑马莫罗的尸体。他坐在马尸上晃荡着两条短腿。血不停地从他的鼻子流进嘴巴,人们看出他喜欢这味道。另一边有个仆从想起,大公左脚上有一个趾甲长进了肉里;于是所有人都找起那个趾甲来。小丑却动个不停,好像有人在抓他痒,他喊道:"啊,老爷①,原谅他们揭发你这个粗鄙的缺陷吧,这些蠢货居然不能从我的长脸上认出你来,你的美德就在我脸上啊。"

(安放尸体时,也是大公的小丑第一个走进停灵间。那是在某个格奥戈侯爵家里,没人说得清怎么回事。裹尸布还没铺上,所以他能一览无余。在华盖和床铺的两重黑色之间,紧身衣的白和斗篷的绯红粗暴地自行其是。前面正对他立着带有镀金大马刺的猩红长筒靴。只要看到冠冕,就无须怀疑上面那颗头颅。那是镶着宝石的公爵冠。路易-昂则走来走去,仔细地查看一切。他甚至还摸了摸绸缎,尽管他什么也不懂。那可能是好缎子,只是对于勃艮第王室而言有点

---

① 原文法语:Monseigneur。

廉价。为通观全局,他又退回去。种种色彩在雪光中诡异地分崩离析。[165]每一种都让他难忘。"穿得不错",最后他赞赏地说,"也许有点太新鲜了。"在他看来,死亡似乎是一个演木偶戏的人,急需一位大公。)* 写在手稿边缘

56

干脆把某些不会再改变的东西确定下来,不惜事实,也不判断,这样做很好。于是我清楚了,我从不是一个正确的读者。小时候,我以为阅读是一种职业,迟早有一天,所有职业都会纷至沓来,阅读也是可选择的一种。坦白说,我没有明确想过这会是何时。我满心以为,当生活在一定程度骤变时,就会觉察到,之前它仅在内心,此后却悉数外来。我设想,外来的生活将清楚确凿,毫无疑义。它绝不简单,相反,在我看来,它求全责备、错综复杂,但毕竟看得见。童年特有的无限、不协调和无法逆料彼时都将被克服。何以至此,却无从洞明。事实上,生活一直在长大,封锁住所有方向,越是向外看,内里被唤醒的就越多:上帝知道它们从何而来。但也可能,长到极限就戛然中断。容易观察到,成年人很少因此不安;他们走来走去,评判、行动,如若陷入困境,那也只是外面的事。

我也把阅读推迟到这些变化之始。那时就能像故知般

对待书籍，[166]将会有为书而在的时间，一段固定、平稳、惬意流过的时间，不多不少，恰好合适读上一本。当然会有几本格外亲近的书，不是说不会受其所害，偶尔也会因为它们耽误半个小时；错过一次散步、约会、戏剧的开场或一封急信。然而，非要读到蓬头垢面，两耳滚烫，双手冷得像金属，一只长蜡烛在身旁一燃到底直至塌在烛台里，这种事情，感谢上帝，绝不会发生了。

之所以举出这些现象，是因为我切身经历过，历历在目。那是假期在乌尔斯戈尔德，我突然坠入阅读。事实很快表明，我不会读。这当然比我预想的时间要早。可在索伦与同龄人共同生活的那一年让我怀疑起原来的打算。一些突如其来的经历找上我，它们明显是在把我当作成人对待。那是些与现实等大的经历，与其本来面目一样沉重。当我理解它们的真实（Wirklichkeit），也就在同种程度上开悟到童年无穷无尽的现实（Realität）。我知道童年不会结束，正如其他东西未曾开始。我对自己说，每个人当然都能随意划分出人生的阶段，但那只是凭空想象。显然，我太笨，什么也想不出。一旦我试图如此，生活就会让我明白，它对阶段一无所知。倘若我坚持认为童年已经结束，[167]所有将要到来的便在那同一刻消失，而我就像一个玩具铅兵，仅剩脚下那一点立足之物。

可以理解，这个发现让我更加孤僻。它占据了我的内心,以一种极致的喜悦充满我,我却以之为苦,因为它远远超出我的年龄。① 如果什么都不能预设出明确期限,就终将错过某些事情,我记得这也让我不安。我就这样回到乌尔斯戈尔德,一看到所有那些书,就扑了上去;真是急不可耐,几乎心怀愧疚。那时我已莫名预感到后来我常常体会的东西:如果不尽责读完整本书,就根本无权翻开它。每一行都开启着世界。在书籍之前,世界是完好的,也许之后仍然无损。可不会阅读的我又如何能全然接受?即便在这间陋室,书也是汗牛充栋、勠力同心。我不自量力,固执而绝望地从一本跑到另一本,在书页间横冲直撞。那时候我读了席勒和巴格森,于伦施莱格尔和沙克-斯特拉菲尔德,读那里有的沃尔特·司各特和卡尔德隆②。有些到手的书似乎早就该读,另一些则来得太早;刚好合适我当时去读的寥寥无几。尽管如

---

① 里尔克对丹麦译者容函斯解释:"发现所有生活阶段的同时性和始终如一,本是一件有福之事。但许多使人幸福的观点如果落到不能承受它们的孩子身上,最初就会很沉重,好像一件不明确的任务压在身上。"
② 巴格森(Jens Immanuel Baggesen, 1764—1826),于伦施莱格尔(Adam Gottlob Öhlenschläger, 1779—1850)和沙克-斯特拉菲尔(Adolph Wilhelm Schack von Straffeld, 1769—1826)是三位丹麦作家。巴格森属于雷文特洛家族交际圈中的重要成员,并与他同时代的许多德国诗人,如克洛卜施托克、维兰德、席勒等,交往密切。于伦施莱格尔和沙克-斯特拉菲尔都是赫尔曼·邦和雅各布森童年时读过的作者。司各特(Walter Scott, 1771—1832),苏格兰历史小说家和诗人。卡尔德隆(Pedro Calderón de la Barca, 1600—1681),西班牙剧作家和诗人。这些人的作品大多是历史叙事,都有着扣人心弦的故事情节。

此，我还是读着。

后来的岁月中，我偶尔在夜里醒来，星星如此真实，显得那样深远，我无法理解，自己怎能忍心错过这大千世界。我想，曾经当我从书中抬起头向外看去时，也一定心怀同感，[168] 那是夏天，阿贝罗娜在呼唤。让我们都很意外的是，她会来叫我，我却从不回答。那正是我们的极乐时光。可一旦阅读袭来，我就死死抓住不放，我把自己藏起来，逃避我们每天的节日，煞有介事，执迷不悟。自然而然的幸福有许多常常并不显见的机会，我冥顽愚钝，不会利用它们，却毋宁期待渐增的隔阂会在未来和解，而和解愈是遥遥无期，愈是令人着迷。

然而，我阅读的迷梦疏忽而至，有一天也同样转瞬即逝；那时我们已经彻底反目。阿贝罗娜不放过任何嘲讽、奚落我的机会，在凉亭里遇到她时，她就声称在读书。那个星期天早上，虽然有本未打开的书放在她身旁，她却在忙着用叉子从果穗上捋醋栗，没完没了，小心翼翼。

一定是这其中的某个清晨，就像7月里那些休息好的崭新时刻，到处都生发着意想不到的喜乐。千百万无法遏止的微小运动镶嵌出此在最可信的马赛克拼图；万物交融激荡，漾溢入空气之中，它们的清凉使暗影明澈，让太阳成为精神的柔光。那时花园里没有主角，一切尽在；只有在一切之中，才不会错过。

阿贝罗娜的小动作里也有这一切。它凭空而来,那么得心应手,要做的正是此事,她也做得恰到好处。[169]她白皙的双手在阴影中工作得轻盈和谐,滚圆的浆果从叉子前调皮地跳入铺有黯淡葡萄叶的浅盘,它们已经在那里堆积起来,红的和浅黄的,熠熠生辉,酸涩的果肉包着健康的果核。这时我只想在旁边看着,但她可能会赶走我,也为了不让自己尴尬,我抓起书,在桌旁另一侧坐下,没怎么翻就随便从某处读了起来。

"你至少要大声读出来,书呆子",过了一会儿,阿贝罗娜说。她听上去没那么挑衅,我也觉得到了言和的好时候,就立刻大声读起来,一直读完一节,接下去的标题是:致贝蒂娜。

"不,不要回信",阿贝罗娜打断我,好像精疲力竭似的,一下子放下了小叉子。我看着她,我的表情让她马上又笑起来。

"我的上帝,你读得多糟啊,马尔特。"

我得承认,我一直心不在焉。"只是为了让你打断,我才读的",我坦白着,燥热不堪,翻回去看书的标题。现在我才知道那是什么书。"为什么不要回信?"我好奇地问。

阿贝罗娜似乎没听到我。她穿着浅色的裙子坐在那里,仿佛她的内心彻底沉黯下来,就像她的眼睛。

"给我",她突然说,好像生气了,从我手里拿走书,翻到她想要的地方。然后她读了一封贝蒂娜①的信。

我不知道自己听懂了什么,但仿佛我被郑重许诺,总有一天会领悟这一切。当她的声音越来越高,最后几乎是那种我熟悉的歌声时,我羞愧难当,我太过低估了我们的和解。我明白,这才是和解。只是当时,这件大事发生在远远超越我的某处,遥不可及。

57

诺言仍还在兑现中,不知何时这本书归我所有,成为我离不开的几本书之一。现在我也能随心翻到想读的地方,阅读时却分不清,是在想着贝蒂娜还是阿贝罗娜。不,贝蒂娜在我心中更为真实,我曾经熟悉的阿贝罗娜仿佛是她的前奏,如今,对于我,她已与贝蒂娜合而为一,就像融入她本真的、不自觉的天性。因为,这个不可思议的贝蒂娜,她用全部书信开辟出空间,她是最为广阔的形象。最

---

① 指贝蒂娜·冯·阿尼姆(Bettina von Arnim, 1785—1859),德国著名女作家,诗人布伦塔诺(Clemens von Brentano)的妹妹。在歌德死后她发表了小说《歌德与一个孩子的通信》(*Goethes Briefwechsel mit einem Kinde. Seinem Denkmal*, 1835),小说第一部分是歌德的母亲对贝蒂娜回忆歌德的少年时代,随后收录了1809—1822年间贝蒂娜写给歌德的大量情书。已近花甲之年的歌德回信时矜持淡漠,可以说贝蒂娜几乎是在用自己的想象一厢情愿地创造她的爱人。

初她就让自己完全展开,仿佛已经历过死亡。无论何处,她都极深地投入存在、归于其中,在她身上发生的,也在自然中永恒;她在自然里辨认出自己,几乎是疼痛地析出;她艰难回溯,仿佛从传说中猜到自己,还魂般醒来又坚守下去。

你刚刚还在,贝蒂娜;我懂你。大地不是还因你而温暖,鸟儿不是还为你的声音保留着空间?是另一滴露水,星星却还是你夜里的那些。莫非这世界本就是你的?多少次你用爱点燃它,看它火光冲天,彻底焚毁,所有人都睡着的时候,你就悄悄用另一个世界替换了它。[171]每天早上你都向上帝祈求一个新的人间,如此他创造的所有尘世才能一一呈现,那时你感觉到自己与他多么默契。保护和修补世界在你看来太寒酸,你把它挥霍掉,伸出手不断追问下一个新的。你的爱能胜任一切。

怎可能不是所有人都在叙说你的爱?你之后还发生过什么更惊人的事情?他们在忙什么?你知道你的爱的价值,把它大声说给你最伟大的诗人①听,他应使之人化,因为它还是原始的力量。他写信给你时,却在劝说人们放弃它。所有人都读过回信,也更相信他,因为对于他们诗人比自然更明确。但也许,未来的某个时刻会表明,此处正是他

---

① 指歌德。

伟大的边界。爱者被托付给他,他却承受不起。什么叫做他无法回应?① 这样的爱不需要回应,它包含了呼唤和回答;已是自在自足。纵使华服加身,诗人在它面前也要谦恭克己,他要像帕特莫斯岛上的约翰,跪着用双手写下它的传授。② 面对"行天使之职的声音"③,他别无选择;它来了,裹住他,将带他入永恒。那是他在火焰中升天的车。④ 隐晦的神话已准备好他的死亡,他却任之成空。

58

命运喜欢发明模式和形象。它的困难在于复杂性。生活本身则因简单而沉重。它只有几件我们配不上的伟大之物。[172] 在上帝面前,圣人拒绝命运,由此选择了生活。女人面对男人时,本能地做出同样选择,却引起爱的关系里

---

① 歌德的回信谨慎,十分简短或是干脆不予作答。
② 帕特莫斯岛(Patmos):希腊岛屿,中文《圣经》作拔摩,罗马统治时期为流放地。传说第四福音的作者使徒圣约翰被罗马人流放到此,在岛上的山洞里得到天启,写下《启示录》等圣书。1906年8月14日里尔克在比利时城市布鲁日(Brügge)看到汉斯·梅姆林(Hans Memling,1430—1495,尼德兰佛兰德斯画家,北方文艺复兴运动中的杰出代表人物)的代表作圣约翰祭坛(Johannes Altar),得知他两手并用写下启示录。此后里尔克常用这一母题象征神启性的写作。
③ 胡莱维奇问卷中里尔克解释次引文出处:"我想,是贝蒂娜的札记,可能是《歌德与一个孩子的通信》里的。"
④ 先知以利亚(Elias)乘火焰车升天:"他们正走着说话、忽有火车火马、将二人隔开、以利亚就乘旋风升天去了"(和合版旧约,列王记下 2:11)。

所有的灾祸:她站在变化无常的他身旁,像个永恒者,决绝,且无涉命运。爱者永远超越被爱者,因为生活比命运更伟大。她的义无反顾将无法量度:这是她的福祉。她爱里的无名之苦却始终如是:她总是被要求限制她的付出。

女人再没有其他抱怨:爱洛漪丝①最初的两封信里只有这一种悲叹,500年后它又一次出现在葡萄牙女人②的信中;我们重新认出它来,就像听出一声鸟啼。在这洞见的明亮空间里,突然走过萨福③最遥远④的身影,几百年寻她而不见,因为他们是在命运中寻找。

59

我从不敢在他那里买报纸。当他整晚在卢森堡公园⑤外缓慢地来回挪动时,我不确定他身上是否真的有几期。他

---

① 爱洛漪丝(Heloïsen,1101—1164):与哲学家皮埃尔·阿贝拉(Petrus Abälardus,1079—1142)相爱,怀孕后二人秘密结婚。爱洛漪丝的叔叔在得知这段秘密的激情后,雇人阉割了熟睡中的阿贝拉,后者被迫出家,爱洛漪丝后来也成为修女,最终二人都死在修道院中。两人的通信流传至今,这段感情也成为后世许多文学家反复使用的题材。
② 参见第39节注。
③ 萨福(Sappho,约前630或者612~约前592或者560),古希腊著名的女抒情诗人,擅长描写女性之间的爱情。曾在累斯伯斯岛上创立女子学院,从19世纪末开始,萨福成为了女同性恋的代名词。
④ 里尔克提醒他的丹麦译者:"要用力强调遥远,无论如何都要表达出来。"
⑤ 巴黎市中心公园。

背对栅栏,双手蹭着竖有栏杆的石块边缘。他把自己弄得那么平,许多人每天经过,却从未看见他。虽然他还有一丝余音提醒别人注意,但那无异于灯或炉子里的噪音,或是洞穴里间隔固定的滴水。世界被这样安排,有些人终其一生都只在间歇时经过,而他,比一切能动的东西更无声,他前移着,像指针,像指针的影子,像时间。

[173]我不愿意看他,这太不应该了。我羞于写下,我常常在他附近换成另一个人的脚步,仿佛对他一无所知。我听到他从身体里说出"La Presse"①,紧接着是第二声、第三声。旁边的人四下张望,寻找这个声音。只有我,装作比所有人都匆忙,好像我什么也没听到,好像我心里在想事情。

确实如此。我在忙着想他,我努力想象他,紧张得出了汗。我必须像塑造已逝之人那样塑造他,没有依据,没有成分;彻彻底底在内心完成。我现在知道了,去想那些散放在所有旧货铺的象牙制小耶稣像是没用的。某一个玛利亚哀痛地抱着基督的尸体②,这画面反反复复——:一切似乎只是为了想出他的长脸倾斜的角度,想出他脸颊暗处绝望的胡

---

① 法语:报纸。
② 原文为 Pietà,冯至先生对这个词的解释如下:"在西方雕刻绘画中表现耶稣死后他的母亲玛丽亚对耶稣悲痛的情景,叫作 Pietà(意大利语,有悲悯、虔诚的涵义)。这类的作品有时除玛丽亚和已死的耶稣外,还有其他的人,其中最常见的是玛丽亚·马格达雷娜(中文《新约》译为'抹大拉的玛丽亚')。"见:《给青年诗人的信》,冯至译,云南人民出版社,2016,第 121 页。

茬，想出他斜上仰起的沉默表情中极其痛楚的盲眼。可除此之外，还有许多属于他的东西；因为当时我已经明白，他身上没有无关紧要之物：他的斗篷或大衣支楞在背后，衣领一览无余，低矮的领子围着他伸长的嶙峋脖颈绕了一大圈，却没有丝毫接触；发绿的黑领带松松垮垮地系在所有衣物之外；尤其是那顶帽子，他像所有盲人那样戴着那顶破旧的高筒硬毡帽：它和他脸上的线条毫无瓜葛，[174] 不可能在这个附加物和他本人之间建立一种外在的新协调，它无非只是一个随便安上的陌生物品。我不敢看他，这胆怯愈发严重，直到最后他的形象常常无端在我心中抽紧，剧烈地疼痛地收缩成坚硬的苦楚。我不堪其扰，决定用外在事实遏止或打消我日渐完善的想象。暮色将至。我打算马上从他身边留心走过。

现在要知道：快到春天了。白天的风停了，小巷幽长安宁；尽头闪烁着房屋，新鲜得像白色金属初折的断口。那种轻得让人吃惊的金属。川流不息的宽阔长街上人们熙来攘往，车辆很少，几乎无需畏惧。一定是个星期天，圣叙尔比斯教堂①的塔尖在无风的静寂里分明且突兀，穿过几近罗马式的窄巷就豁然看到外面的季节。公园里面和前面人头攒动，我没法一眼看到他。或者，当初我认出他，不正是在人群里？

我马上就知道，我的想象一文不值。他的惨状超出我的

---

① 圣叙尔比斯教堂（Saint-Sulpice）：卢森堡公园以北的教堂。

手段,不因任何谨慎或掩饰减轻。我把握不了他身体倾斜的角度,也不理解那似乎不断充满他内眼睑的惊恐。我从未想过他的嘴巴,它缩陷着,好像阴沟开口。[175]或许他也有回忆;可现在,除了身后磨平他双手的石块边缘每天产生的无形之感,再也没有什么会进入他的灵魂。我站住了,几乎在看到这一切的同时,我感觉到他戴了另外一顶帽子,打着无疑是礼拜日的领结;领结图案是黄色和紫色的斜方块,至于帽子,那是顶廉价的、系着绿丝带的新草帽。重点当然不在于这些颜色,记住它们也只是小题大做。我只想说,在他身上,它们就像鸟腹上最柔软的地方。他自己对此无知无觉,又有谁会认为(我四下看了看),这华丽的衣着是为他自己而穿?

我的上帝,我恍然大悟,原来是你。有你存在的证据。但我全忘了,也从未希求过。确证你的存在,这要负多么重大的责任。可现在,我得到启示。这是你的喜好,你以此为乐。我们的确学到,尤其要忍受一切,不做评判。什么是沉重?什么是慈悲?唯有你知道。

再到冬天时,我一定会有一件新大衣,——只要它是新的,就允许我,这样穿吧!

60

我穿着比较好的、最初就是我自己的衣服游荡,且看重安身之所，不是因为我想把自己和他们分别开。我还没到那个地步。我没有心力过他们的生活。我想，倘若我的手臂萎缩了，我就会藏起它。可她（我不知道她还能是谁），她每天都出现在咖啡店的露台前，虽然对她来说脱下外套、从黑乎乎的衣物和内衣里脱身很困难，[176] 她却从不怕麻烦，用很长的时间解开、脱下，人们几乎等不下去。然后，她站在我们面前，谦卑地，拖着她干瘪枯萎的肢体，看得出这很罕见。

不，不是我想要和他们分别开来；但如果我妄想和他们一样就太自负了。我不是。我既没有他们的力量，也没有他们的隐忍。我吃东西，靠一餐餐饭活下去，一点儿也不神秘；他们却几乎是永生者。他们站在每日的角落里，11月也一样，从不抱怨冬天。起雾了，他们变得不清楚、不确定；但依然如常。我出过门，生过病，遭遇过许多事情：他们还没有死去。

（我从来都不知道，上学的孩子怎么可能在充满霉味的寒冷小屋里起床；是谁支撑着那急匆匆的小骨架，让它们跑进成年的城市，跑进将亡之夜的昏暗，跑进没完没了上课的日子，总还是那么小，总是充满预感，总是迟到。我想不出耗之不竭的支撑他们的力量。）*写于手稿边缘

这座城里充满将慢慢沉沦为他们的人。大多人最初会挣扎；可接着就有了这些苍白、变老的姑娘，她们不再反抗，从此听之任之，她们强硬，内里没有使用过，从未被爱过。

也许你认为，我的上帝，我应该任其所是，去爱她们。否

则,当她们从我身边走过,我为什么很难不去跟从?[177]我为何会突然想出最甜蜜的夜话?为何我的声音温柔地停留在喉咙和心之间?我为何会想象,我将无言而小心地把她们留在我的呼吸里?这些生活玩弄过的布娃娃,一个又一个春天,她们一次次徒劳地张开手臂,直到两肩松懈下来。她们从未曾从一个希望上高高地跌下,因此并没有粉身碎骨;但她们精疲力竭,对生活已然不堪。只有迷路的猫才会在晚上去她们的小屋,悄悄抓伤她,在她身上睡着。有时候,我跟着一个她走过两条小巷。她们贴着房屋走过,不断有人出现把她们挡住,她们就在那些人后面消失,远远地不见了。

然而,我知道,如果有人试着去爱她们,她们就会像走了太远路的人,停下来,重重地靠着他。我相信,唯有整个躯体都还能复活的耶稣才可以承受她们;但他不在乎她们。只有爱者能引诱他,而非等待者,她们带着那一点点成为被爱者的天赋,就像举着一盏冷却的灯。①

---

① 指圣经中聪明的和愚拙的少女,愚拙的少女忘记带油:"那时,天国好比十个童女拿着灯出去迎接新郎。其中有五个是愚拙的,五个是聪明的。愚拙的拿着灯,却没有带油;聪明的拿着灯,又盛了油在器皿里。新郎迟延的时候,她们都打盹,睡着了。半夜有人喊:'看,新郎来了,你们出来迎接他。'那些童女就都起来挑亮她们的灯。愚拙的对聪明的说:'请分点油给我们,因为我们的灯要灭了。'聪明的回答:'恐怕不够你我用的;你们还是自己到卖油的那里去买吧。'她们去买的时候,新郎到了。那预备好了的,与他进去共赴婚宴,门就关了。其余的童女随后也来了,说:'主啊,主啊,给我们开门!'他却回答:'我实在告诉你们,我不认识你们。'所以,你们要警醒,因为那日子,那时辰,你们不知道。"(合和本《圣经·新约·马太福音》25:1—13)

61

我知道,如果注定万劫不复,伪装在再好的衣服里也无济于事。他不是也从皇帝沦为最卑贱的人?① 他,没有步步高升,而是坠入谷底。的确,我有时相信其他国王,虽然宫苑②什么也证明不了。可这是夜里,是冬天,我很冷,我相信他。荣华只是一刹,我们却从未见过比苦难更久远的东西。然而,皇帝应该长存。

[178] 他不是唯一一个在疯癫下自保的人吗? 就像玻璃罩里的蜡花。③ 他们在教堂里为别人祈祷长寿,校长让-沙利耶·热尔松④却希望他永生⑤,那时他已经是最可悲的人,除了皇冠,他病入膏肓、一无所有。

正是那时,常常有涂黑了脸的陌生男人在床榻前突袭

---

① 指法国国王查理六世(Karl VI,1368—1422),他患有遗传性的精神疾病,被称为"疯子查理(Charles le Fou)"。
② 宫苑是强权在握的其他国王曾经存在过的外在标志。
③ 查理六世在位43年间,他的无数亲眷和臣仆死去。或许正是他的疯癫,使他在危险和动乱中性命无虞。
④ 让-沙利耶·热尔松(Jean Charlier Gerson,1363—1429):法国神学家、神秘主义者,1395年成为巴黎索邦神学院(巴黎大学的前身)校长。
⑤ 这是1405年热尔松对查理六世布道时说过的原话。当时国王的身体状况急转直下,热尔松在这次布道中痛斥宫廷铺张糜烂、自私自利,以致民生凋敝,他为查理六世祈福,希望国家重新拥有明君,以走出党争分裂的萧条。

他,撕掉烂在脓疮里的衬衫,而他早已把那件衣服看做自己的身体。房间昏暗,他们在他僵硬的手臂下扯掉腐烂的布片,就像在争抢。有人上前照明,他们这才发现他胸口上扎入铁质护身符的溃烂伤口,因为每天夜里他都以不遗余力地痴狂把它压入自己;现在,它在珍珠镶边似的脓血里深深嵌入他的身体,仿佛圣骨匣凹槽中能制造神迹的遗骸,可怖却珍贵。他们选出强悍的护工,可当受惊的蛆虫从弗兰德绒布里爬过来、从褶皱里掉落、爬上他们的袖子,他们也免不了恶心。小皇后①不在了之后,他无疑每况愈下;她那么年轻干净,却能和他同床共枕。后来她死了。如今再也没有人敢在这具腐尸旁睡下。她没有留下能安抚国王的话语和柔情。因此再无人能穿过这片精神的荒芜;再无人能帮他走出灵魂的渊谷;再无人明白,他会突然自己走出来,瞪圆的眼睛仿佛草原上的走兽。[179]如果他继而认出朱维纳尔②操劳的面孔,就会想起帝国最后的情形。他想弥补错过的东西。

可那段时间的事件③都无法委婉相告。只要有事发生,

---

① 原文为拉丁文:Perva regina。指查理六世的情妇奥黛特·肯迪佛斯(Odette de Champolivers)。事实上奥黛特死在国王之后。
② 朱维纳尔(Juvénal des Ursin,1360—1431):查理六世的亲信,历史学家朱维纳尔的父亲。
③ 查理六世病后,查理六世的叔叔勃艮第公爵无畏的约翰(Jean sans Peur,1371—1419)和查理六世的弟弟奥尔良公爵路易一世(1372—1407)为争夺摄政权混战不休。这段历史在后文第62节手记中也有体现。

就是千钧之重,说出来就像不可分割的整体。否则怎会不提到他的兄弟被杀?① 昨天,那个总是被他唤作亲爱的妹妹的瓦伦丁娜·维斯孔蒂②,穿着寡妇的黑衣跪在他面前,离开时变形的脸上满是悲诉和谴责。③ 今天,一位固执善辩的律师站在那好几个小时,论证王侯杀人的权利,一直说到罪行通透无垢,光明正大得上了天。④ 公正意味着,人人有权。虽然答应为她复仇,奥尔良的瓦伦丁娜终究伤心而死。一而再再而三地宽恕勃艮第公爵又有何益?阴郁的绝望之火烧到他身上,几个星期以来,他住在阿尔吉利⑤森林深处的帐篷里,声称夜里一定得听到鹿鸣才能放松下来。

---

① 指奥尔良公爵路易一世,1407年11月23日他在巴黎街道上被勃艮第公爵无畏的约翰派遣的刺客刺杀。

② 瓦伦丁娜·维斯孔蒂(Valentina Visconti):奥尔良公爵的妻子,维斯孔蒂家族的米兰大公约翰·加莱阿佐(Johann Galeazzo Visconti)的女儿,死于1408年12月。瓦伦丁娜深受理六世宠信,国王发病时不许王后靠前,却仍然认识她,她是少数几个能安抚查理六世的人之一。当时人们把查理的病归罪于她,因为人们认为伦巴第人(意大利北部临瑞士的地区)都会施魔法。

③ 在瓦伦丁娜这次觐见之后,查理六世深受刺激,再次发病,因此段首提到这段时间发生的事情都"无法委婉相告"。

④ 1408年3月8日,勃艮第公爵的亲信、神学教授让·波第(Jean Petit)在巴黎演讲,公然称奥尔良公爵是撒旦和"僭主",以此为勃艮第公爵的谋杀罪行辩护。朱ைな尔斥责辩护用心险恶;热尔松亦对此大加批判,随后却不得不逃亡。

⑤ 阿尔吉利(Argilly):法国地名。奥尔良公爵死后,宫廷内部曾多次签订条约,调停两个家族的仇恨。但路易一世的后人并不甘心,大肆寻衅报仇。勃艮第公爵曾在阿尔吉利写信给国王查理六世,为他的谋杀行径乞求原谅。

后来人们思索着这一切，一遍遍想到戛然而止的结局，平民们于是渴望见国王，①他们见到了：不知所措。可他们还是为这一眼而高兴；他们明白，这就是国王：这个安静的人，这个隐忍的人，他存在着，只是为了让后来已不耐烦的上帝跳过他为所欲为。② 在圣保罗宫③阳台上那些清醒的时刻里，国王也许意识到自己暗中的进步；他想起鲁斯贝克之日④，那天他的叔叔贝里⑤牵着他的手，把他领到第一次大获全胜之处；[180] 在11月漫长到不可思议的明亮白昼里，他俯视着大群大群水泄不通的根特人窒息而亡，因为四面八方都有人骑马来袭。为了紧密相依，他们把自己绑在一起，堆尸如山，像无比巨大的脑迂回缠绕。此处或彼处看到他们被憋死的脸就觉得没有了空气，尸体因拥挤仍然直立着，他禁不住想象，突然出现这么多绝望的灵魂，是它们挤走了头上

---

① 见本书62节末手记注释。
② 查理六世病后沦为勃艮第公爵的傀儡，毫无作为，但这时期的大事几乎都发生在他的名义之下。
③ 原文法语：Hôtel von Saint-Pol。
④ 1382年11月27或29日，勃艮第公爵菲利普二世（1342—1404）在鲁斯贝克（Roosbecke，位于今天比利时境内）成功镇压了起义的弗兰德人。战场上流血很少，多数人被压死、闷死。当时查理六世只有14岁，菲利普二世把他一同带到战场上。
⑤ 1380至1388年，在查理六世未成年期间，菲利普二世与他的两个兄弟安茹公爵路易一世和贝里（Berry）公爵宽宏的约翰摄政法国。在里尔克的手稿伯尔尼手册中，这里最初写的是"国王的叔叔勃艮第公爵"牵着他的手，后来替换为"叔叔贝里"，这个细节可能是里尔克刻意篡改了史实，因为当时贝里公爵并没有积极参政。

的空气。

  人们让他铭记,此事是他峥嵘初露。他记住了。然而,如果彼时是死亡的胜利,那么如今他跪立在孱弱的双膝上,在所有人眼中都堂堂正正:这却是爱的神秘。他从别人身上看到,战场虽然残忍,却可以理解。此处的场面则不可把握;和当日桑利斯森林中那头带着金项圈的鹿①一样惊人。只不过,现在显灵的是他自己,别人则看着他出了神。他毫不怀疑,他们屏住呼吸、满心期许,正如他年少狩猎那天,枝桠中现出那张安静张望的脸时,遥远的希望从天而降。他现身的秘密在他柔和的身影上展开;他一动不动,怕自己消失,他质朴的宽脸上有种亘古如此的浅笑,仿佛是石化的圣人,毫不费力。他就这样等下去,那是一个在短暂中看到永恒的刹那。人们简直无法承受。[181]他们得到源源不竭的安慰,鼓起勇气,打破静寂,爆发出喜悦的呼声。可阳台上只剩下乌尔辛的朱维纳尔,一静下来他就喊道,国王要去圣丹尼斯大街,②到基督受难兄弟会看神秘剧③。

---

① 据说鲁斯贝克战胜前,查理六世曾梦到一头鹿。根据朱维纳尔的记载,查理六世梦中的这头鹿长有12个翅膀,身后还跟着一只猎鹰。
② 原文法语:Rue Saint-Denis。
③ 基督受难兄弟会(die Passionsbrüderschaft):普通教徒团体,1402年得到查理六世的特许,能在舞台上表演之前一直被禁止的圣经神秘剧。查理六世在位期间,他们主要在圣丹尼斯大街的三一医院(Trinitätshospital)演出。兄弟会成员是法国历史上第一批得到官方认可的演员,国王的资助事实上极大地推动了法国戏剧的发展。

这些日子里，国王充满微弱的意识。如果当时有画家在为天堂中的此在寻找依据，那么国王立在卢浮宫高旷窗楣下的安静形象就是无与伦比的完美典范。他翻看着克里斯蒂娜·德·皮桑①献给他的一本小书，书名是《漫长的求学路》②。他不去读讽喻议院的博学论战，议院假定的前提是，一定能找到有资格统治世界的王侯。③在他这儿，书总在最简单的地方打开：那里说的是心，13年来，心就像在疼痛火焰上灼烧的烧瓶，只想为眼睛蒸馏出苦涩的水；④他懂了，只有幸福远去、永远不再之时，真正的慰藉才会开始。再没有什么比这种安慰离他更近。他的目光仿佛在凝视对面的桥，他却想透过她被坚强的库迈⑤感动、走上伟大道路的心，看一看彼时的世界：义无反顾的大海，尖塔林立的陌生城市，被远方的触摸裹起，群山心醉神迷的孤独，被可怕的怀疑探索的天空，那时它刚刚闭合，就像婴儿的囟门。

有人进来他就会大吃一惊，他的精神也慢慢蒙上雾气。

---

① 克里斯蒂娜·德·皮桑（Christine de Pisan, 1364—1430），文艺复兴时期威尼斯诗人，一生的大部分时间在法国度过。其父为查理五世的皇家占星师。
② 1402年皮桑把她的书《漫长的求学路》（*Le Chemin de long éstude*）献给查理六世。
③ 皮桑曾在书中讲过一个梦，梦中女预言家希比拉带她升天，她因此听到一场辩论，讨论和平以及谁是世间最好的国王。
④ 皮桑还在书中描写过她的婚姻、她的寡居生活和长达13年的悼期。
⑤ 指库迈的希比拉（Sibylle von Cumäa），古希腊女预言家。

他允许别人把他从窗边带走,让他做其他事情。他们教会他养成习惯,在插图前呆上几个小时,他也愿意这样,让他伤心的只是,翻阅时眼前不能同时有许多张图,它们被固定在大开本的书里,无法互相移动。于是有人想到已被彻底遗忘的纸牌游戏,呈献此物者博得了国王的宠信;这些卡片正合他的心意,它们五颜六色,能各自移动,又满是图像。① 打牌在宫廷中风靡一时,国王却坐在他的图书馆里一个人玩。他会把两张王牌并列翻开,就像最近上帝也把他和文策尔皇帝② 放在一起;有时候死了一个皇后③,他就在她上面覆盖一张红桃 A,仿佛是块墓碑。游戏里有好几个教皇,④他并不惊

---

① 1392 年宫廷画师格林戈诺尔(Jacquemin Gringonneur)为查理六世绘制了三副的纸牌,据说这种纸牌游戏是被瓦伦丁娜·维斯孔蒂从米兰带入法国宫廷的。有人认为现存于法国国家图书馆中的 17 张古牌就是出自格林戈诺尔之手,它们被视作具有预言功能的塔罗牌的雏形。

② 文策尔一世(Wenzel I):神圣罗马帝国皇帝查理四世(波希米亚的"卡莱尔一世",Karel I)之子。波希米亚国王(1378—1419 年在位,称瓦茨拉夫四世,Václav IV),神圣罗马帝国的君主(1378—1400 年在位)。

　　14 世纪天主教教廷从罗马迁移至阿维尼翁,后来出现两地各立教宗的情形,史称"大分裂"(das Schisma,1378—1417 年)。1397 年查理六世曾与文策尔一世在兰斯(Reims,法国国王加冕处)会谈,商讨解决教会大分裂、恢复一个教皇的事宜。然而,不论罗马教皇博义九世(Boniface IX,1356—1404 年,大分裂后第二位驻罗马的教宗)还是阿维尼翁教皇本笃十三世(Bendikt XIII,1328—1423 年)都拒绝接受调停。查理六世继而强令阿维尼翁教皇退位,本笃十三世拒绝接旨,把自己封锁在教皇宫中。国王随后出兵围剿,围攻阿维尼翁之战长达 5 年之久,直到 1403 年本笃十三世出逃。

③ 1398 年查理六世的祖母布兰ச皇后去世,1409 年查理六世的女儿、英格兰王后、理查德二世的寡妇伊丽莎白去世。

④ 此处暗示的是大分裂时期同时存在两个教皇的状况。

讶；他在对面桌边建起罗马，而这里，在他的右手下，是阿维尼翁①。他不在乎罗马，不知为何他把它想成是圆形的，也没有再深究下去。但他熟悉阿维尼翁。几乎不用想，他的记忆就能复制出密不透风的巍峨宫殿②，并过分紧张起来。他闭上眼睛，不得不深深地呼吸。他怕晚上会做噩梦。

总体上说来，那真的是一件让人平静的事，他们总让他玩牌，这么做是对的。这些时辰坚定了他的信念，他是国王，国王查理六世。不是说他夸大了自己；他认为自己也无非是一张牌，此外再无奢望，但更让他坚信的是，他是一张确定的牌，[183]也许是一张烂牌，被怒气冲冲地打出去，总是输；但永远是同一张：从不是另外一个。然而，如果在这种稳定的自我确认中度过一个星期，他就会觉得心里发紧。皮肤绷住他的额头和颈背，他似乎突然感觉到自己过于清晰的轮廓。当他问起神秘剧，迫不及待地期望它开始时，没有人知道他顺从了哪些诱惑。事情一旦至此地步，他就更多地住在圣丹尼斯大街，而不是圣保罗宫了。

被上演的诗篇，其灾难性在于，它总是被不断地补充、扩

---

① 阿维尼翁（Avignon）：法国东南部城市。
② 指阿维尼翁的教皇宫，由教皇本笃十二世（Benedikt XII）修建，于1362年竣工，前后共有7位教皇在这里居住。里尔克曾于1909年9月参观教皇宫。
"密不透风"一词原文为hermetisch，指不透气、不漏水的，可能是暗指上文注释中提到的围攻阿维尼翁之战，查理六世因此"紧张起来"。

张,生长成千万诗行,以至于诗里的时间最后成了真;就好像用地球的尺寸制造了一架地球仪。地狱在空荡荡的看台①下,看台上方立柱旁没有栏杆的楼厅意味着天堂的高度,看台只是为了削弱幻象。因为,事实上,这一个百年已经把天堂和地狱世俗化:靠这两种力量,它才坚持下来。

那是阿维尼翁教廷时期②,上一代人已身不由己地逃聚到若望二十二世③身边,在他之后不久,他任职教皇的地方就兴建起宫殿的主体,封闭,厚重,如同一切居无定所的灵魂万不得已时急需的肉身。④ 他自己,这个矮小、敏捷、智慧的老人⑤却还住在外面。一到这里,他就开始全面行动,又快又狠,毫不迟疑。⑥ 可他的餐桌上放着用毒药调味的菜肴;[184]第一杯酒总得倒掉,因为司酒官从杯中取出独角兽角

---

① 原文法语:Estrade。
② 1303年,法王腓力四世打败教皇博义八世、将其凌辱至死,不久后扶植法国波尔多主教克雷芒五世当选教皇,并于1309年把教廷从罗马迁往阿维尼翁。此后的七任阿维尼翁教皇都是法国人,都依附于法王,并把整个教廷和红衣主教团都置于法国的控制之下。历史上把教廷在阿维尼翁沦为法王工具的这一时期称作"阿维尼翁之囚"(1309—1378年)。
③ 教皇若望二十二世(Johannes XXII,1245—1334,1316—1334年任教皇)是第二位阿维尼翁教皇。
④ 若望二十二世的下任教皇本笃十二世建造了阿维尼翁的教皇宫。里尔克对丹麦语译者容函斯解释此处:"由于灵魂需要一个立足之地,迫不得已中迅速出现了一个肉身。"
⑤ 1316年若望二十二世当选为教皇时已是71岁高龄。
⑥ 若望二十二世曾写信给他的诸位主教,遍举魔法、下毒等种种方法以消灭他的所有敌人。

时,它变了色。① 有人为了毁掉他给他做了蜡像,这位古稀老人无可奈何,不知要把它们藏在哪,只好随身携带;刺穿蜡像的长针划伤他,本可以把它们融掉,他自己却对这神秘的肖像②深怀恐惧,他违背着自己强大的意志,多次臆想他本人也会像火边的蜡一样,消失殆尽。然而,恐惧只是让他缩小的身体更干枯,更坚韧。可是,如今竟有人胆敢对他帝国的身体下手;格拉纳达的犹太人被煽动起来消灭所有基督徒,这一次他们买通可怕的执行者。从第一波谣言起,就没有人怀疑麻风病人的攻击;已经有几个人看到,他们把捆扎着恐怖烂肉的布条扔入井中。③ 他立刻认为此事有可能,这并非出于轻信;相反,信仰太重,重得从颤抖的手中掉落,一直坠入井底。热忱的老人不得不再次提防毒药入血。在迷信发作期,他为自己和身边的人写了三钟经④这张处方,以对抗晨昏梦影中的魔鬼;如今每天傍晚,这个极度不安的世界都会响起让人平静的祈祷。除此之外,他还发出教谕和信函,可它们与其是良药,

---

① 胡莱维奇问卷中里尔克解释:"检验食物是否被下毒。放在大人面前的碗上,常常用一条链子挂一块独角兽角,吃食物或喝饮料前,人们把它浸入其中;人们相信,如果菜肴或者饮料被下了毒,它就会变色。司酒官,是的,法语:échanson。"
② 原文拉丁语:simulaker,指蜡像。
③ 1321年广为流传的谣言:格拉纳达的穆斯林头领委托犹太人向基督徒复仇。犹太人则收买麻风病人,让他们污染井水。
④ 三钟经(das Angelus):若望二十二世把当时只在傍晚敲响的钟声和祈祷改为每日三次。

莫若是加了香料的酒。皇权①并不在他的治疗范围内,他却不厌其烦地累积着它病入膏肓的证据,[185]人们也已经从最遥远的东方②前来求助于这位霸道的医生。

此时却发生了难以置信的事情。万圣节那天,他比往常更慢、更热情地布了道;出于某种突如其来的需要,似乎是他想自省,就说出了他的信仰;他竭尽全力,把它从85年③的神龛中缓缓取出、放在布道台上:这时,他们却对他吼起来。整个欧洲都在叫嚣:这个信仰罪大恶极。④

于是教皇消失了。他整天一动不动,跪在祈祷室里,搜寻损害了自己灵魂的行动者的秘密。终于,他被沉重的内省搞得精疲力竭,现身收回了原来的话。他一遍又一遍撤销自己的信仰。这已经成为他精神上衰老的激情。他甚至会在夜里叫醒红衣主教,和他们谈一谈他的悔恨。也许,让他的生命过度拖延下去的,只是想对拿破仑·奥尔西尼⑤屈尊妥协的愿望,可后者憎恨他,根本不想来。

---

① 指德国皇帝巴伐利亚的路易(Ludwig der Bayer, 1314—47),后为神圣罗马帝国皇帝路易四世,若望二十二世多次干涉他的皇权。
② 俄国人和亚美尼亚人求助于教皇,以对抗土耳其人。
③ 教皇布道这年正好85岁。
④ 若望二十二世在1331年11月1日讲解教义时,说蒙福信徒只能在末日审判后才可能见到上帝,这一见解被指控为异端。1334年12月3日若望二十二世撤销此说。
⑤ 奥尔西尼(Napoleon Orsini):帝党红衣主教,若望二十二世的反对者,出身罗马最显赫、古老的家庭。若望试图与之和解,但未果而死。

卡奥尔的雅克①撤回了他的信仰。或可以认为,上帝本人也想证明他错了,所以此后不久上帝就让利尼伯爵的儿子②出场,他在尘世中等到成年,似乎只是为了作为男人呈现天堂里灵魂的色身。许多在世的人还能回忆起这个担任红衣主教的清新男孩,想起他一步入少年就成为主教,刚满 18 岁就在圆满的狂喜中死去。③ 有人遇见了曾经的死者④:他墓冢旁的空气还久久拂着尸体,空气里是得到解脱的纯净生命。[186]然而,在这早熟的神圣中不是也有某种绝望吗? 这个灵魂在时间的染缸里浸泡得恰到好处,好像只是为了把它纯净的织物染成耀眼的猩红,这不是对所有人不公吗? 当年轻的王子从尘世纵身跳入激情的升天之旅,人们难道没有感觉到某种反冲力吗? 发光者为何不能留在艰难挑灯的人群中? 若望二十二世宣称,末日审判前没有完满的极乐,任何地方都没有,哪怕在圣灵那里,难道不正是黑暗让他如此断言? 此世困厄颠倒,却幻想某处已有沐浴着上帝之光的脸;倚靠天使,凭着有朝一日会成为他的不竭希望而自足,这实际上又包含着多少一厢情愿的隐痛?

---

① 即若望二十二世,他的受洗名为雅克·杜埃兹(Jacques Duèse),籍贯在在法国南部的卡奥尔(Cahors)。
② 利尼伯爵之子(Pierre de Luxmbourg-Ligny, 1369—1387):11 岁成为红衣主教,18 岁死后称圣。
③ 胡莱维奇在问卷中提问:"在圆满的狂喜中死去,指的是谁?"里尔克答:"还是那个年轻的利尼伯爵,他的形象中,青春的幸福和为上帝狂喜的惊人的澎湃之力合二为一。"
④ 此处指圣人死后在天堂复活。

图5 查理六世的纸牌:国王(左)和教皇(右)[①]

---

① http://www.clubedotaro.com.br/site/h23_15_gringonneur.asp

62

此时我坐在寒夜中,写着,知道这一切。我知道这些,也许是因为小时候遇到了那个人。他很高,我甚至相信他一定会因为高大引人侧目。

虽然不大可能,我还是成功地在傍晚独自离开了家;我跑着,绕过街角,就在那一刻撞到他身上。我不明白当时发生的事情怎么会在五秒内结束。讲得再紧凑也要耽搁很久。我冲向他的时候把自己弄疼了;我很小,没哭就已经不错了,我在无意识地期待着被安慰。他什么也没做,我以为他很尴尬;我猜他可能是没想到能解决此事的合适玩笑。[187] 我已放松下来,想帮帮他,要这么做就得看他的脸。我说过,他很高。他没有按照常理向我弯下腰,因此他所在的高度让我始料未及。面前依旧只有他西装的气味和我感觉到的衣料的特殊硬度。突然就出现了他的脸。是怎样的?我不知道,也不想知道。那是一张敌人的脸。紧挨着这张脸,在那双可怕的眼睛的高度上,是他举起的拳头,就像第二个脑袋。我还没低下头就已经跑开;我从他左边绕过去,一直跑进下面一条空荡荡的可怕小巷,一条陌生城市中的小巷,一座什么都不原谅的城市。

当时经历的,现在我懂了:那是沉重、庞大、绝望的时代。在那个时代,两个和解的人彼此亲吻,却只是给围立四周的杀手发出信号。他们喝同一杯酒,大庭广众中骑同一匹马,到处都在传说他们夜里同榻而卧;可这一切动人之外,他们彼此的憎恶却步步紧逼,只要一个人看到另一个搏动的血管,就像看到癞蛤蟆一样涌起病态的恶心。① 在那个时代,一个人会因为弟弟得到更多的遗产而袭击他、囚禁他;虽然国王为受害者说情,还给他自由和财富;虽然在后来的命运中,长兄无暇他顾,准许他清净,并在信中悔过自己的不义。可是,尽管这一切,被释放的囚徒再未清醒。那个世纪表现出来的他,穿着朝圣者的衣服从一个教堂走向另一个,[188]不停地杜撰着古怪的誓言。他挂着护身符,喃喃地对圣丹尼斯②的僧侣们说出他的忧虑,他们的账簿里详细登记着他认为最好献给圣路易(der heilige-Ludwig)的百磅蜡烛,关于他自己的生活却只字未留。终其一生,他感觉哥哥的嫉妒和愤怒如狰狞的星盘压住了他的心。③ 那位让所有人钦佩的富瓦伯爵加斯东·福布斯④不是

---

① 指勃艮第公爵无畏的约翰与奥尔良公爵路易。见本书61节注释。
② 圣丹尼斯(Saint-Denis):巴黎北部的修道院。
③ 胡莱维奇问卷中里尔克解释:"所有这些地方都是指国王为了让奥尔良公爵和他的敌人无畏的约翰和解所作出的努力,后者最后让人杀了前者。他尽可能想出看得见的行为:就像亲吻、同杯而饮、骑同一匹马,但如此和解的可怕正在于,这些亲昵进一步加深了二者的仇恨。诸如此类的和解还有,比如,因遗产纠葛而相互迫害的兄弟;我不知道这里说的是谁。受到兄长嫉恨的那个人不得安宁,就算另一个已经认识到自己的不义,宣称离他远去。即便如此,兄长的恼怒和嫉妒还是星辰般悬在已被追杀很久的人头上;终其一生他都是被追杀的人:'他得不到自己的生活。'"
④ 富瓦伯爵加斯东·福布斯(Graf von Foix, Gaston III Phöbus, 1331—1391),14世纪最伟大的骑士形象之一,是他那个时代的大领主。

也公然杀死了他的表兄、英国国王派驻在卢尔德的上尉埃尔诺特?① 可是比起那桩残忍的意外,这明晃晃的谋杀又算得了什么? 在暴怒的谴责中,他那只出了名漂亮的手划过躺下的儿子裸露的咽喉,却没扔掉手中锋利的指甲刀。房间里很暗,得点着灯才看得到血,它那么古远,现在却要永远离开一个尊贵的家族,因为它正从微小的伤口里悄悄流出,离开那奄奄一息的男孩。②

谁能够强而不杀? 在那个时代,谁不知道最极端的事情

---

① 埃尔诺特(Ernault)是富瓦伯爵加斯东三世的表兄,他奉英国国王之命据守卢尔德(Lourde),并保证不把该城城堡交给任何人。后来加斯东邀请埃尔诺特到家中做客,要求他交出城堡,埃尔诺特拒绝,富瓦伯爵大怒,随后杀死了他。

② 胡莱维奇问卷中里尔克的解释:

"至于富瓦伯爵加斯东·福布斯,我希望您能花点时间,查阅一下傅华萨(Froissart)出色的编年史中关于他的段落;Bouchon(1865)年的版本(*Les Chronique de Sire Jean Froissart*)或者早一点的(*Panthéon Littéraire*)在多数大图书馆里都能找到,它们总是生机勃勃,值为内心观照提供无法超越的丰富且真实的材料。这里提到的场景是,公爵怀疑他的儿子策划了一场谋杀(他也许是毫不知情地成为了别人的工具),失手杀了他。这个孩子被锁进房间,绝望地扑倒在床上,脸朝着墙壁。公爵走进屋子的时候满心都是怀疑和愤怒,认为男孩一动不动地背对着他是在挑衅,为了让他转过身来,公爵抓住他的脖子,却忘了放下手中的指甲刀,直到刀锋刺穿男孩的动脉他才发现。但这些什么也没说,什么也补充不了。残片式的,每个插曲都有各自的任务,在手记里如马赛克一般相互补充。

"要整体接受这本书,而不是在细节上一一补充。唯如此,一切才会显现出真正的重音和交叠之处。我希望,您能在波兰版被授予最终'出版许可'之前,等一下法文版的手记。法文版非常负责,这种语言的明确性和逻辑或可帮助您理清个别仍然有疑问的地方的意思,特别是某些词句间的关系。我相信,德语中让您困惑之处,在那里不会产生误解了。我十分信任这个法语版,圣诞之前就会出版。"

避免不了？白日里偶然与谋杀者意味深长的目光相接,就来了奇怪的预感。他退回去,把自己锁起来,写出遗嘱,最后安排好柳枝编成的担架、塞莱斯廷僧袍①和洒灰仪式。陌生的吟游诗人②出现在他的宫殿前,他们的声音与他朦胧的预感不谋而合,他于是阔绰地大肆封赏。狗抬起头,目光里全是怀疑,它们在等待中愈发不安。③ 终生信奉的铭文④无声地显露出另一种明显的新义。[189]一些经年的积习似乎已陈腐不堪,却再也养不出新习惯去替代。计划设定下来就大致应付一下,却不会真正相信;某些回忆却反而出人意料地生死攸关。傍晚,在火旁,他想把自己交给回忆。可外面再也不认识的夜却一下子震耳欲聋。经历过那么多野外或险夜的耳朵分辨得出每一片静寂。可是这次不同。不是昨天和今天之间的夜:不是一夜。夜。⑤ 高贵的神主,⑥然后复活。这时候去赞美情人也无济于事:她们已在所有的晨曲⑦和恋歌⑧中面目全

---

① 教皇塞莱斯廷五世(Cölestin V)设计的修会僧袍。
② 原文为 Minstrel,指 13 到 16 世纪非骑士出身的行吟诗人。
③ 傅华萨在《见闻录》中反复强调,富瓦伯爵喜爱诗歌和狗,对行吟诗人总是非常慷慨。
④ 原文为 Devise,指氏族纹章上的铭文。
⑤ 象征着死亡的夜不是有具体日期的某一夜,而是夜本身,是它的黑暗和静寂,是它的无情和陌生。
⑥ 原文法语:Beau Sire Dieu。是祈祷开始时的句子。
⑦ 晨曲(Tagelied):12 到 14 世纪出现的一种特殊题材的宫廷恋歌,描写破晓时情人的分别,也译为破晓惜别歌。
⑧ 恋歌(Diengedicht):宫廷骑士文学的一种,主题为骑士对于一位通常已婚的、地位比他高的女性的敬仰和爱慕。

非，在冗长的艳词下不可理解。最多，在昏暗中，一个私生子完整的、女性的仰望。①

然后，宵夜之前，思考着银质盥洗池中的手。② 自己的手。是否与她③有关？一种顺序？一种抓和放之间的承接？不。一切都既正又反。一切都在相互抵消。情节，是没有的。

没有情节，除了在兄弟会④那里。国王看到他们如何摆姿势，便亲自为他们撰写了特许状。他称他们为亲爱的兄弟；从未有人让他感到如此亲近。他们得到书面批准，可以按剧中的意思和世人打交道；国王惟愿他们能感化众生，将

---

① 胡莱维奇问卷中里尔克解释：
"这一切，以弱音，表现出当时某位预感到自己将会被谋杀的人的内心独白。他殷勤地想到上帝，想到复活。生命尚存，它古怪的空虚和遥远，它不知如何就发生了的失效，击溃了他。[……]他再也无法自鸣得意于种种风流韵事；那些女人的形象变得模糊不清，好像被恋歌和诗篇挡住了（晨曲——alba，恋歌——Serventés，行吟诗人的情诗形式，在效忠关系中对为之献身的贵妇而唱。）。只有私生子，那是他爱过的女人的孩子，在他仰望着的时候（他也并不在场，甚至他的目光也只是在回忆中）她的目光又回来了，他再次认出了她。
"这一切，千万千万，不要在您的文本中被说明、被解释。唯独要被唤醒的是这种心绪；您想，它在一个 14 或 15 世纪的绅士心中发酵，他的整个人、他的身体和几个世纪把您与之隔开。"
② 指富瓦伯爵在傍晚洗手时死去。
③ 指上文中私生子的目光让他想起的曾经的爱人。
④ 此处"兄弟会"的原文为 die Missionsbrüderschaft，指布道兄弟会，不同于前文的基督受难兄弟会（die Passionsbrüderschaft），这可能是里尔克的笔误。因为基督受难兄弟会成立于 1402 年，而布道兄弟会则是成立于 1625 年的另一个组织。

世人卷入他们轰轰烈烈的行动和秩序。至于国王自己，他是那么渴望向他们学习。[190] 他不是和他们如出一辙地挂着符号，穿着有意义的衣服？看到他们，他就相信这一定学得会：来和去，讲话和换位，全都确定无疑。无比巨大的希望笼住他的心。在三一医院这灯火明灭、古怪暧昧的大厅里，他每天坐在最好的位子上，激动地站起身，像小学生一样聚精会神。其他人哭了；他内心充满闪烁的泪水，却只是紧握住冰冷的手，忍过去。有时候，最极端的情况，一个约定好的演员突然离开他伟大的目光，他仰起脸，大吃一惊：他在那里多久了？圣米迦勒阁下①，在上面，在护栏边，穿着镜子般明亮的盔甲。

这种时候他就站起身来。他环顾四周，好像马上要做一个决定。他几乎领悟到这情节的反面：伟大、不安、世俗的受难，他也在这受难剧中演着戏。可一下子就过去了。一切都无意义地动着。明晃晃的火炬向他移来，在穹顶投射出无形的影子。② 不认识的人撕扯着他。他想演戏：却说不出话，他

---

① 大天使米迦勒常与魔鬼斗争，是耶稣受难剧中常常出现的人物。
② 国王在神志不清的时候（一切都无意义地动着）想起了一桩灾难：1393年的一次婚宴上，国王和宫廷臣仆化妆为野人。年轻的奥尔良公爵很想知道这些人到底是谁，于是拿着火把走近他们。化妆服起了火，四个人被活活烧死，国王则被救了下来。为了平息谣言，国王次日在教堂现身，安抚听闻此事的巴黎民众。第61节手记中所写的"平民们于是渴望见国王"可能就是指这件事情。

的动作表现不出任何姿态。他们那么古怪地在他身旁挤来挤去,他突然想到应该背上十字架。他想等他们拿来它。可他们更强大,慢慢地把他推了出去。

63

外在的许多都变了。我不知是怎样的。但内里,在你面前,我的上帝,在面对你的内里,观众们:我们不是没有情节了吗?[191]我们大概发现,自己对角色一无所知,我们在找一面镜子,想卸下脂粉,去掉伪装,真实起来。然而,一块忘记的伪装还黏在身上某处,一丝夸张还留在眉间,我们没有发觉,我们的嘴角是扭曲的。我们就这样四处游荡,是笑柄,是残半:既非在者,亦非演员。

64

那是在奥朗日剧场①。我没有仔细往上看,就从看守的小玻璃门走了进去,只意识到当时剧场正面粗粝大石的断痕。我发现自己在倒卧的柱身和低矮的蜀葵之间,有一瞬间

---

① 奥朗日(Orange)的古罗马圆形露天大剧场,始建于公元1世纪。里尔克在阿维尼翁期间(1909年9月22日—10月8日)曾到此地参观。

它们遮住了贝壳般张开的观众席坡面,观众席躺在那里,被午后的影子切割开来,如同一面凹陷的巨大日晷。我快步走去。在一排排坐席之间往上走,感觉自己在这样的环境里越来越小。上面,稍高处,几个陌生人在懒散的好奇里七零八落地站着;他们的西装清晰得刺眼,比例上却微不足道。他们看了我一会儿,惊讶于我的渺小。这让我转过身去。

啊,我竟毫无准备。演戏了。上演的是一出磅礴的、超人的戏,是那巍峨幕墙的戏,它分为垂直的三段出场,因巨大而隆隆轰鸣,几乎毁灭性地,突然限制住无限。

我在喜悦的震撼里走去。那高耸之物的影子是脸的形状,黑暗汇聚在正中的嘴巴里,[192] 上方为界的墙檐仿佛均匀的鬓发:这是强大的、伪饰一切的古面具,世界在它后面合并成脸。此地,这巨大、弯转的圆形坐席上,弥漫着一种等待的、虚空的、吮吸着的此在:一切事件都在对面发生:神和命运。从那里,(如果抬头仰望)从墙垣穹棱之上,轻轻地出现了:天空的永恒入场。

这个时刻,我现在懂了,把我永远地排除在我们的剧院之外。我在那能做什么?墙垣(俄国教堂里的圣像墙①)被拆除,因为人们再也无力让气体的情节穿透它的坚硬,压榨出浑圆沉重的油滴,在这样的戏台前我能做什么?如今,剧本

---

① 教堂中殿与圣台之间的隔墙。

穿过舞台大孔隙的粗筛零落成碎片,堆积起来,够多了就清理掉。街道上和房屋里也同样是这荒芜的真实,只不过舞台在一夜之间比别处集中了更多。

(让我们坦率一点吧,我们没有戏剧,一如我们没有上帝:那需要共性。人人都有他特殊的想法和恐惧,他让别人看到有利于他、符合他心意的那些。我们不断稀释着我们的理智,使之铺展出去,却不再呼唤一堵共同困境的墙,然而只有在它之后,不可理解的东西才有时间积聚、绷紧。)*写于手稿边缘

65

倘若我们有戏剧,那么你①,你这悲剧者,是否还会一次次如此纤细、如此纯粹、毫无角色借口地站在那些以你展现的痛苦满足自己急切好奇心的人前?[193]你这无言以表的动人者,你早已预见到苦难的真实存在,那时在维罗纳②,你几乎还是个孩子,演着戏,身前举着纯净的玫瑰,仿佛那是一张会把你藏得更深的面具。

---

① 爱莲诺拉·杜丝(Eleonora Duse,1859—1924),20 世纪初最著名的女演员之一。1906 年 11 月 6 日在易卜生的戏剧《罗斯莫庄》(*Rosmersholm*)中里尔克第一次见到她,次日信中还提及她在《群鬼》(*Gespenster*)中的演出。但直到 1912 年 7 月里尔克才真正认识她本人。
② 维罗纳(Verona):意大利北部城市。

的确,你是演员的孩子,你的同行演戏时只想被看到;可你与众不同。这份职业对于你就像修女身份对于玛丽安娜·阿尔科弗拉多,她没有意识到那是一种致密且长久的伪装,能让她以不可见的极乐者极乐时的迫切肆无忌惮地悲伤。① 不论你去哪个城市,他们都在描写你的姿势;可他们不懂,你一日日更加无望,你一次次提起诗,好像它能保护你。你用你的头发、你的双手、用任何一个致密的物体挡住透光之处。你对着透明物呵气;你把自己变小;你像孩子那样藏起来,发出短促、快乐的呼声,最多只有天使才能找到你。可是,如果你小心翼翼地抬头看看,就不会怀疑,他们,那些丑陋、空洞、眼睛般的房间里的所有人,一直都在看着你:你,你,你,再无其他。②

你想屈臂伸向他们,用手势抵挡邪恶的目光。你想夺回被他们折磨的脸。你想成为你自己。与你同台的人失却了勇气;仿佛有人把他们与一头雌豹关在一起,他们沿布景爬行,说该说的话,只为了不激怒你。你却把他们拉出来摆到前面,真实般对付他们。[194] 松动的门,骗人的帷幕,没有背面的物体,它们却把你逼入矛盾。你感觉自己的心正不可阻挡地升向庞大的现实,你惊恐忐忑,再次试图摆脱他们晚

---

① 关于玛丽安娜·阿尔科弗拉多,参见第 39 节注。
② 杜丝的情人邓南遮(Gabreile d'Annunzio)曾把他们的恋情写入小说公之于众,观众并不在乎杜丝的艺术,而是她个人的隐私。

夏游丝般长长的目光——：可他们却爆发出掌声，因为他们害怕极端：就像要在最后一刻转身，避开将强迫他们改变生活的东西。

66

被爱者活得拙劣且危险。唉，如果他们能超越自己，成为爱者。纯粹的安全感笼罩着爱者。无人再怀疑她们，她们也无法背叛自己。秘密在她们心中变得神圣，她们夜莺般完整地喊出，它不会四分五裂。她们为一个人悲诉；但整个自然都与她们一致：那是为永恒者悲诉。她们奔跑着追赶迷失者，可在第一步就超越他，她们前面只有上帝。她们的传奇是碧布莉丝，她追逐考努斯直到吕基亚。[①] 心的汹涌驱使她长途跋涉寻找他的足迹，最后她终于力竭；可她天性如此澎湃，倒下去，在死亡的彼岸重生为泉水，奔流着，奔流着的泉水。

那个葡萄牙女人[②]又有什么不同：她的心里不是也成了泉水？你呢，爱洛漪丝[③]？你们呢，爱着的人，你们的悲诉向

[①] 据奥维德《变形记》记述，太阳神阿波罗的孙女碧布莉丝（Byblis），爱上了自己的孪生兄弟考努斯（Kaunos），考努斯无法接受碧布莉丝的爱而逃离。碧布莉丝跋山涉水一路追寻到吕基亚（Lykien），气力耗尽，倒地不起，哭泣不止，最后被变成一眼永不干涸的清泉。
[②] 参见第 39 节注。
[③] 参见第 58 节注。

我们传来:伽斯帕拉·斯塔姆帕①;冯·第伯爵夫人②和克拉拉·德·安迪兹③;路易丝·拉贝④,马赛琳娜·德波尔德⑤,艾丽莎·梅尔科尔⑥?可是你呢,可怜的草率的阿伊斯⑦,你已经犹豫、屈服。[195]疲惫的朱莉·勒斯皮纳斯⑧。快乐宫苑里的绝望传说:玛丽-安娜·德·克莱尔蒙⑨。

我还一清二楚,有一次,很久之前,在家里,我找到了一个首饰盒:它有两只手么大,扇形,深绿色的摩洛哥皮革中

---

① 参见第39节注。
② 冯·第伯爵夫人(Gräfin von Die):13世纪初波蒂埃(Poitiers)的威廉二世的夫人,她爱上了吟游诗人奥朗治的朗波(Raimbaud),保留下来的她的抒情诗中有四首是写给后者的。
③ 克拉拉·德·安迪兹(Clara d'Anduze):13世纪普罗旺斯女诗人,她的诗只保留下一首。
④ 路易丝·拉贝(Louise Labbé,1525—1566):文艺复兴时期的法国女诗人。里尔克曾经翻译过她的24首彼得拉克风格的十四行诗。
⑤ 马赛琳娜·德波尔德(Marceline Desbordes,1786—1859):法国女诗人,她在诗中记述了自己的不幸婚姻,以及她对作家拉图什(Henri de Latouche)的无望之爱。她是巴尔扎克的朋友,据说她就是小说《贝姨》中主人公的原型。茨威格(Stefan Zweig)还曾为这位女诗人写过传记(*Marceline Desbordes-Valmore. Das Lebensbild einer Dichterin*)。
⑥ 艾丽莎·梅尔科尔(Elisa Mercœur,1809—1835):法国女诗人。
⑦ 阿伊斯(Aïssé):法国女作家夏洛特·海蒂(Charlotte Haydée,1694—1733),她4岁的时候被养父在君士坦丁堡的奴隶市场买下,后来成为巴黎沙龙的核心人物。她的书信集出版于1787年,里尔克于1908年11月读过此书。
⑧ 朱莉·勒斯皮纳斯(Julie Lespinasse,1732—1776):里昂女诗人,在巴黎有自己的沙龙,以情诗闻名,她与吉伯特伯爵(Grafe Guibert)的通信发表于1906年,里尔克在1907年6月读过。
⑨ 玛丽-安娜·德·克莱蒙(Marie-Anne de Clermont,1679—1741):克莱蒙公主,新婚不久其夫丧命于猎鹿途中。

嵌入花卉镶边。我打开它：是空的。如今过了这么久，我可以这样说。可打开它的当时，我只看到，什么构成了空：是天鹅绒，小山般微凸的不再新鲜的浅色天鹅绒；是首饰槽，多了一丝忧郁的明亮，空空地，在里面展开。这只持续了一刹那。可对于那些退缩不前的被爱者，也许它永远如此。

67

往回翻你们的日记。入春前后，不是总有一段时间，突然绽放的新的一年仿佛是对你们的责备？你们愿意快乐，可当你们走出去，踏入旷远的野地，外面的空气中就出现一种陌生，再往前走就不安起来，仿佛在一艘船上。花园开始了；你们却（是这样）把冬天拖进去，还有去年；对于你们，这最多是一种延续。当你们等待着灵魂去参与，却突然感觉到肢体的重量，某种生病的可能性溜入你们敞开的预感。你们把它归罪于太轻薄的衣服，把围巾在肩头裹紧，一直跑到林荫道尽头；然后你们站住，心怦怦直跳，在开阔的圆形广场上，决定与一切统一。但一只鸟叫起来，孤零零地，拒绝了你们。啊，你们一定要死去吗？

也许。我们挺过：年岁和爱，也许这是新的。花果熟了，[196] 就落下；动物感到、找到彼此，就心满意足。可我们，想要制造出上帝的我们，不会完成。我们扩大了天性，我们还需要时间。对我们而言什么是一年？什么是全部？尚未启动上帝,我们已向他祈祷:让我们挺过夜吧。然后是疾病。然后是爱。

克莱门丝·德·布尔日①必然夭折。她超群绝伦,演奏乐器无人能出其右,可最美的却是她的声音,即便只是细语呢喃也让人难忘。她少女时志向高远,一位汹涌的爱者把十四行诗集献给这颗正在上升的心,每一句诗行都余蕴难平。路易丝·拉贝不怕爱的长痛会吓到这个孩子。她让她看到夜里欲望的膨胀;她许诺说痛苦是更广阔的天地;她知道,少女因被期待的冥冥②而美,这远远超越了她经历过的痛。

68

故乡的少女们。夏天的一个午后,你们之中最美的那个在昏暗的图书馆中为自己找到扬·德·图尔奈③1556年印出的那本小书。她把清凉光滑的书册带到外面嘤嘤嚓嚓的果园,或者远处的五色梅,它馥郁的浓香里沉淀着纯粹的甜蜜。她很早就找到它。那是她的眼睛开始注意自己的日子,

---

① 克莱门丝·德·布尔日(Clémence de Bourges, 1535—1561),未婚夫死后,她也而悲伤而死。路易丝·拉贝曾为她写了24首十四行诗。
② 指死亡。
③ 扬·德·图尔奈(Jan de Tournes, 1504—1564),里昂的印书商,1555年出版了路易丝·拉贝的作品。

那时她还会咬下一大块苹果,塞满小小的嘴巴。

[197] 接下来是更善感的友谊时代。你们称彼此为迪卡和安娜克托莉亚,吉莉诺和阿蒂丝①,少女们,这是你们的秘密。也许是一位邻居,一位上了年纪的人,把这些名字透露给你们,他年轻时远游在外,很久就被视作怪人。有时他邀请你们做客,因为他有远近皆知的桃子,或者楼上白色走廊中里丁格②的骑术铜版画,它们被议论得太多,一定得看一看。

也许你们说服他讲了故事。也许你们当中的那个她会请求他取出旧日的旅行日记,谁知道呢?某一天她会从他那套出话来,让萨福零星的诗段来到我们中间,她还刨根问题,直到悉知一件几乎是秘密的事:这个深居简出的人曾喜欢偶尔利用闲暇,翻译这些诗歌的残段。他一定会承认很久没想过此事,译好的那些,他也会保证说不值一提。然而现在,如果这些天真的女孩执意要求,他倒是愿意给她们讲一节诗。他甚至还会忆起希腊语的原文,把它背诵出来,因为他认为翻译什么也给不出,无法让年轻人看到这种沉重的装饰语言在炽烈的火焰中曲折而成的美丽且真实的断痕。

由于这一切,他再次燃起工作的兴趣。对于他,那是些美

---

① 迪卡(Dika)、安娜克托莉亚(Anaktoria)、吉莉诺(Gyrinno)和阿蒂丝(Atthis)都是萨福的女学生或情人。
② 里丁格(Johann Elis Ridinger,1698—1769),德国版画家。

好的、几乎是年轻的晚上，比如更静寂的夜前那些秋天的傍晚。他的小屋久久地亮着。他不会伏案不起，而是常常向后仰靠，为一行反复读过的诗闭上眼睛，它的蕴意就在他的血里散开。[198]他从未如此肯定古典时代。一代代人为之痛哭，好像失去一场他们愿在其中登场的戏，他几乎想对他们微笑。现在，他骤然理解了那个古老大同世界的生机，它似乎包纳了一切人类的工作，崭新且不分先后。对于许多后世的目光，那个始终如一的文化似乎以某种完满的可见性构成一个整体，一段完整的过去，他却没有上当。彼时，天上那一半生活的确与此在的外壳匹配，仿佛两个完整的半球将结合为天衣无缝的金球。但这尚未发生，锁在里面的精神就感觉到，彻彻底底实现此事无非只是寓言；这庞大的天体失却重量，上升到宇宙中，它金色的拱面冷漠地映照出尚不可控之物的悲伤。

他这样思考着，孤独者在他的夜里，思考着，领悟着。他注意到窗台上装着水果的盘子。不由得拿出一只苹果，放在前面的桌子上。我的生活怎会围绕着这只果子，他想。围绕着一切完结之物，未竟之事升起、变大了。

此时，在未竟之事上方，突然出现直跨入无限的微渺身影，对他而言这发生得太快，倘若她们开口，所有人都会认为（按照盖伦①的证词）她们是：女诗人。毁掉和重建世界的渴

---

① 盖伦（Claudius Galenos，约公元前131—前210），著名的古希腊医生。

望,支撑起赫拉克勒斯的伟业,源于存在的极乐和绝望也希望成活,争先恐后地击入她们的心,各个时代因她们心灵的作为得以实现。

[199]他一下子了解了那颗决绝的心,它愿意承担全部的爱,直到尽头。他并不奇怪人们会误解它;在这个根本就属于未来的爱者身上,人们只看到恣肆无度,却看不见计量爱和心灵之苦的新标准。人们依照当初的信念解读她此在的铭文,最终把那被上帝引诱、爱得超越自己却不要任何回报之人①的死归罪于她。也许就连那些受她教育的女友中也有人不明白:她在作为的高处并非怨诉让她拥抱成空的某一个人,而是悲叹那个人不再有可能胜任她的爱。

此时,这位沉思者起身走到窗边,高屋离他太近,如果可能,他想看看星星。他没有自欺。他知道这种感动之所以在他心中萦回,是因为邻居中一个年轻的女孩对他至关重要。他有愿望(不是为自己,而是为她);为了她,他在深夜转瞬即逝的一个时辰里理解了爱的要求。他答应自己不对她说出此情。似乎最多就是独自一人,醒着,因为她而思考那个爱者多么正确:她知道结合什么也意味不了,只是加剧了孤独;她以无限意愿突破了性的尘世目的。她不是在拥抱的黑暗

---

① 这里可能指的是埃拉娜(Eranna),萨福的一个女学生,可能是死于对萨福的爱情。

中掘取满足,而是翻找渴望。两人中一个是爱者,一个是被爱者,她蔑视这种爱,她把孱弱的被爱者带上床榻,用自己把他们灼烧成离开她的爱者。[200]这崇高的分别使她的心成为自然。她在命运之上为老情人唱出新娘之歌;为她们的婚礼添彩;夸张地赞颂她们未来的伴侣,使她们敬神般全心全意地待他,却依然超越着他的光辉。

69

最近几年,阿贝罗娜,我又一次感觉到你,出乎意料地理解了你,我已经很久未曾想过你。

那是在威尼斯,秋天,在那个沙龙里,陌生人来来去去,聚集在一个和他们同样陌生的女主人身旁。人们端着茶四处站着,只要旁边消息灵通的人迅速而委婉地让他们转向门,低声说出一个听上去威尼斯式的名字,他们就喜不自禁。他们对最古怪的名字也有所准备,没什么能让他们吃惊;无论以前见识多可怜,他们都能在这座城市肆无忌惮地沉溺于最夸张的可能性。现在他们允许怪事发生,可惯常的此在中,他们总是把特异和禁忌混为一谈,以至于对奇迹的期待成了他们脸上粗鄙放纵的表情。家中在音乐会或独自看小说时才会偶尔出现的状态,在这种八面玲珑的境况里却成了天经地义,被表现得淋漓尽致。正如他们毫无准备,没有意识到任何危险,就让自己被音乐那肉体般放荡的、几乎是致命的告白引诱,他们对威尼斯的存在也毫不知情,却把自己献给贡多拉①上值得投入的眩晕。一路上恶语相对的老夫妻陷入沉默的和解;[201]理想的疲惫惬意地向男人袭来,她则感到自己年轻了,兴致勃勃地对懒散的本地人微笑着点头示意,好像她的牙齿是糖做的,正在不停融化。如果听一听,就知道他们明天离开,或者后天,或者周末。

那时我就站在他们中间,庆幸自己不会离开。很快就要冷了,他们的偏见和需求中的那个鸦片般温软的威尼斯将和这些恍惚欲睡的外国人一起消失,某一天早上会出现另一个它,真实,清醒,脆得要碎掉,根本不做梦:那是在虚无中、在湮没的森林上凭空发愿,步步为营,终于彻彻底底存在下来的威尼斯。它形销骨立、别无长物,彻夜不眠的工厂推动着它周身运转的血液,而渗透这身体、不断扩张的精神比芳香之国的气息更为浓烈。这个能潜移默化的国家用它赤贫的盐和玻璃交换其他民族的财富。它是这个世界的美丽平衡物,它的每个装饰上都潜藏着神经般分化得越来越精细的能量——这个威尼斯。

我了解它,在自欺的人群里这种意识让我突然感到诸多矛盾,我抬起头,想说出心里话。能想象吗?这些大厅里竟

---

① 威尼斯特有的尖船。

没有一个人在无意识地期待弄清楚环境的本质。没有一个年轻人能立刻明白,这里翻开的不是享乐,而是在任何地方都不会更强硬、更严酷的意志的典范。我四处走着,我的真相让我不安,[202]它在这么多人之中抓住了我,也同时带来它渴望着被说出、被维护、被证明的愿望。我心中产生了一个怪诞的场面,片刻之后我就会因憎恨鼓起掌,对抗所有那些陈词滥调的误解。

在这种可笑的情绪中,我注意到她。她独自站在耀眼的窗前观察着我;其实不是用那双严肃的、若有所思的眼睛,而是用嘴巴戏谑地模仿着我脸上明显是愤怒的表情。我立刻感觉到自己面容上不耐烦的紧张,就换成从容的神态,她的嘴巴也随即变得自然而高傲。接着,微微考虑了一下,我们同时向对方微笑起来。

如果愿意,她能让人想起美丽的本尼迪克特·冯·克瓦伦①某一幅年轻时的肖像,后者在巴格森的生活中扮演着重要的角色。看到她眼中深邃的静寂,人人都会猜想她的声音也一定清澈低沉。另外,她的发辫和浅色衣裙的领口是哥本哈根式的,这让我决定用丹麦语和她交谈。

---

① 本尼迪克特·冯·克瓦伦(Benedicte von Qualen):后嫁入雷温特洛家族,丹麦作家巴格森曾给她大量情书,这些书信保存在博贝整理出版的雷温特洛书信集中。但本尼迪克特本人的回信现存只有写于1797年7月4日的一封。

我还没有走到她身旁,就有人流从另一边向她涌去;我们好客的女伯爵以她温暖、热情的心不在焉,由一群人簇拥着快步向她走来,要把她引到唱歌的地方。我确信,这个年轻的女孩会推辞说没人有兴趣听谁用丹麦语唱歌。她也确实是这样回答的。围在那明亮身影旁的人群更加热切了;有人知道她还能用德语唱。"还有意大利语",[203]一个笑着的声音带着恶意的确凿补充说。我想不出她有什么借口,但我毫不怀疑她会拒绝。劝说的人因长时间微笑而松弛下来的脸已毫不掩饰地表现出他们受到伤害,为了不失体面,女伯爵也已充满同情且庄重地退后了一步。这时,根本没必要,她却妥协了。我感觉到自己因失望而苍白;我的目光里全是谴责,我转过身去,让她看见也没什么好处。她却离开其他人,一下子到了我身边。她的衣裙照耀着我,她温暖的花香萦绕着我。

"我真的想唱"。她用丹麦语在我脸旁说道,"不是因为他们要求,不是为了装样子,而是因为现在我必须得唱。"

她的话突然流露出极度的不耐烦,而刚刚正是她让我从同样的情绪里解脱出来。

她随着那群人走远了,我慢慢地跟过去。可在一扇高高的门前我停下来,让人们推搡着走过去、安顿好。我靠在漆黑如镜的门内侧,等着。有人问我在准备什么,是否有人要唱歌。我装作一无所知。在我说谎的时候,她已经唱了起来。

我看不到她。渐渐地,那种外国人都认为十分正宗的意大利歌曲产生了一个空间,因为他们明显达成了共识。她,唱歌的人,却不相信。她用力抬高声音,唱得太沉重了。从前面的掌声可以知道是什么时候结束的。我又悲又愧。出现了一点骚动,我打算只要有人离开我就走。

[204] 可这时突然静了下来。那是一种刚刚还没有人认为可能发生的静寂;它持续着,紧绷着,现在她的声音在这静寂中升起。(阿贝罗娜,我想。阿贝罗娜。)这一次它有力、饱满,却不沉重;一气呵成,没有裂痕,没有缝隙。那是一首不知名的德语歌。她简简单单地唱着,轻松得让人惊讶,仿佛必然如此。她唱道:

"你,我不告诉你,我在夜里

哭着躺下

你让我疲惫

就像摇篮。

你,你不告诉我,你醒来

为了我:

若繁华无休

我们怎样,

在心中承受?

(稍稍停顿,犹豫着)

你看爱着的人

告白一开始

他们就说谎。"

又是静寂。上帝知道是谁干的。接着人们动了起来,碰撞、道歉、咳嗽。他们已经要进入无处不在的模糊噪声中,她的声音却突然在此刻响起,坚定、宽广、凝练:

"你让我孤独。只有你我才置换

你一会儿是它,又成了声响

或是无尽芬芳。①

啊,臂弯中我失去一切

唯有你,你总会重生:

因我从未阻拦,就抓紧了你。"②

[205]出乎所有人的意料。似乎每个人都屈服在这声音之下。最后她那么自信,仿佛多年以来她就知道,她会在这一刻开始。

---

① 里尔克对容函斯解释:"当你对于我太多的时候,我不把你交给别人,却可以把你换成某种东西,风和大海的声音,一种香气。你是千变万化的,这样我就可以独自一人而不失去你。"
② 里尔克的这首歌词写于1909年12月,背景可能与上文中提到的本尼迪克特·冯·克瓦伦与巴格森的恋情有关。在二人通信期间(1774—1813),巴格森的妻子去世,对于此时巴格森的表白,本尼迪克特在回信气愤地质疑:"真正的爱怎么会在唯一的爱人离开后[……]如此迅速地产生[……]?"巴格森随即声称一切都是误会,之前的话并非爱情宣言,这也可以解释歌词里的"告白一开始/他们就说谎"。

70

以前我有时问自己,阿贝罗娜为什么不把她伟大情感的热量用在上帝身上。我知道,她希求她的爱摆脱任何及物性,可会不会是她真诚的心弄错了,不明白上帝只是爱的方向而非爱的对象?莫非她不知道,无需畏惧,他不会回报爱?莫非她不了解这个高高在上的被爱者的矜持?他从容推延着喜悦,为了让我们这些缓慢的人完成我们的全心。或者,她想避开基督?她怕自己半路上被他拦住,因他而成为被爱者?因此她不愿意想起尤莉亚·雷温特洛?

因上帝的简化①,像麦希蒂尔德②那样单纯、阿维拉的特莱莎③那样冲动、利马的圣罗莎④那样受伤的爱者,就会沉沦,顺从地,被爱,想到这里,我就几乎信了。啊,对于弱者他⑤是救助者,对于强者却不公平;除了无限之路,她们本已

---

① 里尔克对容涵斯解释说:"是的,基督就是'上帝的简化',由于他,通向上帝变得容易,太容易了,对于那些没有他也能抵达上帝的人而言,这太过轻松。"
② 马格德堡的麦希蒂尔德(Mechthild,1210—1282/83):德国神秘主义者,《流溢的上帝之光》(*Das fließende Licht der Gottheit*)的作者。
③ 阿维拉的特莱莎(Therese von Avila,1515—1582):西班牙神秘主义者,1622 年称圣。
④ 利马的圣罗莎(Rose von Lima,1586—1617):秘鲁神秘主义者,1671 年称圣。是利马、秘鲁及南美洲的主保圣女。
⑤ 指基督耶稣。

别无他求，在悬念的天堂之前却又有人向她们走去，用食宿宠溺她们，以男性气概迷惑她们。他那攻无不克的心的透镜再次聚焦起她们本已平行的心灵之光，天使本希望为上帝完整地保存她们，她们却在自己欲望的荒芜里焚毁。

（*被爱意味着燃尽。爱是：[206]用取之不竭的油点亮灯。被爱是消逝，爱是久长。*）* 写于手稿边缘

也有可能，阿贝罗娜晚年时曾试着用心思考，以便悄悄地与上帝直接沟通。我能想象，有一些她写的信会让人想起阿玛莉·伽利卿侯爵夫人①专注的内观；可如果这些信是写给某个与她多年亲近的人，他也许会因她的改变痛苦吧。而她自己：我猜想，她所怕的莫过于那种鬼魂般的变化，人们觉察不到它，因为永远抓不到任何证据，就像那些最陌生的事物。

71

很难让我相信，浪子的故事不是一个不愿被爱的人的传说。还是孩子时，家里所有人都爱他。长大了，他习惯了他

---

① 阿玛莉·伽利卿（Amalie Galitzin，1748—1806）：18世纪的文化名人，早年与启蒙运动的名将伏尔泰、狄德罗等人交往密切。曾在明斯特举办沙龙，赫尔德、拉瓦特、哈曼（Johann Georg Hamann）、歌德等人都是其中的常客。晚年回归天主教，并把启蒙精神引入宗教信仰，强调内心与上帝的结合。雷温特洛家族的书信集中也多次提及此人。

们心的柔软,不知此外还能如何,因为他是个孩子。

少年时他却想摆脱习惯。他说不出口,但整日在外面游荡的时候,他连狗也不愿意带,因为狗也爱他;它们的目光中有关注和同情、期待和担忧;不论在它们面前做什么,都免不了让它们高兴或委屈。那时他以为这是他心里内在的冷漠,有时候在清晨的旷野,冷漠如此纯粹地攫住他,他开始奔跑,要甩掉时间和呼吸,那一瞬他意识到清晨,他不想止于此刻。

[207]尚未出现的生活的秘密在他面前展开。他不禁离开小路,跑进野地,他张开手臂,好像能在这个宽度里同时掌握许多的方向。后来他摔倒在某处的灌木丛后,没有人注意到他。他给自己削笛子,向一只小小的食肉兽砸石头,弯下腰强迫甲虫掉头——一切都不是命运,天空走着,就像在自然之上。终于到了有种种念头午后:是海盗岛①上的海盗②,也不是非当海盗不可;围攻坎佩切③,占领维拉-科鲁兹④;可以是整支军队,或是马上的将军,或是大海中的船:全凭他自己

---

① 海盗岛(Tortuga):位于海地北海岸多岩石的岛屿,是历史上著名的海盗基地。1630年左右,由于劫持西班牙商船而被法国政府驱逐的海盗占领此岛并在此定居。
② 原文法语:Bucanier。
③ 坎佩切(Campêche):墨西哥湾南部城市,由西班牙殖民者建于16世纪,城中保存有殖民时期的城墙,也有更古老的玛雅遗迹。
④ 维拉-科鲁兹(Vera-Cruz):位于墨西哥东南沿海坎佩切湾的西南岸,是墨西哥东岸的最大港口。

感觉。如果突然想要跪下,就立刻成为德奥达·冯·戈丛①,杀死恶龙、接受审判,他热血沸腾,因为这位英雄桀骜不羁、从不屈服。他不遗余力,想法多多益善。即便有再多想象,仍还会有一段只做小鸟的时间,不确定是哪种。然而,得回家了。

我的上帝,竟要摆脱、要忘记这一切;真正遗忘是必要的;否则当他们凑过来,就会泄露自己。不论怎样迟疑不决,怎样四下张望,最后还是出现了山墙。上面的第一扇窗盯住你,也许有人站在那里。等了一整天、越来越焦虑的狗从灌木中冲出,追逼你成为那个它们想要的人。剩下的家会做。只要走进它满满当当的气息,大部分就已经决定下来。小事情还可以改变:[208]总体上你已然是那个他们在这里认可的人;他们早就用他微薄的过去和他们自己的愿望为你制作出生活;那是种公共活动,日日夜夜被他们的爱影响,在他们的希望和猜疑间,面对他们的指责或赞许。

万分小心地上楼也没用。所有人都在客厅里。只要一打开门他们就看过来。他在暗处停下,等他们问话。但却出现了最讨厌的事。他们抓住他的手,把他拉到桌边,不论多

---

① 德奥达·冯·戈丛(Deodat von Gozon):圣约翰骑士团骑士,违禁杀龙后谦卑地服从了大首领的审判,后来得到宽恕。

少人在场,他们全都好奇地探身到灯前。他们可好,全在暗处,唯独他有脸,所有耻辱都随光落在他身上。

他会留下来,自欺欺人地过他们指定给他的似是而非的生活,变得整张脸都和所有人相似?在他意志的敏感真挚和他们毁掉他的粗暴谎言之间,他会把自己分裂开来吗?他的家人只有衰弱的心,他想成为的那个将伤害他们,他会放弃吗?

不,他要离开。比如说,在他们全都忙着用那些一猜就中、能补偿一切的物品为他布置生日餐桌的时候。永远离开。很久以后他才会明白,为了不把任何人置于被爱的可怕境地,当时他曾多么坚定地打算永远不去爱。多年之后,他突然想到,和其他决心一样,这也是不可能的。因为他在孤独里一次又一次爱过;每一次都挥霍掉他全部的天性,每一次都[209]因他人的自由处于无法言说的恐惧。慢慢地,他学会用情感的光透射被爱之物,而不是把它吞噬。被爱者开启了他无尽的占有欲,她们日渐通透的身影让他看到欲望的广阔,他纵溺于这种喜悦。

他渴望自己也这样被照透,否则他怎会彻夜哭泣?可是一个顺从的被爱者远非爱者。哦,无望之夜,他曾经汹涌的馈赠得到七零八碎的回报,因无常而沉重。否则他怎会想起吟游诗人?他们无所畏惧,只怕被回应。为了不重蹈覆辙,他花光所有赚到、攒下的钱。他用粗鲁的交易伤害她们,日日担忧她们会试图接受他的爱。因为他再也不报希望,会遇到穿透他的爱者。

甚至在那种时候,当贫穷每天以新的艰难恫吓他,当他的脑袋成为苦痛的心爱之物而头破血流,当他遍体疮疡,好像睁开应急之眼对抗祸患的黑暗,当他被人丢弃在垃圾前不寒而栗,因为他同样也是废物:即便那时,他想,他最大的惊恐依然是,被回应。在拥抱中一切尽失,比起这致密的悲伤,所有这些阴郁又算得了什么。不是曾在醒来时感到,没有了未来?不是曾经徒然游荡,却无权冒险?不是必须千百次许诺,不会死去?不堪的回忆一次次重现,[210] 要守住一席之地,也许正是回忆的顽固使他的生命得以在垃圾中继续。终于又有人找到他。直到那时,直到牧羊的那些年,他的许多过往才平息下来。

谁去写,当时他经历过什么?哪位诗人能让人相信,当时他日子的漫长会与生命的短暂达成一致?哪种艺术足够开阔,能同时呼唤出他披着斗篷的瘦削身影和苍茫夜色的无际无垠?

那段时间之初,他感到自己平凡无名,像一个迟疑的康复者。除了愿意存在,他再无所爱。羊群低微的爱与他无关;就像光透过云落下,在他四周散开,在草地上柔和地闪烁。羊群以饥饿留下无罪的痕迹,他随之默默地在世间的草原上前行。陌生人在卫城看到他,也许他早已是一位雷堡①的牧人,看着石化的时间战胜高贵的家族,他们用七和三赢得的一切却无法征服星徽上的16道光芒。② 或者,我应该把他想在奥朗日,靠着乡间的凯旋门③休息? 我应在阿利斯康④居住着灵魂的影子里看到他? 那里坟冢敞开,好像

---

① 雷堡(Les Baux):也译为波城,是普罗旺斯小镇,位于阿尔勒山脉核心区域,教皇城阿维翁南部的军事重镇。里尔克1909年9月22日至10月8日在阿维尼翁期间曾到此地游玩。
② 胡莱维奇问卷中里尔克解释:"雷堡:普罗旺斯的风景胜地,牧区,时至今日依然以雷堡亲王的宫殿遗迹著称,在14和15世纪这个王公家族以英勇无畏、以男人的伟岸和女人的美貌而闻名。关于雷堡的亲王们,是的;也许可以说,这个氏族的石化时代长存不朽。闻所未闻的宫殿风化入银灰色的坚硬风景,氏族的存在就仿佛石化其中;这个地区,靠近阿尔勒,是造化令人难忘的奇观,丘陵、废墟和村庄,荒凉着,与所有的房屋和瓦砾一起,再度化为山岩。四周牧场广阔:因此牧人被唤到这里,在紧邻奥朗日剧场的此处,在卫城,他带着羊群,柔和,永恒,就像云,飘过那些大起大落后依然躁动着的地方……一如大多普罗旺斯氏族,雷堡的王公们也是迷信的领主。他们的崛起令人胆寒,他们幸运无度,财富无人可比。这个家族的女儿们如女神和精灵般四处游荡,男人则是暴风骤雨般的半神。从征战中他们不仅仅带回珍宝和奴隶,还有最不可思议的王冠;他们曾一度自称'耶路撒冷之王'……但他们的纹章上坐着矛盾的蠕虫:他们相信数字7的威力,把16视作最危险的对立之数,可雷堡纹章上却是一颗16道光芒的星辰。(这颗星,曾把三王带出东方,把牧人引向伯利恒的马槽:因为他们相信自己起源于圣王巴尔退则……)该族的'幸运'是圣数'7'与纹章上16道星光的战争(他们拥有的城市、村庄和修道院总是与7相关的数目)。7败了。最后一位,17世纪葬于那不勒斯圣基娅拉教堂(Sta. Chiara)的巴尔佐侯爵(Marchese del Balzo,他是最后一位,因为今天意大利的巴尔佐家族用了这个姓,却不是普罗旺斯血统)似乎还知晓这场战争;如果我没弄错,他的墓碑上刻着相关的铭文。"

1917年7月4日给丹麦译者容函斯的信中里尔克也对数字16和7做过类似的解释。
③ 奥朗日的凯旋门,公元前1世纪为纪念恺撒而建。
④ 阿利斯康(Allyscamps):阿尔勒的古罗马墓地遗址。

属于复活者,他的目光则在茔墓间追逐一只蜻蜓。

无所谓。我不止看到他,我看到他的此在那时已开启对上帝漫长的爱,那静寂的、无目的的工作。他本想永远控制住自己,可他的心只能如此,日益强烈。这一次他希望回应。他那在漫长的孤独中变得有识且不惑的完整天性许诺他,[211]现在要爱的这个懂得用透彻光亮的爱去爱。然而,当他渴望着终于能至高无上地被爱时,他那习惯了远方的感觉却领悟到上帝的望尘莫及。夜来了,他想投入上帝进入苍穹;在那些充满发现的时辰里,他感觉自己强大得足以潜入大地,把它掀翻,高举到他心头的骇浪之上。好像一个人听到极美的语言就狂热地打算用它写诗。有另一种震惊等在前面,他将体验到这种语言多么沉重;最初他不愿相信,为写出第一个短短的、无意义的假句子,竟要流逝漫长的一生。他全神贯注地学习,就像竞赛中的跑者;然而需克服的障碍之密集让他举步维艰。再想不出什么能比初学者的境况更让人屈辱。他已找到智者之石,现在却被逼把迅速成金的幸运不断转化为耐心不成形的铅。已适应苍穹的他却要蠕虫般歪歪扭扭地前行,没有出路,没有方向。如今,当他这样艰难痛苦地学着去爱,他才明白,迄今所有他误以为承担过的爱多么草率低微,无一能有所成,因为他尚未开始爱的工作、尚未实现它。

这些年他心中发生了巨大变化。为靠近上帝而做的艰难工作却使他几乎忘记了上帝,也许他希望逐渐在上帝身边达到的一切只是:"支撑一个灵魂的耐心"①。人们所倚重的命运的偶然,他早已置之度外,[212]可如今,连不可或缺的乐与痛也失去杂陈的五味,变得纯粹,能为他给养。他的存在之根生发出坚实耐冬的植物,结满丰盈的喜悦。他心无杂念,只想把握构成他内在生命的东西,什么也不愿跃过,因为他毫不怀疑,他的爱在一切之中存在、增长。是的,他的心内观照如此广阔,以致于他决定弥补某些从前他无力承担、只能空等的大事。他首先想到的是童年,回忆越是平静,它就越显得被荒废;一切童年的记忆都有种预感般的模棱两可,它被视作已过去的,却正因此几近于未来。一切重来,真正把它承担起来,这就是远行者回家的原因。我们不知道他是否会留下;我们只知道,他回来了。

讲过这个故事的人们,试图让我们在此回忆起那幢房子的曾经;因为那里只过去一点点时间,一点点屈指可数的时间,房子里所有的人都能说出有多少。狗已经老了,但还活着。据说有一只叫了起来。全部日常生活都中断了。窗边出现了许多张脸,变老的,长大的,动人相似的脸。一张很老的脸突然变白,因为认出了他。认出?真的只是认出来?——原谅。用什么原谅?——爱。我的上帝:爱。

---

① 原文法语:Sa patience de supporter une âme,可能出自圣特蕾莎。

他,被认出的人,他太专注,从未想过:爱还会在。可以理解,当时发生的事情里,流传下来只有这个:[213] 他的姿势,闻所未闻、无人见过的姿势;那是祈求的姿势,他跪倒在他们脚下,恳请他们不要爱。他们大吃一惊,迟疑地扶起他。他们宽恕他,以他们自己的方式解读他的狂热。尽管他的姿态明确得绝望,可没有任何人懂他,这一定让他难以形容地自在。很可能,他会留下来,因为他日渐清楚,他们沾沾自喜、彼此暗中鼓励的爱与他无关。他们竭力去爱的时候,他几乎禁不住微笑,很明显,他们不会想到他。

他是谁,他们知道什么。现在他沉重得可怕,谁也爱不动,他感到只有一个人可以。他却还不愿意。

图 6　罗丹《浪子》

未发表手稿

开头初稿[①]

［217］起初我相信,他的脸最为难忘,但我感觉它无法描述。他的手也很特别,但我无话可说。他的性格、声音、某些出人意料的小动作的方式——这一切都消散了,一如他本人消失不再。或许,这些印象(曾经十分深刻)会再回来,当我老了,变得更平静、更耐心。

倘若现在强迫自己回想那个人,——有段时间他和我一起生活过,某一天又离开我的生活,轻轻地,就像离开剧院,走过开放的舞台,——就只能想起那些晚上,当时他这个沉默的人说起话来,越过我不停地说着,好像在我们偏僻房屋的静寂中出现了一个问题,而他必须回答。是的,他作答似的讲述着,如果物品会提问,大概就要那样作答;有时候我以为听到了他对自己生命的回忆(我对此一无所知),更多的时候他却似乎为我掺杂、混淆了不同的生命,可正因如此他的话才最为可信。

---

① 1904年2月8日写于罗马。

如今多年过去。我住在另一个地方。再未听过他的声音,恍若所有使之颤抖的事我都在一本书中读到。然而我知道,这本书并不存在,因此,在这些孤独的日子里,它应该被写出来。

开头二稿①

[218]最后几年一个秋天的晚上,马尔特·劳瑞茨·布里格十分意外地拜访了一位他在巴黎为数不多的熟人。那是一个沉重、湿润、仿佛在不断陷落的晚上;人们打着寒颤,却根本说不出冷在哪里;因为空气昏暗而温和。将两把靠椅移到炉火边是很舒服的。火漫不经心,慵懒地烧着;它一直躺在木柴上,似乎迫于内在的不安才抬起身,试图再次伸展开来,半睡半醒地扭来扭去。火光在布里格的手上来来回回,那双手以某种疲惫的庄严并列放在一起,就像墓板上国王和配偶的肖像。火光的跳动似乎感染了这双安息着的手,坐在对面只能看到这双手的人甚至会觉得它们在工作。马尔特·劳瑞茨·布里格的脸却在一切之外,隐于暗中,他开始自顾自地讲话时,语句从不确定的远处传来。"今天",他缓缓地说,"今天我明白了。澄明来得如此古怪,向来出人意

---

① 1904年10月于瑞典富鲁堡(Furuborg),共20页四开纸。这份手稿也可能是同年2月写就的草稿誊清本。

料。上公交车的时候,坐着读手里菜单的时候,侍者站在身旁、看着别处等待的时候,它们就来了——;突然就看不到菜单上有什么,甚至想不起来要吃东西;因为现在一种澄明到来,就是现在,当你以一种疲惫的、不疼不痒的重要性[219]读着菜谱、读着酱汁和菜名的时候,它就在此刻走进来,好像灵魂不知道在某一个确定的时刻我们该做什么。今天,在卡波辛大道①,这种澄明找上了我,当时我正想走过湿漉漉的车道,穿过络绎不绝的车辆去黎希留路②,这时,就在过道中间,我恍然大悟,有一秒钟如此明亮,我不仅看到十分遥远的回忆,也看到某些奇特的因果,它们把我童年中一件看似无足轻重的事情与我的生活联系在一起。它甚至以某种特殊的优势从所有其他回忆中脱颖而出;我似乎觉得,今后我所有生活之门的钥匙都在其中,那是我尘封矿藏的咒语,是总能唤来帮助的金角。似乎当时我被给予生命中最重要的暗示,一种劝诫,一种教义——如今错过一切,只因为我没有遵从教诲,因为我没有理解这个暗示;因为我没有学会,在那些本不该来、无法解释的它们出现、走过的时候不要站起。父亲还能做到,他挣扎过,我看到他如何竭力不再跳起来,——最终他做到了;他一直坐在桌旁,虽然仍还没有我外祖父那

---

① 原文法语:Boulevard des Capucines。
② 原文法语:Rue Richelieu。

种优雅的从容；它们经过时，他从来吃不下东西；他双手颤抖，面孔扭曲，陌生而可怕。可他毕竟是个坚强有力的人，各地的冒险[220]都像女人或动物似的，被他的勇气、他的美和坚毅所吸引，找上门来。"

一阵沉默。布里格来拜访的那个年轻人知道，他可能不会再说什么了，虽然很想听他解释、补充已说过的话，他却压下任何问题，甚至任何声音。可以说，为了不以任何方式影响或干扰他的客人，他努力打消了他心中滋长出的想要听下去的愿望。这时马尔特·劳瑞茨·布里格向前欠了欠身，他的脸探入火光，明明灭灭；现在，另一个人看着这张他从未如此见过的脸。他看到张脸上有着怎样的可能性：许多宏大且奇特的命运的面具从脸型中凸显出来，又再次隐退，沉入一个无人知晓的生命深处。这些面具上有华美虚浮的特质，但在不定且迅速的表情变化中，也会出现坚硬、闭锁、拒绝的线条；一切都那么强劲紧凑，那么意味深长，观察者几乎大吃一惊地看到这张脸的舞台内部，他现在明白了，直至此日，他认识的只是这个舞台上堆叠得一成不变的帷幕。

那一刻，炉火灭了，布里格的嘴巴模糊起来，他说：

"那年我 12 岁，或至多 13 岁。父亲带我去了乌尔内克罗斯特。我不知道是什么让他[221]去拜访岳父。自从母亲去世这两个人已多年未见。布拉赫伯爵晚年搬回去住的那座古堡，父亲也从未自己去过。外祖父过世后，那幢奇怪的房子落入他手，我之后再未见过。我在童年加工过的记忆里找到的，不是一幢房子，它已在我身体里七零八碎；屋子这一间，那一间，走廊不能把它们连接起来，走廊被保存下来，只是一段自在自为的残章。就这样在我心里散落着一切——房间，楼梯，凌乱不堪，各居一隅，另外还有一些狭仄的旋梯，在其中暗处行走，就像血液在静脉里流动。一间间塔屋，高悬的观阁，从小门挤入则不期而至的阳台：——一切都还在我内里，也永远不会消失。仿佛这房子的图象从无限高处坠入我，在我心底碎裂开来。我心中完整保留下来的，似乎只是我们每天傍晚七点聚餐时的大厅。我从未在白天见过这间屋子，甚至记不得是否有窗、开向何处；每一次，只要家人进去，沉重的枝形烛台上就燃起蜡烛，几分钟后就忘了白昼和外面见过的一切。这间高高的、我猜是有拱顶的屋子比一切都强大；它模糊的高度，它未曾被照亮的角落，从人的身体里吸走所有图像，[222]却不给他任何清楚的替补。人坐在那，仿佛溶解了；完全没有意志，没有知觉，没有兴致，也没有抵抗。就像一个虚位。我记得，这种毁灭性的状态最初几乎让我有种晕船似的恶心，我撑不住，只能伸出腿，用脚碰了碰坐在对面的父亲的膝盖。后来我才注意到，他似乎理解、或至少容忍了这古怪的行为，虽然在我们之间那种近乎冷漠的关系里这种举动无从解释。正是这轻轻的触碰，给了我力量熬过漫长晚餐。拼命挨了几个星期后，我以孩子那种几乎无限的适应力习惯了聚餐时的阴森，无需挣扎就能在桌旁坐上两个小时；现在时间甚至过得比较快了，因为我忙着观察在座的人。外祖父称之为家庭，我也听过其他人使用这个专横的名称。虽然四个人之间有远亲关系，但他们绝非同类。坐在我身旁的舅舅是个老人，他坚硬焦黑的脸上有几块黑斑，据我所知是一次火药爆炸的结果；他阴沉而幽怨，以少校身份退伍，现在在古堡中一间我不知道的屋子里尝试炼金，听仆人说，他还和一家监狱有往来，[223]每年有人从那给他送一两次尸体，他就把自己和尸体关在一起，没日没夜地切割，用秘方处理它们，以防止腐烂。他对面是马蒂尔德·布拉赫小姐的位子。她是那种没有明确年龄的人，是我母亲的远房堂妹。她与一个自称诺尔德伯爵的奥地利招魂师频频通信，完全听命于他，不论多小的事情都要先征求他的许可，抑或是他的恩赐，除此之外，我对她一无所知。那时候她出奇地胖，那绵软而慵懒的肥胖同样漫不经心地浇注进松松垮垮的浅色裙子里；她的动作疲惫而模糊，总是泪眼朦胧。然而，她身上有某种东西，让我想起我柔弱纤瘦的母亲。观察她久了，我就能在她脸上找到所有那些母亲去世后我再也记不清的精致微妙的线条；直到那时，每日见到马蒂尔德，我才知道死者有怎样的相貌；是的，也许那是我第一次知道。直到那时，成千上百个细节才在我体内聚集成处处与我同在的死者的图像。后来我明白了，布拉赫小姐的脸上的确存在所有那些决定了母亲容貌的细节——只不过这些细节被冲散开来，就像其中插入一张陌生的脸，它们扭曲了，彼此再无瓜葛。这位女士身旁坐着一个表亲的小儿子，男孩大概与我同岁，但比我矮，比我瘦弱。[224]他细细的苍白的脖子从打着细褶的领口伸出，又在长长的下颔下消失。他薄薄的嘴唇紧闭着，鼻翼微微翕动，他那双漂亮的深棕色眼睛只有一只能动。有时它安静而忧伤地看我一眼，另一只眼睛则永远盯着同一个角落，好像它已经被卖出去，不在考虑之内。长桌上首立着外祖父那把巨大的沙发椅，一个再无他事可做的仆人把它推到他身下，而白发苍苍的老人也只占用一点点空间。有人称这位重听、霸道的老先生为阁下或者御前大臣，还有人给他将军的头衔。他自然拥有过这些荣誉，但他在职是很久以前的事了，久到这些称谓几乎不可理解。我甚而觉得，没有哪个确定的名字能安在他那某些时刻格外鲜明、却又总是再次化掉的性格上。我永远下不了决心叫他外祖父，虽然他有时对我很和蔼，还会用一种逗笑的声调叫我的名字、把我喊到他身边去。面对伯爵，全家人都表现得敬畏交杂，只有小埃里克才和这位白发苍苍的一家之长有某种亲昵。他那只会动的眼睛时不时默契地飞快看他一眼，外祖父也同样快速地回应；漫长的午后，有时候能看到他们出现在幽深的画廊尽头，他们手牵手沿昏暗的古画走着，不说话，

[225]显然是另一种默契。我几乎整天都在花园,在外面的山毛榉树林里,或在原野上。幸好乌尔内克罗斯特有狗,可以陪着我;随处都有佃农或者管家的院落,我能拿到牛奶、面包和果子,我相信我曾无忧无虑地享受过我的自由,至少后来的几个星期我没有因为晚上的聚餐担惊受怕。我几乎不和任何人说话,因为独处是我的快乐;偶尔和狗简短地说几句:我们相处得十分融洽。再说沉默也是家族特性;我是从父亲那了解这点的,晚餐时鸦雀无声我也不会惊讶。我们刚到的那几天,马蒂尔德·布拉赫格外健谈。她向父亲询问国外城中早年的熟人,她回忆着遥远的印象,想到死去的女友和某个年轻人,她动容而泣,她暗示说他爱着她,对他那份恳切而无望的爱慕,她却无以回报。父亲礼貌地听着,间或点头同意,只做最必要的回答。桌子上首的伯爵一直垂着嘴角微笑,他的脸显得比平时大,好像戴了个面具。有时他自己也会插句话,他的声音不涉及任何人,虽然很轻,却能在整个大厅听到;有点像钟表那种稳定而超然的运行;[226]只要他的声音响起,静寂似乎就有种低沉的共鸣;听得到每个音节来和去。布拉赫伯爵认为和父亲谈论他的亡妻、我的母亲,是对他以礼相待。他称她为希比拉女伯爵,他每说完一句话都好像在询问她。不知何故,我甚而觉得,随时会有一个穿白衣的年轻女孩加入我们。我还听过他用同样的声调说起'我们的小安娜·索菲'。外祖父似乎格外喜欢这位小

姐,有一天我问起她才得知,他指的是大首相康拉德·雷温特洛的女儿,她曾是弗里德里希四世续娶的妻子,已在罗斯基勒大教堂长眠了差不多一个半世纪。时间顺序对他毫无意义,死亡只是他完全无视的小插曲,但凡进入他的记忆,人就存在着,死亡也改变不了什么。老先生去世几年后,人们都在传相,他怎样以同样的固执把未来之事当做眼下。有一次他和一位年轻的女人说起她的儿子们,还特别说到其中一个儿子的旅行,而这年轻的女士首次怀孕才刚三个月,她坐在滔滔不绝的老人身旁,又惊又怕,几乎晕掉。"

这里停了一下。马尔特·劳瑞茨·布里格站起身来,走到窗边,向外看去,年轻人则困惑地坐在椅子里沉思着,直到炉火熄灭成急遽颤抖的红光,他想起来要添柴了。[227] 在木头的噪声里,布里格转过身:"我要继续讲下去吗?"他说。

"您讲得累了——"另一个跪在炉火旁答道。

布里格走来走去。他的熟人再次坐下时,他在屋子深处站住,匆匆地说:

"事情开始的时候,我在笑。我大声笑着,静不下来。那个晚上,马蒂尔德·布拉赫缺席了。几乎失明的老仆人走到她的位子上,恭敬地递过去菜肴。他就那样站住不动,过了一会儿才心满意足、又郑重其事地走开,就好像一切都照常继续着。我观察着这个场面,看的时候一点也不觉得好笑,但过了一会儿,正当我把一小口食物放进嘴巴里,笑声突如其来地在我脑中腾起,它来得那么快,我呛住了,发出巨大的噪声,虽然我十分尴尬,虽然我极力让自己严肃下来,笑意却反复袭来,完全控制了我。似乎是为了掩饰我的行为,父亲用他缓慢低沉的声音问道:'马蒂尔德病了吗?'外祖父以他的方式微笑着答了一句话,但我自己正手忙脚乱没有留意,那句话大概是:不,她只是不想见克里斯蒂娜。我身旁黝黑的少校站起身来,含混地嘟哝一句抱歉,向伯爵鞠了一躬,离开了大厅,我也没看出这是那句话产生的效果。我仅仅留意到,在房主背后的门口,[228] 少校再次转过身,对小埃里克,突然让我大吃一惊的是,也对我,眨了眨眼、点了点头,似乎让我们跟他出去。我惊讶得止住了折磨我的大笑。我平素从未注意过少校,我不喜欢他;我发现小埃里克也不怎么重视他。晚餐像平时那样没完没了,吃到甜点时,半明半暗的大厅深处发生了一个动作,我的目光被攫住、朝那看了过去。那扇我以为永远紧锁、据说通向夹楼的门,一点点地开了,当时我又惊又怕,以全然的新鲜感盯着那里,一位穿着浅色衣裙的瘦高女士踏入门口的昏暗,并慢慢地向我们走来。我不知道我是否动了一下或是叫了一声,椅子翻倒的声响把我的目光从那个诡异的身影上扯开,我看到父亲跳了起来,正脸色死白、垂着紧握的拳头,迎向那位女士。而她,毫不为这情境所动,一步步向我们走来,快到伯爵的位子时,后者一下子站起,抓住我父亲的手臂,把他拉回到桌边,紧紧不放,而那位陌生的女士，悠然而冷漠，穿过没有障碍的空间，一步步地，穿过只有杯子在某处微微颤抖的、无法描述的静寂，消失在门对面大厅的墙壁里。[229]那一刻，我注意到，小埃里克深深弯着腰，在陌生女人身后关上了门。还坐在桌旁的，只有我，我在椅子里沉重不堪，似乎再也无法自己站起来。好大一会儿，我看着，却看不见。接下来我注意到父亲，发现老人还一直抓着他的手臂。父亲怒气冲冲，满脸通红，外祖父笑着他面具般的微笑，手指像苍白的利爪死死地握着他。我还听到他说了什么，听到一个个音节，却听不懂他的话。可是，它们都深深地落入我的听觉，因为两年前的某一天，我在记忆底层找到了它们，那时起，我就懂了。他说：'你太冲动了，总管，这不礼貌。你怎么能不让人做他们自己的事？''那是谁？'父亲喊道。'她有权在这里。不是陌生人。克里斯蒂娜·布拉赫。'——彼时又出现了那种古怪、稀薄的静寂，杯子又开始颤抖。然后父亲猛地挣脱，冲出了大厅。我听见他整夜在房间踱步；因为我也睡不着。快到早上的时候，我突然从某种类似睡眠的状态中惊醒，看到床边坐着一个白色的东西，恐惧让我瘫痪到心里。最终，绝望给了我力量，我把头伸出被子，因害怕和无助哭了起来。我哭泣着的眼睛上突然变得又凉又亮；为了什么都不看，我在泪水下紧闭着它们。可是，一个很近的声音在对我说话，[230]它在我脸旁温和而甜蜜，我听出：是马蒂尔德小姐。我立刻平静下来,虽然已经彻底安了心,却继续让自己被她安抚着;我觉得这种亲昵过于女性化,可还是享受着它,且认为这理所应当。'阿姨',我终于说出话,并试图在她涨开的脸上集中起母亲的容貌:'阿姨,那位女士是谁?''唉',布拉赫小姐叹了口气,那叹息让我奇怪,她回答说:'一个不幸的女人,我的孩子,那是个不幸的女人。'那天早上,我在一间屋子里看见几个忙着打包的仆人。我想我们要走了;现在离开,也合情合理。也许这也是父亲的打算。我却永远无从得知,在那样一个夜晚之后,是什么让他继续留在乌尔内克罗斯特。我们在那幢房子里又待了八九个星期,忍受着它诡异的压力,又见过克里斯蒂娜·布拉赫三次。当时,她的故事我一无所知。我并不知道,很久很久以前,她在第二次分娩时死去,生下了一个命运多舛、经历残酷的男孩——我不知道,她是死人。但是父亲知道。那个情感强烈,看重必然性和明确性的他,故作镇定,不去过问,是想强迫自己忍受这奇遇吗?我看到,却不了解他如何挣扎。我经历过,却不明白他最后怎样战胜了自己。那是我们最后一次见到克里斯蒂娜·布拉赫。这次马蒂尔德小姐出现在桌旁。但不同于往常。她像我们刚到的最初几天那样[231]滔滔不绝,讲话没头没尾、乱七八糟,她身上有种不安,使她不停地摆弄头发和衣服——直到她突然出人意料地大声抱怨了一句,起身离开了。就在那一刻,我的目光不由自主地向那扇门看去,真的:克里斯蒂娜·

布拉赫走了进来。我身旁的少校急遽地动了一下,这个动作也传染了我身体,但他明显已经无力起身了。他棕色的、苍老的、长斑的脸转向一个又一个人,他张着嘴巴,舌头缩在坏掉的牙齿后;然后,这张脸突然不见了,他灰白的脑袋垂在桌上,手臂断掉了一样一上一下,一只枯萎的、长斑的手不知从哪里伸出来、颤抖着。克里斯蒂娜·布拉赫走了过去,一步步地,像病人一样缓慢,穿过无法描述的静寂,其中作响的似乎只有一条老狗的呜咽。这时,从那只插满水仙花的银质大天鹅花瓶左侧,突然挤进来老人那带着灰色微笑的大面具。他把酒杯举向父亲。我看到,当克里斯蒂娜·布拉赫刚好从他的椅子后面走过时,父亲抓起杯子,仿佛那是极重的东西,把它举起来,离桌面一掌之高。当夜我们就离开了。"

小说结尾初稿

倘若上帝在,那么一切都已完成,我们只是悲哀的、多余的幸存者,无所谓以何种假象的情节终了。我们看不到吗?那个伟大的畏死者,毁掉他天性中被赐福的土壤,不正是因为他越来越斤斤计较地接受了一位现存的、共有的上帝? 当初,他与一切抗争、发现了他的转化工作时,上帝曾怎样鼎力相助啊。不正是在工作中,在极乐的辛劳中,他才开启了他唯一可能的上帝,而他书中那些有此经历的人,不也是个个都急不可耐,要从自己心里开始吗? 接着却有诱惑者来到他面前,让他看到他所做的微不足道。可依旧自负的他想做大事。引诱者又来说服他,无需负责,他描写的是想象者和发明者的命运,真实的人却无法掌控命运。最后,诱惑者日日夜夜留在亚斯纳亚的乡间别墅①,壮大起来。他像一个益发错愕的迷途者,执迷不悟地离开自己心

---

① 亚斯纳亚(Jassnaja):托尔斯泰的庄园。1900年6月,里尔克和莎乐美曾到访此地。

上的事业,绝望地做起所有他不会的行当。在这点可怜的机巧之后,生活对于受惑者缩减为企图。他再也不能明白,生活是不可理解的;他想像读文本那样逐字逐句地分析。不能马上清楚的,就排除在外,很快,本会到来的一切都被划掉,大半个过去都被判了刑。而这个时辰,[234]当他弯腰坐下,摆弄一只并不想受制于他的鞋子,这个可怜的沉重的时辰就像最后一刻。鸽鸟在背后潮湿的树丛中鸣叫时,死亡就不再遮遮掩掩。他想起那个13岁死去的男孩:为什么,凭什么?他想起耶尔①残酷的日子,那时他的兄弟尼古拉突然变了,顺从起来,任人照顾。他自己也变了:他会死吗?他有一种空前的恐惧,他意识到,他自己专属的上帝几乎还没有开始;如果现在死掉,他就无法在彼世存活;他会为自己发育不全的灵魂羞愧不堪,会像早产儿那样把它藏入永恒。攫住他的,是他所有骄傲的恐惧,但在诱惑面前,恐惧或许能催促他更抓紧地创造他私密的上帝,只要他做。现在他却不给自己时间,每一次内心悸动他都会撞到自己意识中坚硬的驳斥;在绝望的好奇里他反复强迫自己忍受死之绝境,它来了,相似得能以假乱真;然而更可怕的是,他却无法同时获得垂死者的果决,无法像他们那样夺来痛苦

---

① 耶尔(Hyères):托尔斯泰的弟弟尼古拉在1860年9月20日死于法国南部城市耶尔。

的力量、与其合而为一、甚或达至极乐。这幢变了样的房子里发生过太多冤屈，人人都颓丧地穿行其中。曾经，那个温柔而不自知的公正者①，她在楼上小屋里安静的此在就如同这房子的守护，可她已经不在了。她是否以伟大爱者的清明视界预见出死之恐怖的入侵？死前几年，她突然在房间避而不出，请求人们给她另一间屋子，差一些的，以防在这间好屋子她的死意犹未尽，以后毁了它。而后她不也死得那样谨慎、那样干净。她不值钱的物品被朴素地摆在一起；看起来就好像她留下了它们，因为她想不出什么属于自己。出于对真实的畏惧，她什么也没毁掉；一切都在，甚至那只珍珠缀成的小袋子，里面装着有她旧秘密的纸条②；纸条在那里，仿佛它也不是她的心收获的所有物，必须认真地归还到上帝一丝不苟的财产里。这位强硬的放弃者克止住她爱的音乐，以便悄然无闻地实现心的高贵，她是否预料到，对于在这高贵里成长起来的他，克止自己的作品将是他悲剧性的错误？直到最后，她无意识地恳求着的目光难道不是在告诉他，她压抑的不是她的作品，而只是他尘世的虚荣？难道不是在她的小屋里，工作的威力一次次袭来，不容他想到反对？当他站起身来，十足热忱地走下楼写作时，难

---

① 指托尔斯泰的姨妈塔季扬娜·亚历山卓夫娜（Tatjana Alexandrowna）。托尔斯泰幼年丧母，由姨妈抚养成人。
② 托尔斯泰的父亲曾向她求婚。

道不曾感到他有权如此？当他后来窃贼般忙着从作品中拔走爱的时候，真的就是一个更好的爱者吗？——那时塔季扬娜·亚历山卓夫娜已经不在了。那时他独自一人；独自承受着对他内心危险的无名恐惧；独自预感着他不可能的选择；独自与诱惑者相伴；他如此孤独，以至于惶惑地决定皈依那个即刻就能拥有的现成的上帝，那个被不能创造上帝却需要他的人们约定出来的上帝。从此就开始了一种我们无法忽视的命运的漫长战争。他还活着，命运却不再悬于头顶。[236]命运在某处，在我们心的地平线上，堆聚着、威胁着。我们只能把它作为传说忍受，关于一个曾经多产、却想变得贫瘠的人的传说。他的绝望之崖在我们面前拔地而起，他的意志在悬崖上粗暴的浮雕里扼杀了他的作品。被他据理镇压之物用惶恐折磨着他，这惶恐说起来就像地震：它变得如此巨大，他竟为了自己的安宁扰乱全世界。

我想象着，某处草木蔽日的公园里有一块我没找到的纪念碑；一根柱子，上面除了6月的一天和年份什么也没有，那时候他再一次被自己击溃，静静地仰望着，写下来：香气是怎样的，草是怎样的；槭树的叶子变得多么惊人，一只蜜蜂探访着黄花，在第13朵之后它带着收获飞走。这样就会有一种确信，此刻他在。虽然他形销骨蚀的身影永远消失在没有日期的灾难里。虽然渐渐明了的是，纵使有潜力任意支配上帝-天赋,他却和那些败坏、虚空的人一样,无法证明自己拥有上帝,他们沉沦于上帝,好像那是最简单、最普遍的放纵。

小说结尾二稿

我为何会突然想起那个异乡的 5 月清晨？多年之后，现在我会理解它吗？就算不闭上眼睛，我也知道坐在那辆冒险的三驾马车里心情如何，我不明白它为什么有时候飞速急驰，却会突然之间，没有过度地，慢悠悠挪起步来。有时候我来得及分辨缓山旁紧密簇集的一棵棵勿忘我，再一会儿，我们疾驰而过的风就好像能吹翻离路边太近的潦倒茅屋，终于，同样出人意料地，车行柔软下来，磕磕绊绊的车轮声消失了，只有三驾马车饱满的铃声和鞭响留在听觉里，轻快地蔓延开来。就在此时，草地上的小路猛然陡转，沿缓坡而下，滑入谷底由两座粗胖的门塔标记出来的停车场入口。在老公爵手下，这里曾经站着哨兵；如今只有树了，但给我留下的印象并不弱；我跳起来，摇晃着车夫，请求他看在上帝的份儿上停车别走了。我像婚礼上的农人，欢呼着驶向近在咫尺的伟大生活，虽然还看不到主宅，却感到这是无比的大事。我在第一排树下等着，直到马车转弯远去。我需要静寂。现在是静寂的。那是荒芜而幽深的园子里无序的静寂，园中凋败的砧木气味潮湿,因之微醉的轻柔春天在它上面萌动。我别无所求,只要这园中的一个小时,为此我应付出什么?然而,我已经身在这桦树荫蔽的大道上光影的图案里,我向主宅走去,尽我所能地缓慢。如我所愿,树林右侧有什么在开花,从路上辨认不出;我强行而入;那是一丛陌生的灌木。[238]这是最后的借口。我以此推后着那个时刻,可这一点延迟又多么微乎其微,此刻,除了返照在玻璃门上春天空气的光泽,再也没有什么把我和他隔开。是否有那么一秒钟,他的脸穿透了这反光?我觉得它太小,太老,太凄凉。然而它就在我面前。事实上,那张脸短时间内衰老了太多。衰老堆累着,散不开,就像疾病在这里或那里卸下货,还有死亡的念头,还有不眠之夜;成堆的衰老,挖不松的衰老。睁得太大的眼睛仿佛白色的探照灯,投下目光凌厉,眼上鼓起的双眉怒气冲冲;宽大的鼻子显现出不同寻常的克制,倾泻的胡须里则有强大的力量。接着,支撑头颅的萎缩的身体背转过去,走在我前面。于是我看到了长及脖颈的头发,它以细小、柔软的弯曲填满耳后凹陷的空间;它有种羞怯、动人的东西,是小屋里的头发,在房间中生长,习惯了枕头的温暖。

我再未如此同时地体验过同情和恐惧。我站在楼上大厅中,里面没什么比那些旧家族肖像更昏暗,我对自己说,我有理由高兴。窗户大敞着,清晨大量涌入,茶炊的银质在宽阔的家宴席桌布上十分孤独地玩弄着看不见的飘荡的明朗。然而太迟了。如果有人逼迫,这就是我能说出的全部。我沉浸在肖像里,好像其中有某种必须忘掉的东西,最终我停在一幅真正让我全神贯注的画前。[239]画的是一个修女,一个女修道院的院长,穿着她严严实实的修会服,可能画于17世纪末,明显出于俄国人之手。画上的一切,连脸都不例外,全都平淡无奇;标准的俗套显然压倒了对象的影响。可突然,在那双手上,发生了奇迹:那是双明确的、十分奇特的手,不对称地交叠成平时祈祷的常用姿势。上帝知道这怎会发生:质朴的农奴画家放弃了他以前学会画的手;他突然想到去模仿在眼前真实中看到的,——我必须承认,他惊人成功地达到它们的现实。他很重视它们,好像除了这双衰老的、合拢的手什么都不存在,好像不忘掉它们对许多事情都至关重要。他渐渐发现了所有细节,努力把它们全放在轮廓里,因此这双手变得太大了,如今它们在肖像前方,教堂塔楼般高耸着,永永远远。我脑中想,随着这双手,画中女人的命运真的会流传一二,但我同时感到,自己和它们纠缠得太久了。我能对这个修女有什么兴趣呢?大概连她的名字都无人知晓吧。我知道,当时我认为这是尴尬的借口,甚至还在继续看画的时候也没把它当真。然而,绝非如此。如今,很久之后,我明白了,这幅画与我休戚相关。[240]一如那些司空见惯的老画,它挂在大厅里,在一个无名女人的表象之下,包含着已存在于房子里的灾难。女修道院长无关紧要,或许她的生活对其他人也没有意义。那是她的手,这当然不会让我感动;可在这双怪异的大手中是画家决定性的、摄人心魄的经历,他体察到世界,第一次感同身受地在这双手上尝试他生命的一切幸运和一切艰辛:我在自己心里看到这些,这正是此刻从内里触动我的东西。因为,在这幢宅子里一次又一次被压抑下去的,正是如出一辙的经历。这里有一个人,他的心为那双手的精彩而绽放,他却把许多年月消磨于否决自己。他偏执地支配着他的生活,抗拒着,另有所求。他企图不断用新活动扼杀他最内在的使命,使命的催促让他充满惶恐,最后这惶恐如此庞大,他竟为了自己的安宁扰乱全世界。他现在平静了吗?我站在他面前,强迫自己向上看去,我不知道。我不由自主地环顾左右,任何地方都没有证据表明这个在良心上斤斤计较的老人心里停止过斗争。倘若作品的要求增长得无比巨大,再次在他心中升起,怎么办?他有权深恐死亡,因为他现在宁愿像一开始就夭折的人那样去世,怎么办?他曾在房中的每一间屋子里畏惧过死亡。他曾在这里的某处来来回回,想着那个13岁就死去的男孩,为什么?凭什么?[241]或者他突然想起耶尔残酷的日子,那时他的兄弟尼古拉突然变了,顺从起来,任人照顾。他自己也变了。他有一种空前的恐惧,他意识到,自己的内心几乎尚未开始;如果现在死掉,他就无法在彼世生存;在那里他会为自己发育不全的灵魂羞愧,会像早产儿那样把它藏在永恒里。他看不到,这恐惧是他骄傲的恐惧。他从作品中扯出爱,纯粹地展示它,用它向所有人施暴,他没有觉察到这里有多少急躁和虚荣。他想赶走的荣誉,却不知道他的新声音只是对荣誉更响亮的呼唤。没有人告诉他。我们追踪这诱惑的过程,几乎不忍心不去寻找也许曾被需要过的天使的痕迹。可真的在这生命近处发现那个徒然存在过的伟大爱者时,我们还是大吃一惊。虽然那时她已经不在了。孩童时起,他不就凭借心的所有本能跟随着塔季扬娜·亚历山卓夫娜吗?后来,不正是在她的小屋里,工作的力量一次次以那样本质的喜悦向他袭来,根本不容反对?她曾以爱者的清明视界预见到一切,这样想是迷信吗?彼时她一定知道将会闯入这房子的死亡的恐怖,不是吗?死前几年,她突然在房间避而不出,请求人们给她另一间屋子,差一些的,以防她的死在这间好屋子意犹未尽,以后毁了它。[242]而后她不是也死得那样谨慎、那样干净。她不值钱的物品被朴素地摆在一起;看起来就好像她留下了它们,因为她想不出什么属于她。或许出于同一个原因,她什么也没毁掉;她不把任何东西看成心里终极的所有物,她认为一切终究都要归还到上帝一丝不苟的财产里,这是符合她的。抑或,在那个珍珠缀成的小袋子里留下有她旧秘密的纸条,这竟是她沉重的爱的最后任务?它应该到他手中吗?只要她还在他就无法理解的东西,他应该去读吗?她所有的放弃都不是要克制她内心的作品,而只是他尘世的虚荣。他读了。他责怪她,只是为了他父亲的缘故才爱。他几乎给她判了刑。他再也不会明白了。

参考书目

一、里尔克全集及书信集

1. (MLB) Rilke, Rainer Maria: *Die Aufzeichnungen des Malte Laurids Brigge*, Manfred Engel (hrsg.), Stuttgart, 1997

2. (Br.) Rilke, Rainer Maria: *Briefe*, 3 Bd., Rilke-Archiv in Weimar in Verbindung mit Ruth Sieber-Rilke (hrsg.), besorgt durch Karl Altheim, Frankfurt am Main, 1987

3. (SW) Rilke, Rainer Maria: *Sämtliche Werke*, 6Bd., E. Zinn (hrsg.), Frankfurt am Main, 1955—1956

4. Rainer Maria Rilke: *Briefe über Cézanne*, Wiesbaden, 1952

二、里尔克作品中译本

1. 方瑜 译:《马尔泰手记》,志文出版社,中华民国67年
2. 绿原、张黎、钱春绮 等译:《里尔克散文选》,百花文艺出

版社,2002

3. 李永平 选编:《里尔克精选集》,北京燕山出版社,2010

4. 冯至、绿原、魏育青等 译:《里尔克读本》,人民文学出版社,2011

5. 曹元勇 译:《马尔特手记》,译文出版社,2011

6. 麦湛雄 译:《马尔特手记》,黑龙江教育出版社,2011

7. 林克 袁宏敏 译:《慕佐书简》,华夏出版社,2012

8. 冯至 译:《给青年诗人的信》,云南人民出版社,2016

9. 陈宁 译:《里尔克诗全集》,商务印书馆,2016

三、里尔克相关研究

1. Allemann, Beda: *Zeit und Figur beim späten Rilke*, Pfullingen, 1961

2. Alois Eder, Hellmuth Himmel, Alfred Kracher, Hrsg. *Marginalien zur poetischen Welt*, Berlin, 1971

3. Blanchot, Maurice: *Der literarische Raum*, Marco Gutjahr (hrsg.), Marco Gutjahr und Jonas Hock (Übers.), Zürich, 2012

4. Bollnow, Otto Friedrich: *Rilke*, 2. erweiterte Auflage. Stuttgart, 1956

5. Buddeberg, Else: *Denken und Dichtung des Seins*,

Stuttgart, 1956

6. Buddeberg, Else: *Heidegger und die Dichtung. Hölderlin. Rilke*, Stuttgart, 1955

7. Engel, Manfred (hrsg.): *Rilke-Handbuch*, Sonderausgabe. Stuttgart, 2013

8. Engelhardt, Hartmut: *Der Versuch, wirklich zu sein*, Frankfurt am Main, 1973

9. Engelhardt, Hartmut (hrsg.): *Materialien zu RMRs Die Aufzeichnungen des MLB*, Frankfurt am Main, 1974

10. Fülleborn, Ulrich: *Besitz und Sprache*, Müchen, 2000

11. Giloy, Birgit: *Die Aporie des Dichters*, München, 1992

12. Guardini, Romano: *Zur Rainer Maria Rilkes Deutung des Daseins. Eine Interpretation der zweiten, achten und neunten Duineser Elegie*, Berlin, 1941

13. Hamburger, Käte: *Philosophie der Dichter*, Stuttgart, 1966

14. Hamburger, Käte: *Rilke, eine Einführung*, Stuttgart, 1976

15. Hattemer, Matthias: *Das erdichtete ich*, Frankfurt am Main, 1989

16. Hauschild, Vera (hrsg.): *Rilke heute: der Ort des Dichters in der Moderne*, Frankfurt am Main, 1997

17. Heftrich, Eckhard: *Die Philosophie und Rilke*, Freiburg / München, 1962

18. Höhler, Gertrud: *Niemandes Sohn, Zur Poetologie Rainer Maria Rilkes*, München, 1979

19. Kahl, Michaek: *Lebensphilosphie und Ästhetik zu Rilkes Werk 1902—1910*, Freiburg im Bresgau, 1999

20. Key, Ellen: *Seelen und Werke*, Berlin, 1911

21. Köhnen, Ralph: *Sehen als Textkultur. Intermediale Beziehungen zwischen Rilke und Cézanne*, Bielefeld, 1995

22. Linden, Patricia: *„Im Manuskript an den Rand geschrieben", Spiegelschrift und Marginalität in Rainer Maria Rilkes Die Auafzeichnungen des Malte Laurids Brigge*, Tübingen, 2005

23. Martini, Fritz: *Das Wagnis der Sprache*, Stuttgart, 1956

24. Naumann, Helmut: *Malte-Studien*, Rheinfelden, 1983

25. Naumann, Helmut: *Neue Malte-Studien*, Freiburg& Berlin, 1989

26. Olzien, Otto H.: *Rainer Maria Rilke: Wirklichkeit*

und Sprache, Stuttgart, 1984

27. Schnack, Ingeborg: *Rainer Maria Rilke, Chronik seines Lebens und seines Werkes* 1875—1926, erweiterte Neuausgabe, Renate Scharffenberg (hrsg.), Frankfurt am Main, 2009

28. Schneider, Sabine: *Verheißung der Bilder. Das andere Medium in der Literatur um* 1900, Tübingen, 2006

29. Seifert, Walter: *Das epische Werk Rainer Maria Rilkes*, Bonn, 1969

30. Small, William: *Rilke-Kommentar zu den Aufzeichnungen des Malte Laurids Brigge*, Chapel Hill, 1983

31. Stahl, August: *„Vokabeln der Not" und „Früchte der Tröstung", Studien zur Bildlichkeit im Werke Rainer Maria Rilkes*, Heidelberg, 1967

32. Stahl, August: *Rilke-Kommentar zu den „Aufzeichnungen des Malte Laurids Brigge", zur erzählerischen Prosa, zu den essayistischen Schriften und zum dramatischen Werk*, München, 1979

33. Stephens, Anthony R.: *Rilke Malte Laurids Brigge, Strukturanalyse des erzählerischen Bewusstseins*, Bern/Frankfurt am Main, 1974

34. Thibaut, Matthias: *Sich-selbst-erzählen. Schreiben*

als poetische Lebespraxis, Stuttgart, 1990

35. Wagner-Egelhaaf, Martina: *Mystik der Moderne. Die visionäre Ästhetik der deutschen Literatur im 20. Jahrhundert*, Stuttgart, 1989

36. Witzleben, Brigitte von.: *Untersuchungen zu Rainer Maria Rilkes „Die Aufzeichnungen des Malte Laurids Brigge", Studien zu den Quellen und zur Textüberlieferung*, Vaasa, 1996

37. Ziolkowsk, Theodore: *Dimensions of modern novel. German texts and European contexts*, Princeton, 1969

38. 汉斯·埃贡·霍尔特胡森 著,魏育青 译:《里尔克传》,生活·读书·新知三联书店,1988

39. 拉尔夫·弗里德曼 著,周晓阳、杨建国 译:《里尔克:一个诗人》,华东师范大学出版社,2014

40. 刘皓明:《里尔克〈杜伊诺哀歌〉述评》,上海文艺出版社,2017

图书在版编目(CIP)数据

布里格手记/(奥)里尔克著;陈早译. —修订版.
—上海:华东师范大学出版社,2019
ISBN 978-7-5675-8796-0

Ⅰ.①布… Ⅱ.①里…②陈… Ⅲ.①长篇小说—奥地利—现代
Ⅳ.①I521.45

中国版本图书馆 CIP 数据核字(2019)第 027731 号

华东师范大学出版社六点分社
企划人 倪为国

本书著作权、版式和装帧设计受世界版权公约和中华人民共和国著作权法保护

布里格手记

里尔克唯一一部长篇小说

著　　者　(奥)里尔克
译　　者　陈　早
责任编辑　彭文曼
封面设计　姚　荣

出版发行　华东师范大学出版社
社　　址　上海市中山北路 3663 号　邮编　200062
网　　址　www.ecnupress.com.cn
电　　话　021-60821666　行政传真　021-62572105
客服电话　021-62865537
门市(邮购)电话　021-62869887
地　　址　上海市中山北路 3663 号华东师范大学校内先锋路口
网　　店　http://hdsdcbs.tmall.com

印 刷 者　上海盛隆印务有限公司
开　　本　787×1092　1/32
印　　张　9
字　　数　120 千字
版　　次　2019 年 4 月第 1 版
印　　次　2019 年 4 月第 1 次
书　　号　ISBN978-7-5675-8796-0/I・2007
定　　价　58.00 元

出版人　王　焰

(如发现本版图书有印订质量问题,请寄回本社客服中心调换或电话 021-62865537 联系)